BINABICHL

www.bergundtal-verlag.de

Layout, Typografie und Covergestaltung:
interconcept medienagentur/Frank Ferschen, München
Titelfoto: aic/Frank Ferschen, München
Autorenfoto: Andreas Mayr
Bild Bergdorf (Rückseite): Friederike Fenner
Druck und Bindung: BELTZ Grafische Betriebe GmbH, Bad Langensalza

Printed and bound in Germany

ISBN 978-3-939499-6-33

Markus Fenner

BINABICHL

Die Liebe in einer anderen Welt

BERG & TAL

Für Jette, die gleich für den Plan gewesen ist

Für die Liebe gibt es wohl keine schlechtere Voraussetzung, als wenn zwei Menschen ein Traumpaar abgeben. Liebe lebt von Widerständen, sie geht entweder auf die Knochen oder endet im Nichts.

Für solche Bedenken waren Melzer und Amrei allerdings viel zu überwältigt von ihrem Glück. Traumpaar hat eben was Fulminantes, solange es dauert. Bei den beiden dauerte es ganze vier Monate, bis es überhaupt zu ihrem ersten Streit kam. Das ist doch ziemlich lange. Allerdings erwies sich dieser Streit als ihr letzter, danach war es aus und Schluss mit dem Traumpaar. Das ist doch ziemlich kurz.

Bei dem Streit ging es um ihre gemeinsame Zukunft. Eigentlich kein abseitiges Thema für Verliebte, doch sie hatten es bisher kaum gestreift. Melzer vermied das, weil genau in dieser Richtung für ihn die einzigen kleinen Irritationen lagen: Amrei war ihm viel zu fixiert auf ihr Heimatdorf, alle naselang fuhr sie von München nach Hause. Und dann ihre Berufspläne: Amrei hatte nach ihrer Lehrerausbildung noch ein Psychologiestudium drangehängt. Trotzdem gab es für sie nur ein Berufsziel, sie wollte die Nachfolgerin ihrer alten Lehrerin an der Binabichler Volksschule werden. In Melzers Augen war beides etwas unreif und verbesserungswürdig. Doch das hatte noch Zeit, fand er.

Doch wie das im Leben so ist, kam gerade aus dieser Ecke das Unheil. Es ereilte Melzer an jenem Schwarzen Samstag (er sollte ihm noch Jahre später die Samstage leise unbehaglich machen), als Amrei Melzer mitteilte, dass ihr wunderbares neues Leben zu zweit schon wieder zu Ende war.

So wenigstens kam es bei Melzer an. Amrei drückte das natürlich anders aus. Sie erzählte eine umständliche Geschichte von ihrem Einspringen für jene alte Lehrerin, die plötzlich sehr krank geworden, von deren Stelle, die sie beantragen müsse, ihrer Versetzung nach Binabichl, Studium egal, Wegzug aus München... Und als er fragte, wie das dann mit ihm werden würde, flüsterte sie, so richtig leuchtend und mit Timbre:

»Bitte, komm mit mir!«

Seine Abwehr war heftig und natürlich auch spürbar. Amrei führte zwar noch aus, wie sie sich ihr Leben zu zweit in Binabichl vorstellte. Doch Melzer kriegte das nur durch die feurigen Schleier einer Empörung mit, die immer stärker wurde.

Er hielt die Wut unterm Deckel, bis Amrei von der Praxis ihres »Babb« sprach, die er später einmal übernehmen könnte. Diese geradezu unglaubliche Missachtung seines beruflichen Ehrgeizes ließ den Deckel bei ihm fliegen und er schrie: »Bist du verrückt? Ich und Landarzt!«

»Warum Landarzt? Der Babb ist Therapeut und Psychiater wie du!«

»Scheiß drauf!«, brüllte er, »ich komme vom Land und es kotzt mich an. Ich kann Kleinstädte nicht ausstehen. Und wenn ich an dein Kuhdorf nur denke, kriege ich die Krätze!«

Sie taumelte zurück, als hätte er sie geschlagen. Dann schrie auch sie: »Und ich halte dein München nicht mehr aus, verstehst du!«

Große Tränen liefen über ihre Wangen. Er hatte sie noch nie weinen sehen und erschrak. Abschwellend murrte er: »Jetzt auf einmal! Du lebst doch schon die ganze Zeit hier.«

»Aber du weißt nicht, wie es mich belastet! Ich könnte das Leben hier gar nicht ertragen, ohne meine Mittel!«

Er fragte verblüfft, was denn ihr Schilddrüsenpräparat damit zu tun hätte.

»Alles!«, schrie sie, »du hast ja keine Ahnung, du weißt doch überhaupt nichts.«

Sie hatte buchstäblich die Hände gerungen. Daran konnte er sich später noch genau erinnern. Aber was sie dann gesagt hatte, das war weg. Hier kam ein Loch, wie herausgeschnitten aus seinem Gedächtnis. Als Nächstes wusste er erst wieder, dass sie ins Bad gestürzt war.

Von Melzers Wut war nur mehr dröhnende Leere übrig gewesen. Als Amrei aus dem Bad zurückkam, war sie blass, beherrscht und ungeheuer entfernt. Sie behandelte ihn wie einen Fremden, auch als er sie mit gebrochener Stimme um Entschuldigung bat für alles, was er gesagt hatte. Sie nickte und murmelte, er solle auch vergessen, was sie selbst gesagt hätte.

Genau in diesem Moment hatte er sie noch einmal empfunden, diese unglaubliche Verbindung zwischen ihnen, sein eigenes Weitwerden und die leuchtende Öffnung zu ihr hin. Plötzlich war der Zustand wieder da, der ihn in den letzten Monaten zu einem anderen Menschen gemacht und den er während des ganzen furchtbaren Streites vermisst hatte. Melzer nannte ihn bei sich den Amrei-Modus. Ganz erlöst empfand er ihn jetzt wieder, als sie ihn dringlich ansah und mit einem seltsamen Nachdruck wiederholte:

»Im Ernst, bitte vergiss es!«

»Schon vergessen!«, versprach er und ging erleichtert auf sie zu.

Doch sie winkte ab und sofort wälzte sich wieder die furchtbare Distanz zwischen sie. Ab da war Melzer gelähmt, wie in einem der Alpträume, wo man unbedingt schreien müsste, aber man bleibt stumm. Ohnmächtig hatte er zugeschaut, wie sie ging, wie sie tatsächlich die Treppe hinunterging, ohne einen Blick zurück.

Am nächsten Tag war Amrei weg, aus München geflohen. Sie hatte ihr WG-Zimmer notdürftig ausgeräumt, ihr Handy ihrer Mitbewohnerin geschenkt, sie war in ihrem Dorf verschwunden und dort endgültig nicht mehr erreichbar.

Große Frage: War das, was Melzer Amrei angetan hatte, dafür als Grund ausreichend? Natürlich war seine Reaktion das Letzte gewesen, aber reichte das für die Höchststrafe?

Auf diese Frage fand Melzer auch nach Jahren keine Antwort. Wahrscheinlich lag die Antwort im schwarzen Loch seiner Erinnerung verborgen, an der Stelle, als Amrei gesagt hatte, warum sie das Leben in München nicht mehr aushielt.

Melzer zermarterte sich das Hirn, er sprach mit seinem Analytiker darüber, er probierte es sogar mit Hypnose. Aber er hatte Amrei versprochen, es zu vergessen, und es blieb vergessen. Völlig kindisch, aber es funktionierte.

Das war quälend. Doch lange nicht so schlimm, wie ohne Amrei leben zu müssen. Dagegen hatte die kleine Qual mit dem Loch fast was Ermutigendes. Es war doch ein Hinweis darauf, dass sie eben kein makelloses Traumpaar gewesen waren, sondern nur zwei Leute, die gewollt, aber nicht gekonnt hatten. Ein Paar mit einem Problem.

Ein Problem, darin steckt doch auch ein wenig Hoffnung, oder nicht? Ein Problem kann doch noch einmal gelöst werden, irgendwann.

1

Vier Jahre nach dem Schwarzen Samstag, an einem ziemlich grauen Donnerstag saß Melzer in seinem handtuchgroßen Büro im vierten Stock des Max-Planck-Instituts und starrte in den Regen hinaus, der den vielgerühmten Münchner Sommer Lügen strafte. Es war Nachmittag geworden, das Grau des Himmels vertiefte sich immer mehr zum Dunkelgrau des Bildschirmschoners auf Melzers Monitor. Nicht, dass ihm das aufgefallen wäre, da Melzer ausschließlich mit seinen inwendigen Grautönen befasst war.

Das Klingeln des Hausapparates riss ihn aus seinem Brüten. Bevor Melzer sich melden konnte, dröhnte es schon aus dem Hörer: »Melzerich?«

Er hielt den Hörer routiniert vom Ohr ab. Das tragende Organ seines Chefs konnte Hörsäle auch ohne Mikro dominieren und war nichts für den Nahkontakt.

»Hätten Sie mal Zeit für mich?«

Natürlich hatte Melzer. Der fast schüchterne Ton der Anfrage war nicht wörtlich zu nehmen, nur eine der zahlreichen Marotten von Professor Dr. Dr. Bodo Buhlmann. Tatsächlich konnte sein Chef schon bei kurzen Verzögerungen ziemlich giftig werden.

Doch das war nicht der Grund, warum sein Assistent sofort aufsprang und fast fluchtartig sein Büro verließ. Der Dr. med. Ludwig Melzer, frischgebackener Facharzt der Psychiatrie, seit zwei Monaten freigestellt, um in Ruhe an seiner Habilitation schreiben zu können, war ganz ordinär froh über jede Störung, die ihn von ebendieser Arbeit abhielt.

Im Lift vermied Melzer gewohnheitsmäßig den Anblick des mageren, tief brünetten Typen, den die Spiegelwände um ihn herum vervielfältigten. Mit Jeans, T-Shirt und Sneakers trug dieser zwar die Uniform des jungen Mannes. Doch seine vorzeitig prägnanten Gesichtszüge und eine müde Verschattung um die braunen Augen ließen ihn älter als seine 33 Jahre wirken.

Melzer sah geflissentlich an sich selbst vorbei und überlegte, ob seinem Chef vielleicht auch Zweifel an dem Projekt gekommen wären... reines Wunschdenken, gestand er sich ein. Nach außen hin lief alles bestens. In den letzten zwei Jahren hatte Melzer, neben seinem praktischen Klinikdienst, mit verschiedenen Probandengruppen tatsächlich erstklassige Arbeit geleistet, die ihm immer wieder auch Freude machte. Er hatte ein umfangreiches Material generiert, das sowohl anamnestisch wie auch technisch mit dem Einsatz modernster Bildgebungsverfahren den höchsten Ansprüchen genügte. Die Evidenzen fielen dagegen eher bescheiden aus. Doch das war in den Augen seines *Habil-Vaters* nicht ungewöhnlich bei dem ausgefallenen Pionier-Thema des Projekts. Der Professor fand, dass sein Protégé ein »Wahnsinnsmaterial« erarbeitet hätte.

Wenn Melzer mit dessen theoretischer Auswertung solche Probleme hatte, lag das ausschließlich an ihm selbst. Die Aussicht, sich nun für ein ganzes Jahr in eine nur mehr akademisch relevante Fleißarbeit vergraben zu müssen, gab ihm das durchdringende Gefühl von Sackgasse. Es war eine privilegierte, höchst komfortable Sackgasse, an deren Ende immerhin die Habilitation auf ihn wartete. Die ominöse Habilitation ... anfangs noch das Tor zur ersehnten wissenschaftlichen Karriere, inzwischen für ihn nur mehr als der zwangsläufige Abschluss einer Perspektive, in der er sich immer mehr am falschen Platz fühlte ...

Das waren die ketzerischen Gedanken, die Melzer entschlossen zurückdrängte, als er im ersten Stock ausstieg.

Der Vorraum der Sekretärin war verwaist, die Tür zum Chefzimmer stand offen. Von dort dröhnte das Organ des Professors herüber: »Na endlich, Melzer! Rin mit Ihnen!«

In dem großen Eckzimmer geriet Melzer erstmal in den unvermeidlichen »Chef-Wirbel«, wie er das nannte. Diesmal bestand der Wirbel darin, dass Melzer zunächst mit Bienchen, der steinern blickenden Sekretärin, die neue Designer-Liege im Zimmer hin und her tragen musste, bis der richtige Ort gefunden war. Das geschah nach den dröhnenden Anweisungen des Chefs, die dieser zwanglos in das Telefongespräch einstreute, das er gerade führte. Dabei happelte der vierschrötige Endfünfziger, der nicht fett, nur bis in die Würstelfinger gutgepolstert war, im Raum herum, rückte ein Bild zurecht, warf sich in seinen Chefsessel, zog Schubladen auf und zu, sprang wie ein Gummiball wieder hoch, während sein gut vorn sitzendes Schauspielerorgan die Szene beherrschte.

Endlich war das Telefonat beendet und Bienchen mit der Drohung »bin für niemanden erreichbar« ins Vorzimmer gescheucht. Melzer saß in einem Sessel neben der Liege, die unter dem Fenster zu stehen gekommen war. Für einen Moment wurde es sehr still.

Der Professor stand vor ihm und musterte ihn nickend. Der rostrote Knebelbart, den sich Buhlmann als dämonisches Attribut hielt, zuckte verheißungsvoll und biss sich wieder einmal mit seinem rosigen Teint.

»Melzerich, ich hab was für Sie. Sie werden staunen«, platzte er heraus und schoss zu seinem Schreibtisch. Er kam mit einem Blatt zurück, das er mit spitzen Fingern auf den Couchtisch vor Melzer legte. Es war die Kopie eines Zeitungsartikels.

»Nu, lesen Sie mal, Melzer. Stammt aus nem Käseblatt in der tiefsten Provinz.«

Er ließ sich auf die Liege fallen, die er angeschafft hatte, um »auch mal bissken Ruhe zu machen, also wirklich!«, wie er vorher erläutert hatte.

»Lesen Sie! Lassen Sie sich Zeit!«

Der Professor verschränkte musterhaft entspannt seine Hände hinter dem Kopf und schloss die Augen. Melzer las:

Ende eines Stadlfestes

Piening. *Eine Party wollte eine Gruppe von Mädchen und Jungen gestern in einem Stadl am Mahdegg feiern. Durch exzessiven Alkoholgenuss der Beteiligten geriet das Fest so außer Kontrolle, dass die Polizei alarmiert werden musste. Die Rettung lieferte* *mehrere fast bewusstlose Halbwüchsige ins Krankenhaus ein, darunter auch zwei Verletzte, die sich bei »Mutproben« im Suff Knochenbrüche zugezogen hatten. Feiern, bis die Rettung kommt?? – pern*

»Na, ist das was?«

Melzer schielte vorsichtig über das Blatt zu seinem Chef hinüber. Der hatte sich längst wieder aufgesetzt und starrte ihn saugend an.

»Ein echter Knaller, Melzer!«

Der Verdacht stieg auf, dass Buhlmann, der sich gerne als »alten Scherzkeks« bezeichnete, wieder mal nur in launiger Stimmung war. Vorsichtig murmelte Melzer:

»Ein paar Jugendliche, die sich zugesoffen haben?«

»Mönsch, ist doch nur das, was hier steht. Sie müssen zwischen den Zeilen lesen, Melzerich!«

Das war Buhlmanns Lieblingsumschreibung dafür, dass er etwas wusste, wovon sein Gegenüber keine Ahnung hatte. Melzer seufzte.

»Okay, Chef. Sie haben noch andere Informationen.«

Der Professor lachte wie gekitzelt. »Genau, noch die eine oder andere klitzekleine Info«, verkündete er strahlend. »Lauter Details, die der Skribifax von diesem Käseblatt unterschlagen hat. Oder die er wirklich nicht kennt!«

»Zum Beispiel?«

»Zum Beispiel war es keine Party. Es gab schon einmal keinen Alkohol. Nicht mal ne klitzekleine Bierdose. Nur neun nackte, in den Orbit geschossene Jugendliche mit totalem Filmriss!«

»Das klingt nach einer K.O.-Droge.«

»Haha! Und die Knochenbrüche? Die klingen danach, dass zwei von ihnen gesprungen sind!«

»Wahnvorstellungen? Irgendwelche Halluzinogene?«

»Aber hallu-hallo, Melzerich! Vielleicht ne LSD-Abart. Oder dieses neue 2C-E? Oder gar nichts Synthetisches! Was Pflanzliches wie

Meskalin, vielleicht sogar etwas, das wir noch gar nicht kennen. Jedenfalls, fulminante Wirkung.«

»Und woher wissen Sie diese Details, von denen der Journalist vor Ort überhaupt keine Ahnung hat?«

Der Professor wedelte fröhlich mit den Händen.

»Och Melzer, lassen Sie mir doch meine schmutzigen kleinen Geheimnisse! Fragen Sie mich was anderes. Zum Beispiel, wann soll ich fahren?«

»Warum soll ich das fragen?«

»Die Antwort wäre übrigens: morgen früh«, sagte Buhlmann mit Verschwörermiene. Melzer riss es. Der Chef meinte es tatsächlich ernst!

»Wie bitte?«, entfuhr es ihm, »ich bin doch kein Drogenfahnder!«

»Haha«, krähte Buhlmann, als ob er auf diesen Einwand gewartet hätte, »warum so pingelig, Doktor? Forschung oder Fahndung, bei einem Projekt wie dem unseren verschwimmt das manchmal. Sie jammern doch die ganze Zeit über fehlende Evidenzen. Hat sich da was geändert?«

»Nein, woher denn?«

»Kein Wunder bei all den durchmedikamentierten Therapie-Zombies! Ich sage, jetzt aber mal raus aus der klinischen Retorte! Raus ins offene Leben, Melzer, und mit Gebrüll auf diesen entzückenden Fall! Was machen Sie schon wieder fürn Gesicht?«

»Ich musste bloß an mein Thema denken«, sagte Melzer in einem Ton, der ziemlich süffisant klang. »Mal angenommen, drogeninduzierte Psychosen würden gruppenweise auftreten. Wie soll ich dann ihre neurobiologischen Korrelate aufspüren? Meinen Sie, dass es in dem Kaff einen Photonen-Tomographen gibt? Und dass ich die Gruppe dazu kriege –«

»Möönsch, Melzer, nu sind Sie mal nicht so verkrampft«, unterbrach der Professor schmollend. »Klammern Sie sich nicht an Ihr Thema, fahren Sie einfach mal hin!«

»Einfach so?«

»Na klar! Riskieren Sie mal was! Ist doch spannend. Gemütliche Kleinstadt, ohne Milieu, ohne Junkies, lauter taufrische Ersteinsteiger, die sich irgendwas Ausgefallenes reingepfiffen haben«, sang der Professor und beschrieb mit seinen Polsterhänden geradezu levantinische Gesten.

Melzer sah in das Gesicht vor ihm, mit dem rosigen Baby-Teint und dem absurden Knebelbärtchen. Schweinchen Schlau als Mephisto, dachte er hilflos und fühlte die Wände der Sackgasse näherkommen. Es spielte keine Rolle, dass dieser hochdekorierte wissenschaftliche Hütchenspieler blanken Unsinn redete. Er war der Ordinarius, er war sein Chef, er hatte ein aufwändiges Projekt für ihn auf die Beine gestellt und zuletzt noch seine Freistellung aus der Klinik bei voller Bezahlung durchgedrückt. Wenn der auf die Idee kam, dass er drogeninduzierte Psychosen bei einer Gruppe deutscher Schäferhunde untersuchen sollte, dann würde Melzer das tun. Und würde dabei – und das war das eigentliche Elend – wohl noch heimlich froh sein, dass ihn das von seiner »Fleißarbeit« abhielt...

Die Sackgasse schloss sich nun ganz um ihn, sie wurde zum Sack, in dem Melzer steckte. Ganz kurz zuckte eine Vision auf, wie Melzer sich mit einem Schlag daraus befreien könnte: jetzt einfach sich vorbeugen und bei dem in die Jahre gekommenen Enfant terrible der Neurobiologie Hand anlegen! Mit einen kräftigen Riss nachprüfen, ob dieses Bärtchen wirklich echt war!

Doch derlei drang bei Melzer nie durch bis zur Handlungsebene. »Unser Melancholicus Melzer gehört zur Gattung der Krebse. Ganz feine Tentakel nach außen, ganz dicker Panzer nach innen«, hatte sein manchmal auch unangenehm scharfsichtiger Chef das einmal formuliert.

Dementsprechend lehnte sich Melzer noch etwas weiter im Sessel zurück und murmelte:

»Naja... wo liegt denn dieses Kaff?«

Der Professor strahlte und ruderte zum Schreibtisch zurück.

»Momentchen. Hat Papa schon alles gecheckt!«

Er kam mit seinem Laptop zurück und reichte ihn Melzer. Auf dem Bildschirm war eine Landkarte des Münchener Südens bis zum Alpenrand. Er erläuterte, von der Seite über Melzer gebeugt.

»Sehn Sie, Autobahn von München ... da gehts weg, nochmal fünfzig Kilometer Landstraße und da isses.«

Sein Finger tippte auf einen gefüllten Kreis. Melzer vergrößerte den Ausschnitt, der Kreis verwandelte sich einen unregelmäßigen Flecken. Melzer las »Piening«. Sein Herz einen Schlag aus. Der Name des Kaffs war ihm bekannt!

Nah bei dem Flecken war noch ein kleiner hohler Kreis erschienen. Melzer entzifferte die Beschriftung: »Binabichl«. Zum ersten Mal sah er den Namen gedruckt. Und erkannte, dass er ihn auch noch falsch geschrieben hatte, damals, bei seinem letzten, verzweifelten Brief an Amrei. »Binabich-el« hatte er in die Adresse geschrieben. Auf dem Bildschirm stand aber »Binabich-l«...

Nicht, dass Melzer das noch gesehen hätte, so wie es ihm vor den Augen flimmerte. Es war eine Sehstörung, die sein hämmerndes Herz verursachte. In seinen Ohren rauschte es. Aus weiter Entfernung hörte er den Professor dröhnen:

»Also, ganz zentral am Arsch der Welt. Ist doch romantisch oder?... Nu hörn Sie bloß auf zu bocken! Ein interessanter Fall, ergebnisoffen, in lauschiger Gegend und alles auf Spesen, ist doch fast Urlaub, Sie Miesepeter!«

Melzer hatte inzwischen seinen Atem reguliert und zwang sich zu einem Lächeln.

»So gesehen«, krächzte er und räusperte sich hastig. »Es ist aber totales Neuland für mich, Chef. Wenn Sie sich nicht zuviel davon versprechen...«

»Hörn Sie auf, Melzer. Klar ist das n Experiment! Sie fahren hin, hören sich um, horchen die Jugendlichen aus und ich zieh keine Schnute, wenn nichts rumkommt dabei. Aber glaub ich nicht. Irgendwas ist seltsam an der Sache, das hab ich im Urin«.

Melzer hatte sich soweit wieder erholt, dass er fragen konnte:

»Kommuniziert Ihr Urin vielleicht mit Ihren ominösen Quellen, Chef?«

»Nu werden Sie nicht ordinär, Melzerich. Nee, nee, meine Quellen, da schweigen wir man lieber von.«

2

In dieser Nacht träumte Melzer, dass er durch enge Kleinstadtstraßen lief, die schattenhaft und undeutlich blieben. Er wusste aber, dass es die Gassen von Piening waren. Er kam zu einer Art Marktplatz, verschwommen wie alles andere, und sah plötzlich Amrei, die in einiger Entfernung davonging. Er rief, wollte hinterher und merkte, dass er nicht vom Fleck kam. Verzweifelt sah er sie verschwinden. Plötzlich sagte eine Stimme: »Was machst du hier, Ludwig?«. Amrei stand hinter ihm und musterte ihn streng. Melzer wollte es erklären, bekam aber kein Wort heraus. Amreis Gesicht verhärtete sich.

»Ludwig, du wolltest nicht. Jetzt ist es zu spät. Du hast nicht gewollt.«

»Amrei!«

Melzer erwachte von seinem Schrei und setzte sich im Bett auf. In der Dunkelheit leuchteten die Zahlen seines Radioweckers: 3 Uhr 20. Seine Pyjamajacke war durchgeschwitzt wie jedes Mal, wenn er von Amrei träumte. Es war immer der gleiche Traum, in wechselnder Umgebung: Amrei lief ihm irgendwo in München über den Weg und sagte ihm jedes Mal mit den gleichen Worten, dass er das Beste, was ihm jemals passiert war, für immer verloren hatte. Durch seine eigene Schuld. Weil er damals, vor vier Jahren, »nicht gewollt« hatte...

Melzer zog fröstelnd die nasse Jacke aus und ging ins Bad. Erfahrungsgemäß war es nach diesem Traum vorbei mit Schlafen. Im Bademantel tappte er in den dunklen Flur und erschrak vor dem schemenhaften Fremden, der ihm dort entgegegenkam. Es dauerte einen Moment, bis er ihn im Wandspiegel an den nackten Füßen erkannte. Derlei passierte in dem Gefühl von Unwirklichkeit, das zurückblieb, wenn er von Amrei geträumt hatte. Früher hätte Melzer sich angezogen und dieses Gefühl mit einem strammen Spaziergang durch die nächtliche Stadt vertrieben. Oder er hätte sich mit einem Kaffee an den Schreibtisch gesetzt und gearbeitet, bis es Zeit war, in die Klinik zu fahren.

Doch seit zwei Monaten war das vorbei, keine Patienten warteten mehr auf ihn. Man war mittlerweile freier Wissenschaftler, man konnte sie sich frei einteilen, die hochambitionierte Arbeit, bei der einem das Gesicht einschlief. Man konnte auch jederzeit die Stadt verlassen, um in der Provinz absurde Untersuchungen für seinen Chef durchzuführen...

Melzer drängte das weg. Diesmal wollte er gar nicht loskommen von dem Traum. Irgendetwas darin war anders als sonst gewesen. Er holte sich ein Bier, ging, an der Flasche nuckelnd, ins Wohnzimmer hinüber und spürte dem nach. Ganz einfach, es war der Ortswechsel! Der Traum hatte nicht in München gespielt. Gewissermaßen ausdrücklich spielte der Traum in Piening, ein ihm überaus unbekannter Ort, den er erst kennenlernen würde, falls er am Morgen wirklich dorthin fuhr. Und was hieß das? Zum ersten Mal enthielt der erstarrte Traumablauf ein Element, das nach vorne wies. Ein Hauch von Zukunft, und das war irgendwie aufregend.

Melzer, seit längerem Nichtraucher, hatte plötzlich Lust zu rauchen. Er kramte in der untersten Schublade seines Schreibtisches und fand die Zigarettenpackung, halbvoll mit eingeschobenem Feuerzeug. Katja hatte sie liegengelassen nach ihrem letzten dramatischen Auftritt, zu dem Melzer wenig mehr beigetragen hatte als halbherzige Versuche, es ihr »leicht zu machen«. Das wurde natürlich als zusätzliche Kränkung empfunden. Schluchzend war Katja aus Melzers Wohnung und Leben gerauscht... Eine peinliche Erinnerung, von der sich Melzer ablenkte, indem er sich eine ansteckte.

Die erste Zigarette nach zwei Jahren hatte was Fulminantes. Melzer zog den Rauch ein und dachte daran, wie Herr Fehling ihm wegen Katja die Leviten gelesen hatte. Sein alter Lehranalytiker, der Melzer gelegentlich noch supervidierte, war regelrecht verärgert gewesen über diesen erneuten Misserfolg in Melzers Liebesleben. Seine diversen Beziehungen in den Jahren nach Amrei waren alle an derselben Widersprüchlichkeit gescheitert. Sein beachtliches Einfühlungsvermögen in die jeweilige Geliebte führte schnell zu einer Intimität, in der dann umso deutlicher etwas anderes zu Tage trat: Melzers tiefinnere Unbeteiligtheit. Melzer erklärte sie damit, dass der Verlust Amreis einen emotionellen Schlaganfall bei ihm verursacht hätte. Seitdem lebe er im Zustand einer »seelischen Hemiparese« – womit er den volkstümlichen Ausdruck »halber Mensch« vermied ...

Für Fehling waren das geschraubte Überhöhungen: diese Studentenliebe hätte Melzer lieben gelehrt, das sei doch wunderbar! Sei Melzer nun endlich bereit, diesen entscheidenden Entwicklungsschritt auf neue Beziehungen anzuwenden? Oder wollte er ihn wieder zunichte machen, indem er sich weiter auf auf die mystifizierte Einzigartigkeit dieser einen Person versteifte, die nun mal nichts mehr von ihm wissen wollte?... Das war laut Fehling die einzig relevante Frage. Melzer hatte dem nichts entgegenzusetzen, außer, dass es ihm eben nicht möglich war.

In seiner Analyse davor hatten sie die Spaltung in ihm ausführlich ergründet, die durch seine Kindheit als frühreifer Sohn einer alleinerziehenden Mutter mit autistischen Zügen entstanden war. Von früh auf hatte Melzer sich sehr gut in andere einfühlen können und war selbst sehr verschlossen gewesen. Darin waren sie sich einig. Nur konnte Melzer Fehling nie wirklich begreiflich machen, wie sich mit Amrei diese Spaltung in ihm einfach aufgelöst hatte. Sodass er mit ihr zusammen erscheinen konnte, in einer noch nie dagewesenen Vollständigkeit, und mit Seiten, die ihm selbst unbekannt gewesen waren. Mit einem Wort, es gelang Melzer nie, die Einzigartigkeit des Modus zu erklären, in den Amrei ihn versetzt hatte, als ob sie ein Licht in ihm anknipsen würde.

So drang er bei Fehling nicht durch damit, dass Amrei mehr gewesen war als bloß die Frau, die ihn lieben gelehrt hatte. - Bloß? Lieben ist nie b l o ß , Herr Melzer! Was muss es denn sonst noch sein bei Ihnen? – Melzer schwieg. Er akzeptierte, dass Fehling dann nichts mehr von seinen stereotypen Amrei-Träumen hören wollte. Er nickte schwermütig, wenn Fehling forderte, endlich den Abschiedsbrief von Amrei zu verbrennen, diese absolut lähmende Reliquie...

Melzer hatte die Zigarette in der Metallschale ausgedrückt, die auch Katja als Aschenbecher gedient hatte. Er trank sein Bier aus, spielte mit dem Gedanken an eine zweite Flasche. Doch blieb er sitzen und überraschte sich damit, dass er noch eine Zigarette ansteckte. Sie schmeckte sogar noch besser als die erste. Beflügelt tauchte Melzer zu der offenen Schublade hinab und förderte unter dem Krimskrams den Brief zutage, der dort zuunterst lag: die einzige Antwort, die er jemals von Amrei bekommen hatte.

Die wütenden, Erklärung fordernden Mails, die er ihr anfangs geschrieben hatte, waren unbeantwortet geblieben, bis dann ihr Account nicht mehr existierte. Schon ziemlich weichgekocht, hatte er ihr einen sehnsüchtigen und verzweifelten Brief geschrieben, notdürftig an die »Grundschule Binabich-el« adressiert; keine Antwort. Er schrieb noch einen, in dem er ankündigte, nach Binabichl zu kommen, um mit ihr zu reden. Daraufhin war äußerst prompt jener Brief zurückgekommen, den er jetzt aus seinem abgenutzten Kuvert zog. Er entfaltete das leicht speckige, an den Kanten braun gewordene Blatt, auf dem in Amreis schöner, sauberer Lehrerinnen-Schrift stand:

Ein für alle Mal, Ludwig,
ich verbiete Dir, nach Binabichl zu kommen! Und meine Mailadresse habe ich nicht gecancelt, damit Du mich mit Briefen quälst. Ich muss lernen, ohne Dich zu leben. Das schaffe ich nur, wenn Du für mich nicht mehr existierst. Das ist hart und grausam gegen Dich. Aber ich bin viel zu lange schwach, blind und verantwortungslos gewesen. Weil ich Dich geliebt habe. Ich habe Dir das angetan. Es war ein furchtbarer Irrtum. Mein Irrtum, meine Schuld. Aber jetzt werde ich nicht alles noch schlimmer machen. Ich will Dich nicht mehr wiedersehen, Ludwig. Sonst komme ich nie drüber weg. Und Du vielleicht auch nicht.
Amrei

Melzer legte das Blatt in die Schale und zündete es mit dem Feuerzeug an. Und musste grinsen, weil genau das Fehling immer gefordert hatte. Doch so hatte er es sicher nicht gemeint. Das Blatt krümmte sich in der Flamme, wurde schwarz. Melzer zerstieß es mit dem Feuerzeug zu Asche. Eine große Beschwingtheit kam über ihn.

»Nie-wieder-Briefe werden leider nicht mehr angenommen, mein Schatz«, flüsterte er.

Selbstgespräche waren ihm sonst peinlich. Doch jetzt musste er sogar kichern.

FREITAG

3

Kurz nach Acht am Morgen war die Zeit, in der sich Professor Buhlmann gewöhnlich in seinem knatschgrünen *Z4* auf dem Weg in die Arbeit befand. Draußen im Max-Planck-Institut angekommen, verschwand er dann in einem Zyklon hektischer Aktivität, der ihn erst in der Nacht wieder ausspuckte (und zwar im beneidenswerten Zustand eines satten Säuglings, der nur mehr schlafen wollte). Seine Freunde wussten, dass man ihn als Privatmenschen noch am ehesten auf dem Weg zur Arbeit zu fassen bekam. Denn auch ein notorischer Netzwerker wie der Professor hatte, wenn man den Begriff nur weit genug fasste, noch den einen oder anderen Freund.

Als Buhlmann an diesem Morgen sein sportives Gefährt mit durchaus professoraler Vorsicht auf den Zubringer nach Garching einfädelte, klingelte die Freisprechanlage im Wagen, die er korrekterweise benutzte. Aus dem Lautsprecher kam die Stimme vom Alten Fritz, wie er den Analytiker Friedrich Fehling nannte. Sein früherer Mitstudent und jetziger Schachfreund war einer der wenigen Menschen, die den Professor noch mit seinem Spitznamen ansprachen, wie jetzt, als er fragte:

»Spreche ich mit Dr. Bully Schweitzer, dem Gutmenschen vom Max-Planck-Institut?«

Der so Verdächtigte stellte sich blöd und ließ sich erklären, welch gute Tat er getan haben sollte. Fehling fand Bullys Aktion mit Melzer nicht nur menschenfreundlich, sondern auch ziemlich gerissen. Was für eine schlaue Idee, Melzer einfach mit einem fadenscheinigen Auftrag nach Piening zu schicken und abzuwarten, was dann passiert!

»Ich sags ja nicht gern, Bully, aber das ist mal ein Beispiel für wirksame Verhaltenstherapie! Da kann man als Shrink einfach nicht mithalten«

»Danke, Fritz. Das schreib ich mir ins Album. Hat der Melzerich noch mit dir gesprochen?«

Fehling erwähnte Melzers Anruf von gestern Nacht auf seinem Anrufbeantworter. Melzer hätte von seiner Piening-Mission erzählt und dass er dort den gordischen Liebesknoten endlich durchhauen würde. »Oder so ähnlich. Für Melzers Verhältnisse klang es ziemlich euphorisch.«

»Bestens. Sag mal, hat er den Auftrag als fadenscheinig bezeichnet oder ist das deine Meinung?«

»Na, hör mal… junger Wissenschaftler fährt aufs Land, um interessanten Patienten auf den Zahn fühlen, wie weiland Freud und Jung. Das ist doch 19. Jahrhundert! Aber genau die Legitimation für Melzer, um sich überhaupt dorthin zu trauen. Wirklich genial, Bully.«

Trotz dieses Lobs fand Buhlmann das Gespräch nicht mehr so erfreulich und beendete es bald. Er liebte es nicht, wenn der Alte Fritz Gedanken hatte, die der Wahrheit unerfreulich nahekamen. In seinen Augen verstieß er damit gegen die Grundlagen ihrer Freundschaft, die sich während ihrer Schachabende in Fehlings bräunlichem, bücherstrotzendem Wohnzimmer vollzog. Und zwar nach Regeln, die unausgesprochen, doch für Buhlmann umso verbindlicher waren.

Fehlings rituelle Rolle dabei bestand darin, edle Weine zu kredenzen und ansonsten gebildet, grundanständig und menschenfreundlich zu sein, lauter schöne Eigenschaften, die für seinen Freund Bully direkt damit zusammenhingen, dass er beim Schach kein ernstzunehmender Gegner war. Trotz Vorgabe eines Turms hatte der Alte Fritz nie den Hauch einer Chance, wenn er über dem Brett brütete, während Bully schwadronierend durchs Zimmer ruderte, mal eben am Schachtisch vorbeikam und nebenbei seinen Zug machte, der den Freund in die nächste brummelnde, rotweinschlürfende Ratlosigkeit versetzte. So gehörte sich das, so musste es sein.

Bei einer dieser Schachsitzungen war das Gespräch auf den jungen Melzer gekommen. Dieser war eigentlich ein heikles Thema zwischen den beiden, weil Fehling auch bei diesem hoffnungsvollen Nachwuchsmediziner eine diskrete Niederlage hatte hinnehmen müssen. Er hielt Melzer nämlich für den geborenen Therapeuten, doch Buhlmann hatte ihn ihm abspenstig gemacht und mit dem Habilitationsprojekt auf den Weg der reinen Wissenschaft gelockt.

Jetzt äußerte sich der Professor zwar lobend über dessen Arbeit, beschwerte sich aber über die Dauermelancholie, die »der Melzerich ausdünstet«. Fehling, vom analytischen Schweigegebot, das unter Kollegen ohnehin lax gehandhabt wurde, durch die Bedrohung seiner Dame zusätzlich abgelenkt, erklärte das beiläufig mit Melzers Fixierung auf seine Studentenliebe, die sehr schmerzhaft zu Ende gegangen sei. Seine Angebetete sei plötzlich in ihr Heimatdorf zurückgekehrt und habe jeden Kontakt abgebrochen. Seltsame Sache, ein kleines Dorf mit skurrilem Namen, irgendwas mit Bina, Binabichl oder so...

Buhlmann hatte sich, als er den Namen hörte, beinahe an seinem Rotwein verschluckt. In seiner Aufregung machte er dann einen schlampigen Zug, der dem Alten Fritz fast zu einem Remis verholfen hätte. Aber eben nur fast, ähnlich wie Fehling soeben mit seinem »fadenscheinigen Auftrag« die Wahrheit auch nur gestreift hatte.

Buhlmann beruhigte sich damit, dass der Alte Fritz vom eigentlichen Zweck der Mission Melzers natürlich keine Ahnung hatte, und beschloss, seinem Schachfreund zu verzeihen. Erstens verdankte er ihm die Information über Melzers zweifellos wertvollste Eigenschaft und zweitens war die Sache jetzt in Gang. Der Krebs war endlich aus seiner Höhle gekrochen...

Gut gelaunt begann der Professor zu summen und drückte aufs Gas. Der *Z4*, mit dem der Professor seinen verblassenden Ruf als Exzentriker aufzufrischen hoffte, machte einen Satz, der Tacho stieg auf verwegene 130 km/h.

4

Gewerbegebiet, Einkaufszentrum, eine eintönige Folge von Einfamilienhäuschen entlang der Straße. Dann größere Gebäude, die enger standen, sich zum »Ortskern« verdichteten...

Nichts, was Melzer bei seiner Einfahrt nach Piening sah, drang durch die Hornhaut seines gewachsenen Vorurteils. In einem Kaff wie diesem war er groß geworden, in einem anderen Kaff war er noch einmal »Arzt im Praktikum« gewesen. Zwar lagen beide in Niederbayern und nicht im Oberland wie hier, wo die blauen Kämme der Berge über jeden Dachfirst spitzten. Doch Melzer war nicht geneigt, sich geografische Unterschiede zu Herzen zu nehmen. Egal, wo die Käffer liegen, kennst du eines, kennst du alle...

Das tüchtige Bienchen hatte für Melzer ein Zimmer im Hotel Sperl gebucht. Es war ein gravitätisches Haus von zwei Stockwerken, mit breiter Front zum Marktplatz. Eine große Wirtschaft nahm fast das ganze Erdgeschoß ein, daneben lag das schmale Hotelfoyer. Nachdem Melzer seinen alten Golf im Hinterhof des Hotels geparkt hatte, wurde er am Empfang von einem Mann um die Dreißig überraschend herzlich begrüßt.

Er war groß und gutaussehend, stellte sich als »Sperl junior« vor, und händigte ihm formvollendet den Schlüssel aus. Melzer nahm den Aufzug in den zweiten Stock. Das alte Haus war durchgreifend modernisiert. Auch in Melzers schmalem Zimmer erinnerte nur seine Höhe an vergangene Großzügigkeit.

Man sah aber hübsch auf den autofreien Marktplatz hinab, mit seinen Geschäften und den Herden von Tischen vor den Lokalen. Melzer packte aus. Nach dieser geringfügigen Aktion setzte er sich aufs Bett. Gähnend klaffte die Frage auf: Was jetzt?

Noch während seiner Fahrt auf die Bergketten zu, die sich immer markanter am Horizont aufbauten, war Melzer stolz auf seinen Plan gewesen. Die Schwachsinnsmission als professionelles Feigenblatt gegen Amreis Kontaktverbot zu benutzen – was für eine pfiffige Idee!

Doch in diesem Zimmer erschien das nur mehr hanebüchen, völlig unrealistisch. Melzer spürte plötzlich, wie wenig er nachts zuvor geschlafen hatte. Der Drang, sich in die Tagesdecke einzurollen und erstmal zu pennen, wurde fast übermächtig. Er fuhr hoch, griff nach seinem Arbeitsrucksack und verließ das Hotel.

Sein forscher Aufbruch endete in einem kleinen Café an der Querseite des Platzes, keine hundert Meter weg vom Hotel. Das Café mit dem munteren Namen *Papala-Pub* bot zwar Hintergrundmusik von *Antenne Bayern*, aber einen annehmbaren Cappuccino. Das Lokal war fast leer, Melzer saß an der Frontscheibe, aber versetzt. So hatte er den ganzen Platz im Blick, ohne selbst gesehen zu werden.

Melzer war nicht nur wegen des Kaffees hierher geflüchtet, obwohl er ihn dringend nötig hatte. Draußen auf dem Platz war ihm plötzlich eingeschossen, dass hier der Alptraum jederzeit Wirklichkeit werden konnte.

Vom Koffein belebt, hämmerte Melzer sich ein, dass hier Amrei-Land war. Hier konnte jederzeit, von hinten oder von vorn, die Frage ertönen: »Was machst du hier, Ludwig?« Selbstzweifel konnte er sich nicht mehr leisten. Wenn der Schwachsinn sein Feigenblatt sein sollte, dann brauchte dieses dringend mehr Substanz!

Erstmal erkundete er Piening übers Internet und sah zwischendurch auf den Platz hinaus. Der Marktplatz war hübsch. Wie ja oft in diesen Käffern, relativierte er. Der hier hatte etwas wirklich Ansprechendes mit den hellen Fassaden der zweistöckigen Bürgerhäuser, der unvermeidlichen Pestsäule und dem Schwerpunkt des Stadtmünsters am anderen Ende. Es war ein geschlossenes Ensemble aus dem Barock, das im Grunde den Schweden zu verdanken war; sie hatten im 30-jährigen Krieg das mittelalterliche Piening dem Erdboden gleichgemacht...

Diese Weisheiten hatte Melzer aus *Wikipedia*, das ihn auch darüber informierte, dass der Markt Piening an die 10.000 Einwohner, zwei höhere Schulen und ein Kino hatte; dass in der *Edelweiß-Kaserne* eine große Stationierung von Gebirgsjägern lag; oder dass die Brauerei *Bina-Bräu* im nahen Dorf Binabichl zu den wichtigen örtlichen Arbeitgebern gehörte, was übrigens die einzige Erwähnung von Amreis Heimat war.

Den Link zum *Bina-Bräu* ignorierte Melzer. Er wählte den zur Lokalzeitung *Piening-Kurier* und fand im Impressum den Redaktionsleiter Roman Pernecker, wohl der Träger des Kürzels pern unter dem Stadlfestartikel. Melzer rief beim *Piening-Kurier* an und wurde verbunden.

Herr Pernecker trat als verbindliche Baritonstimme in Erscheinung. Melzers Vorstellung als Wissenschaftler vom Münchner Max-Planck-Institut kommentierte die Stimme noch mit achtungsvollen »Ahas«. Als Melzer auf die »Jugendlichen vom Mahdegg« zu sprechen kam, verlor sie schlagartig an Jovialität. Die Stimme gab gerade noch zu, den Artikel geschrieben zu haben, aber – »warum interessieren Sie sich dafür?«

»Das würde ich Ihnen gerne persönlich erklären, Herr Pernecker. Ich kann jederzeit bei Ihnen vorbeischauen, ich bin nämlich in Piening-«

»Sie sind hier? Wer sind Sie eigentlich?«

»Dr. Melzer vom Max-Planck-Institut. Ich recherchiere für ein Forschungsprojekt und würde gerne von Ihnen Näheres über den Vorfall –«

»Ausgeschlossen, Herr Doktor. Ich bin Journalist. Ich interviewe Leute, ich gebe aber keine Interviews. Wenn Sie die Informationen in meinem Artikel unzureichend finden, wenden Sie sich doch an die Polizei. Habedehre, Herr Doktor!«

Melzer steckte sein Handy ein und winkte der Kellnerin. Er war eigentlich nicht enttäuscht. Tatsächlich fühlte er sich besser als vorher. Irgendwie fundierter. Auch solch eine Abfuhr war Wirklichkeit und gab Stoff fürs Feigenblatt her. Wenn man jetzt Amrei über den Weg laufen würde, stände man nicht völlig ungerüstet da...

»Was machst du hier, Ludwig? – Ach, ganz schwierige Recherche! Gerade hat mich ein Redakteur abfahren lassen und jetzt muss ich zur Polizei!«

5

Das Polizeirevier war nur ein paar Straßen vom Marktplatz entfernt. Es befand sich im Erdgeschoß eines Hauses, das wie ein Eigenheim und nicht wie der Sitz der Pieninger Exekutive wirkte. Immerhin standen auf dem asphaltierten Hof zwei Streifenwagen. Neben der gläsernen Haustür verkündete ein Schild mit Polizeiemblem, dass hier die »PI Piening« residierte. Melzer drückte die Tür auf und kam in einen schmalen Flur mit Türen auf beiden Seiten. Die erste rechts stand offen.

»Grüß Gott! Wie kann man Ihnen helfen?«

In dem kleinen Raum saß ein beleibter Uniformierter mit Kurt Beck-Bart hinter seinem Schreibtisch und lächelte freundlich. Melzer trat in das mit Aktenschränken, Kopierer und Computergerät vollgestopfte Zimmer, hinterm Bugspriet seiner gezückten Visitkarte. Er sagte seinen Vers auf, wer er sei und was er wolle, nämlich Recherchen anstellen zu dem Vorfall mit den betäubten Jugendlichen, die im Krankenhaus gelandet waren.

»Die vom Mahdegg drobn? Was wollen Sie denn von denen?«

Der Vorfall könnte unter Umständen von Interesse für ein wissenschaftliches Forschungsprojekt sein, gab Melzer gemessen zu Protokoll. Zunächst würde er gerne mit dem Beamten sprechen, der die Rettung der jungen Leute durchgeführt hatte... Der Polizist studierte mit gefalteter Stirn die Visitenkarte mit Melzers Titel unter der Adresse des Max-Planck-Instituts und verfiel auf die aufschiebende Frage:

»Könnten S Eahna ausweisen, Herr Dokta?«

Melzer konnte. Der Polizist behielt Karte und Ausweis in der Hand und zwängte sich seufzend hinterm Tisch hervor. Er ging an Melzer vorbei zur Tür.

»Momenterl, Herr Dokta. Wenn Sie derweil im Besprechungszimmer warten, gell? Hauptkommissar Perschagg kommt gleich.«

Melzer hatte seine Schreibmappe auf dem länglichen Tisch ausgelegt, der mit vier Stühlen das einzige Mobiliar des Besprechungszimmers darstellte. Er studierte die Informationsplakate an den Wänden, als jemand durch die halboffene Tür hereinkam.

»Grüß Gott, Herr Doktor! Perschagg mein Name, ich bin hier der Dienststellenleiter. Setz ma uns doch!«

Perschagg war vielleicht Mitte Dreißig, kaum älter als Melzer und jedenfalls deutlich jünger als sein gemütlicher Untergebener. Er war ein langer Schlaks mit trägen Bewegungen und leiser, rapider Sprechweise, die nur leicht dialektgefärbt war. Aus dem offenen Kragen seines olivfarbenen Uniformhemdes sprang ein sehniger Hals, der ein trockenes Raubvogelgesicht unter einem rotblonden Schopf trug. Die blauen Augen, die eng neben dem dominanten Nasenzinken standen, waren halbgeschlossen und musterten Melzer mit schläfrigem Ausdruck. Er schob ihm den Personalausweis auf der Tischplatte hinüber. »Bittschön, Herr Doktor.«

Ein Seitenblick streifte Melzers hoffnungsvoll geöffneten Notizblock in der Mappe. Um den Mund des Polizisten zuckte es ironisch. Das veranlasste Melzer dazu, erstmal sein Beglaubigungsschreiben über den Tisch zu reichen.

»Vielleicht hilft das, mein Anliegen zu erklären.«

Perschagg las den Brief mit dem eindrucksvollen Briefkopf des Instituts, in dem unterfertigter Prof. Dr. mult. Bodo Buhlmann das Forschungsprojekt »Neurobiologische Korrelate von Störungen des Ich-Erlebens« etc etc anführte und der Hoffnung Ausdruck gab, dass sein kompetenter und vertrauenswürdiger Mitarbeiter, Dr. med. Ludwig Melzer, bei seinen Recherchen die erwünschte Unterstützung finden würde. Beim Lesen wirkte Perschaggs Blick hellwach, die blonden Augenbrauen tanzten auf und nieder. Dann sah er Melzer wieder ziemlich schläfrig an.

»Verstehe. Und was hätten Sie jetzt vor?«

»Ich würde gerne den Polizisten interviewen, der vor Ort gewesen ist. Dann bräuchte ich die Namen der betroffenen Jugendlichen. Ich möchte sie persönlich befragen.«

»Verstehe«. Perschaggs Augenlider sanken noch tiefer, während er einen Punkt an der Wand seitlich von Melzer fixierte. »Der Beamte vor Ort war ich.«

»Das trifft sich ja gut«, entfuhr es Melzer und griff unwillkürlich nach seinem Kuli. Perschaggs Mundwinkel zuckten wieder.

»Moment, Herr Doktor. Ich kann Ihnen da nicht weiterhelfen. Und es kommt schon gar nicht in Frage, die Namen der jungen Leute an Dritte weiterzugeben. Auch nicht an Sie. Wir nehmen die Persönlichkeitsrechte ziemlich ernst, vor allem bei Minderjährigen. Das ist auch ganz im Interesse ihrer Eltern. Die sind ziemlich bestürzt über das, was ihren Kindern passiert ist. Ist ja begreiflich, oder? Es haben sich sogar schon welche beschwert bei mir. Bei einzelnen Familien hat es nämlich Nachfragen von Fremden zu dem Vorfall gegeben. Komisch, gell?«

»Wie Nachfragen? Von wem denn?«

Der Polizist zuckte die Achseln und lächelte verträumt.

»Wer weiß? Vielleicht Reporter? Sie sind jedenfalls der erste, der es ganz offen bei der Polizei probiert.«

Melzer gab sich einen Ruck. »Sowas finde ich natürlich bedauerlich. Aber Sie sehen hoffentlich ein, Herr Inspektor ...«

»Hauptkommissar«, warf sein Gegenüber sanft ein.

»Verzeihung... also das hat überhaupt nichts mit meinem Anliegen zu tun. Mir geht es um Wissenschaft, nicht um Sensationsmache. Ich will von den Jugendlichen nur Informationen, die völlig anonym bleiben. Falls sie überhaupt relevant sind, gehen sie als rein statistisches Element in meine Arbeit ein.«

»Verstehe. Was ich, ehrlich gesagt, nicht versteh, wie kommen Sie überhaupt auf sie? Wie hängt das denn mit dem Thema von Ihrem Projekt zusammen?«

Und dann erlebte Melzer, dass Perschagg wieder zum Beglaubigungsschreiben griff und den Untertitel des Projekts erläutert haben wollte. Melzer mußte ihm erklären, was seine Probandengruppe mit »drogeninduzierten Psychosen« von den Gruppen mit »schizoaffektiven und schizophrenen Psychosen« unterschied. Er begann zu schwitzen. Zum Glück wollte der Polizist dann nicht mehr wissen, was eigentlich »SPECT-Analysen« seien. Er legte das Blatt weg und fixiert ihn mit seinem schläfrigen Blick, den Melzer zu fürchten begann.

»Wenn ich das richtig verstanden habe, Herr Doktor, arbeiten Sie also mit schwer Drogensüchtigen, ja?... Wissen Sie, ich kenn die betroffenen Burschen und Madln alle. Vielleicht hat der eine oder andere schon mal gekifft, aber wenn sie bei denen richtige Junkies vermuten, dann kann ich nur lachen, Herr Doktor.«

»Es ist durchaus üblich bei solchen Forschungen, eine Gegengruppe von Probanden mit ganz konträrer Indikation aufzubauen«, log Melzer kunstvoll. Nur dumm, dass er dabei rot wurde, weil der Polizist genau den Punkt getroffen hatte.

»Ah so. Interessant. Ich fürchte, Herr Doktor, Sie müssen sich woanders nach Ihrer Gegengruppe umschauen. Hier in Piening kann ich Ihnen jedenfalls nicht weiterhelfen. Bedauere. Ich wünsch' Ihnen viel Glück für Ihr Projekt.«

Perschagg richtete sich umständlich zu voller Größe auf und reichte eine große Handschaufel über den Tisch. Melzer blieb nichts übrig, als sie zu ergreifen. Er war völlig überfahren. Noch mehr verwirrte ihn, dass dem Polizisten die Situation richtig Spaß zu machen schien.

»Das wars also? Und der Notarzt? Wollen Sie den vielleicht auch vor mir schützen?«, entfuhr es Melzer. Perschagg grinste breit.

»Aber woher denn? Der Doktor Sattmann muss selber wissen, was er mit seinem Arztgeheimnis vereinbaren kann. Der Kollege Summerer gibt Ihnen seine Nummer. Wiederschaun, Herr Doktor!«

Er war schon halb durch die Tür, als er sich noch einmal umdrehte und Melzer besonders schläfrig ansah.

»Ah, Herr Doktor... den *Piening-Kurier* haben Sie in München doch net abonniert? Net, gell?... Wie habn S denn überhaupt davon erfahren?«

Melzer stürmte mit großen Schritten vom Hof der Polizeiinspektion. Auf der Straße steckte er sich erstmal eine von Katjas Zigaretten an, als Gegengift für das ziemlich starke Gefühl, gerade eine ziemlich schwache Figur gemacht zu haben. Allein seine Antwort auf Perschaggs letzte Frage, dieses fadenscheinige Gemurmel, Wissenschaftler hätten eben auch ihre Netzwerke!... Es ließ ihn noch im Nachhinein erröten, weil das wörtlich auch von seinem Chef hätte kommen können. Oder das mitfühlende Lächeln des bärtigen »Kollegen Summerer« im Vorzimmer, der ihm den bereits geschriebenen Zettel hinhielt, und dessen tröstendes Gebrummel: »Ja mei, Herr Dokta, der Schorsch... er is halt a ganz a Ghauter, wie man bei uns sagt«!

Da empfand Melzer es als wohltuend, wie der scharfe Rauch in seine Schleimhäute biss. Eine Abfuhr am Telefon war doch leichter zu schlucken, als wenn man persönlich abgewimmelt wurde. Dabei hatte er Perschagg eigentlich sympathisch gefunden, was das Ganze noch demütigender machte. In Melzer stieg Trotz auf. Was Scharlatanerie war, ließ er sich nicht von einem Provinzbullen sagen! Er warf die Kippe weg und tippte die Nummer auf dem Zettel in sein Handy.

6

Das Kreisklinikum Piening lag vor der Stadt, an der Straße nach Binabichl. Melzer hatte auf der Altstadtumfahrung richtig dummes Herzklopfen bekommen, als der Wegweiser in Sicht kam: »Binabichl 12 km«. Doch blieb er nicht lange auf der Straße, die zu Amrei führte. Auf einem Hügel zur Rechten kam ein hässlicher Betonklotz in Sicht. Melzer nahm die Abzweigung zur Klinik.

Vom Gästeparkplatz waren es nur ein paar Schritte zu der Cafeteria, wo Melzer mit Sattmann verabredet war. Aus der Nähe wurde das Krankenhaus mit seinen monotonen Balkonreihen nicht schöner. Doch hatte man von hier einen wunderbaren Blick auf die Dächer von Piening, das sich in der Ebene ausbreitete. Und zur anderen Seite sah Melzer auf die buckelige grüne Hügellandschaft, aus der dann die blauen Wälle der Berge aufstiegen. Irgendwo dort in den Hügeln musste Binabichl liegen.

Melzer kam in die Cafeteria, in der sich die resolute Hässlichkeit der ganzen Anlage nahtlos fortsetzte. Der Raum war fast leer. An einem Tisch saß ein Mann im Bademantel mit zwei älteren Frauen. An der Selbstbedienungstheke stand ein Weißkittel. »Herr Kollege Melzer?« rief er und kam ihm lächelnd entgegen.

Kollege Sattmann bestand zunächst auf Kaffee und Kuchen von der Theke. Mit ihren Tabletts ließen sie sich an einem Fenstertisch nieder. Sattmann war ein enthusiastischer Endzwanziger mit fröhlichem Silberblick hinter einer John-Lennon-Brille. Er bestritt flüssig die Konversation, was nicht nur an seiner rheinländischen Sozialisation lag. Sattmann zeigte sich regelrecht begeistert davon, dass sich ein Kollege vom fernen München »bis zu uns« herbemüht hatte. Noch dazu jemand vom berühmten Max-Planck-Institut, oh Mann! Auch Melzers Chef war Sattmann, obwohl nur Wald-und-Wiesen-Internist, ein Begriff: »klaro, Professor Buhlmann, Paradiesvogel der deutschen Neurobiologie, aber klärchen«.

Melzer war gerührt. Und sehr erleichtert. Von einem Kollegen hatte er viel eher bohrende Fragen befürchtet als von diesem ausgeschlafenen Polizisten mit dem schläfrigen Blick. Doch für Sattmann stellte sich gar keine Frage. Für ihn war Melzer Max-Planckler, fertiger Psychiater, mit einem hochklassigen Forschungsprojekt auf dem Weg zur Habilitation. Er repräsentierte alles, wovon ein kleiner »Arzt im Praktikum« an einer Provinzklinik nur träumen konnte. Melzer spürte einen Anflug von Melancholie angesichts dieses jungenhaften Enthusiasmus für die Dinge, die ihm selbst so fragwürdig geworden waren.

Trotzdem empfand er keine Skrupel gegenüber dem Jüngeren. Zu offensichtlich war, dass Sattmann selbst unbedingt über den Vorfall reden wollte. Er war geradezu entzückt, endlich einen kongenialen Gesprächspartner dafür zu finden. Was er vor vier Tagen oben am Mahdegg erlebt hatte, sei ihm nach wie vor ein totales Rätsel, beteuerte er mit vollem Mund. Nachdem sein Kuchenstück vertilgt war, nahm er seine Nickelbrille ab und gab, leicht schielend zur Decke blickend, einen konzentrierten Bericht von den Ereignissen des letzten Samstagabends.

Sattmann war gegen 19 Uhr als diensthabender Notarzt von der Polizei alarmiert worden und mit dem Rettungswagen zum Mahdegg ausgerückt. In der Dämmerung waren sie oben bei dem Stadl angekommen. Da war das Schlimmste schon vorbei gewesen. Perschagg hatte die Situation im Griff, wobei die Hauptleistung aber von mehreren Einheimischen aus dem nahen Dorf im Tal erbracht worden war. Ein Binabichler hatte die Kinder dort oben gefunden und Alarm geschlagen. Eine Gruppe war aus Binabichl zum Mahdegg aufgestiegen, insgesamt vier Personen. Darunter zwei alte Leute, ein Mann und eine Frau, aber noch richtig fit. Sie hatten erste Hilfe geleistet, sehr tüchtig mit Decken, Traubenzucker, Tee in Thermoskannen, bevor die Polizei eingetroffen war. Auch die zwei verletzten Jungen, die unter dem Felsen hinter dem Stadl lagen, waren nur versorgt, aber nicht bewegt worden. Wirklich tüchtig. Die beiden waren offenbar von dem Felsen gesprungen, der zum Glück nicht sehr hoch war: immerhin eine Schulterfraktur und ein komplizierter Knöchelbruch. Die sieben anderen Jugendlichen hockten im Stadl, unter ihren Decken aneinander geklammert, die meisten nackt. Alle bei Bewusstsein, aber nicht ansprechbar, völlig absent. Die zwei jüngsten Mädchen, beide 15-jährig, mit Spuren leichter Vaginalblutung, ähm, »deflorationis causa«. Verkehr aber hatten wohl die meisten gehabt –

»Ah ja?« machte Melzer, ohne von seinem Notizblock aufzusehen.

»Weiß schon. Klingt nach Orgie. Aber das war sicher keine äh übliche«, ereiferte sich der andere errötend, wofür ihm Melzers Herz zuflog. Sattmann grinste schief. »Wobei ich, ehrlich gesagt, keine Ahnung habe, wie eine übliche Orgie aussieht.«

Melzer lächelte ihn an. »Tja, ich leider auch nicht. Es ging also um was anderes als um Sex?«

Sattmann nickte dankbar. »Genau. Das war ganz deutlich mein Eindruck. Aber um was?«

Nachdem der Sanka mit den Verletzten vorausgefahren war, verlief der Abtransport problemlos. Die sieben Jugendlichen reagierten zwar nicht auf Fragen, folgten aber den beiden Alten, die die Führung hatten, aufs Wort. Sie wehrten sich nur dagegen, getrennt zu werden. Alle sieben stiegen sie brav in den Mannschaftswagen, den Perschagg angefordert hatte. Die zwei Alten aus dem Dorf fuhren dann auch mit in die Klinik, damit die Kids nicht unruhig wurden. Wirklich großartiger Einsatz von den beiden. Die Sachen der Kids wurden eingesammelt, Rucksäcke mit Proviant, Isomatten, Schlafsäcke, dazu Kochgeschirr, eine Gitarre und Bongos. Sie waren voll ausgerüstet gewesen.

»Und in der Klinik?«

Sattmann erzählte, dass alle nach der Untersuchung prompt in Tiefschlaf gefallen seien, die Verletzten natürlich infolge Schlafmitteln, aber die anderen ganz von selbst. Am nächsten Vormittag wären sie bis auf leichte Kopfschmerzen putzmunter aufgewacht und... »sie konnten sich an nichts erinnern!«

»Bitte? Was heißt nichts?«

Sattmann genoss Melzers Ungläubigkeit.

»Einfach Zero. Nullowitsch«, sagte er triumphierend. »Totaler Filmriss bei allen und das Verrückte war, jeder den gleichen! Geradezu eine Einheitsamnesie.«

»Gibt's ja nicht. Wie soll die aussehen?«

»Sie wissen nur mehr, dass sie zusammen zum Stadl gewandert sind. Es ist eine feste Clique von Schülern und Lehrlingen, die viel zusammen unternimmt. Diesmal war eine romantische Nacht im Freien angesagt, mit Kochen, Musik am Lagerfeuer, Schwärmen unterm Sternenhimmel. Das wissen sie alle noch. Was dann passierte, ist ein einheitliches schwarzes Loch.«

»Schwer zu glauben, Kollege. Aber gut. Können wir uns darauf einigen, dass eine Droge im Spiel war, wahrscheinlich eine halluzinogene?«

»Natürlich!« Sattmann gestikulierte. »Es sei denn, ein Raumschiff ist am Mahdegg gelandet und ein Alien wie Mr. Spock hat ihnen eine Gehirnwäsche verpasst«. Er kicherte ausgiebig.

»Ich frage nur, weil in der Zeitung was von Alkoholmissbrauch stand.«

Sattmann winkte ungeduldig ab. »Völliger Blödsinn. Ich glaube, dass Perschagg sich Pernecker, den Redakteur, zur Brust genommen hat. Jedenfalls die pure Schutzbehauptung für die Kids. Komasaufen ist hierzulande viel gesellschaftsfähiger als Drogenmissbrauch.«

»Was ist mit dem Kochgeschirr?«

»Hat Perschagg überprüfen lassen. Eindeutige Spuren von Steinpilzsuppe aus der Tüte.«

Melzer ruckte auf seinem Stuhl. Dieser Polizist war allgegenwärtig. Er spielte besser mit offenen Karten. »Da ist noch was, Kollege. Herr Perschagg hat mir jede Auskunft verweigert. Hat nicht mal die Namen der Betroffenen rausgerückt. Sehen Sie da, ähm, auch Probleme?«

»Überhaupt nicht«, sagte Sattmann fröhlich. »Wissen Sie, Perschagg ist in Ordnung, aber Polizisten neigen eben zu einer gewissen Wagenburgmentalität. Nein, ich will unbedingt, dass Sie mit ihnen reden! Damit die Kids wenigstens ein Minimum an therapeutischer Begleitung kriegen. Vielleicht kriegt ein Fachmann auch mehr raus als ich.«

»Wunderbar! Und wie soll das jetzt vor sich gehen?«

Sattmann sah auf die Uhr. »Ich bring Sie zu den zwei Verletzten. Das passt gut, sie haben gerade Besuch von ein paar anderen. Ich stelle Sie vor und dann lasse ich Sie alleine mit Ihnen. Ist das okay?«

»Natürlich. Großartig!«

Sie brachten ihre Tabletts zurück und gingen in die Eingangshalle hinaus zum Lift. Während sie in den zweiten Stock fuhren, fragte Melzer: »Wie gesprächsbereit sind die Kids denn? Dieser einheitliche Filmriss klingt doch stark nach Absprache und Schweigegebot.«

»Kam mir zuerst auch so vor. Aber inzwischen glaub ich es nicht mehr. Sie werden sehen, Kollege, die Kids sind total offen. Ich glaube ihnen, dass sie selbst gerne mehr darüber wissen würden. Es sind echt komische Drogenopfer.«

»Nun ja, traumatische Erlebnisse können die merkwürdigsten Auswirkungen haben.«

Sattmann sah Melzer mit seinem Silberblick dringlich an.

»Wissen Sie, traumatisch... davon kann ich bei den Kids einfach nichts spüren. Sie haben keine Ahnung, was ihnen passiert ist. Aber, so blöd das klingt, sie wirken, als wären sie froh darüber. Als ob es etwas Schönes gewesen ist.«

Melzer fand das überzogen. Der Klingelton, mit dem sich die Lifttür öffnete, enthob ihn einer Antwort. Sattmann registrierte seine Ungläubigkeit.

»Sie werden schon sehen, Kollege«, murmelte er. Sie gingen den Gang entlang. Sattmann öffnete eine Tür und steckte den Kopf hinein. »Hallo, störe ich?«

»Naa, gar net!« tönte es mehrstimmig von drinnen.

7

Es war ein großes Zimmer mit sechs Betten, das trotz seiner Kahlheit sehr belebt wirkte. Die beiden Patienten, ein etwa 17-Jähriger mit ausladendem Schulterkorsett, ein jüngerer mit hochgehängtem Fußgips, lagen in ihren Kliniknachthemden in den Betten am Fenster. Zwei Mädchen und ein Junge, alle in Jeans und T-Shirt, hockten auf den Betten davor. Folkmusik kam aus einem kleinen Blaster am Nachttisch. Eines der Mädchen stellte ihn ab.

Sattmann erklärte, wen er mitgebracht hatte: den Dr. Melzer vom Max-Planck-Institut, extra aus München gekommen, weil er sich als Fachmann für Ihren Fall interessiere. Er stellte die Jugendlichen vor. »Das sind unsere beiden Bruchpiloten, der Hannes und der Basti, und das sind die Juli, der Joe und äh –«

»–Verena«, sagte das etwa sechzehnjährige Mädchen. »Ich war nicht dabei. Ich bin hier bloß der Besuch«. Es klang etwas schmollend. Sattmann schlug vor, dass Verena dann unten in der Cafeteria warten sollte. Das Mädchen zog eine Schnute, verabschiedete sich dann aber, kumpelhaft von Basti mit dem Fußgips und gefühlvoller von Hannes mit dem Korsett. Sie zog mit Sattmann ab, der Melzer mit Handzeichen bedeutete, dass sie telefonieren sollten.

Melzer war allein mit den Opfern vom Mahdegg. Vier blanke Augenpaare musterten ihn unverwandt. Melzer konnte nicht sagen, ob abwehrend oder forschend.

»Das kommt jetzt natürlich überraschend für euch«, begann er zögernd, »ich weiß gar nicht, ob Ihr überhaupt Lust habt, mit mir zu reden.«

»Ah, passt schon«, sagte der blonde Joe. »Wenn der Satti es okay findet, oder net?«

Die anderen murmelten zustimmend, bis auf Hannes, der rausplatzte: »Ich wollt bloß fragen, was für ein Fachmann sind Sie? Für Drogenprobleme und so an Scheiß?«

»Unter anderem. Aber eben auch für Amnesien, also Gedächtnisverluste«, sagte Melzer schnell. »Ich bin Psychiater und analytischer Therapeut.«

»Das heißt man doch auch einen Shrink, oder?«, fragte Joe. Melzer lächelte ihn an: »Genau. Du kennst dich aus.«

Er nahm sich einen Stuhl und setzte sich vor sie in die Mitte der Bettenreihe. »Dann weißt du auch, was Shrinks hauptsächlich tun. Sie hören zu. Ich will erstmal nur hören, was ihr erlebt habt. Woran ihr euch noch erinnern könnt. Ihr habt das sicher schon oft erzählt, aber –«

»Haben wir nicht«, unterbrach Juli, ein zierliches Mädchen, das noch jünger als die anderen aussah. »Untereinander halt. Aber sonst nur dem Satti, äh Doktor Sattmann. Niemand will mit uns darüber reden. Unsere Eltern schon gar nicht.«

»Erst waren sie alle am Durchdrehen und auf einmal das totale Schweigen. Alle tun so, als ob nix passiert wär. Sie geben grad noch zu, dass der Basti und ich einen Unfall gehabt haben«, kam von Hannes hinter ihr.

»Für die, die zu Hause sind, ist es eigentlich noch schlimmer«, sagte Juli mit gesenktem Kopf. »Für meine Eltern habe ich was dermaßen Peinliches angestellt, dass man gar nicht drüber reden kann.«

Sie sah auf, bis in ihre zarte Halspartie errötend, doch ihr Blick war fest. Melzer sah ihre Blümchenspange in den langen braunen Haaren, die dünnen Kinderarme, die aus den Ärmeln ihres T-Shirts kamen. Der Gedanke, dass sie wohl eins der Mädchen mit der verlorenen Unschuld war, gab ihm einen Stich. Der neben ihr hockende Joe war ebenfalls blutrot geworden. Er strich Juli mit seiner nicht sehr sauberen Bubenpratze über die Schulter; eine behutsame, irgendwie sehr erwachsene Geste, die Melzer ergriff. Plötzlich wallte Sympathie in ihm auf für diese halben Kinder. Ihnen war etwas Unbegreifliches passiert. Trotz des Drucks ihrer entsetzten Umwelt hielten sie zusammen und suchten das Rätsel zu ergründen... Melzer begann, »Satti« zu verstehen.

Er sagte vorsichtig: »Das stell ich mir ziemlich schwer für euch vor. Aber mit mir könnt ihr reden, soviel ihr wollt. Ich weiß nicht, ob ich euch helfen kann, aber ich würde gerne mehr drüber erfahren.«

Er lächelte in die Runde und erntete zögerndes Lächeln auf den jungen Gesichtern. Nur Basti schnitt ein Gesicht.

»Reden, scho okay... täten Sie uns vielleicht auch hypnotisieren, Herr Dokta? I glaub, ohne Hypnose werdn mir echt net weiterkommen!«

8

Die Sonne stand schon ein ganzes Stück tiefer und weiter westlich über den blauen Bergkämmen, als Melzer aus dem Klinikeingang kam. Verena, das Mädchen, das »nur der Besuch« war, saß rauchend auf dem Geländer der Terrasse. Sie hopste herab und winkte Melzer zu.

»Schon fertig?«

»Fürs erste! Ciao!« rief Melzer zurück und bog auf den Weg zum Parkplatz ab. Aus den Augenwinkeln bekam er mit, dass Verena ihm enttäuscht hinterher sah. Doch Melzer war nicht nach neugierigen Fragen von Unbeteiligten.

Er wollte den Weg zum Mahdegg auf der mitgenommenen Panoramakarte der Region ansehen, die auf der Empfangstheke auslag. Doch zuvor absolvierte er seinen Pflichtanruf im Institut. Er hoffte, dass der Chef zu beschäftigt sein würde, und er nur mit Bienchen sprechen müsste. Offenbar hatte Melzer aber Priorität bei der Sekretärin erhalten. Er wurde augenblicklich durchgestellt.

Der Professor war voll väterlicher Anteilnahme. Was Melzer vom defensiven Polizisten Perschagg und dem konstruktiven Kollegen Sattmann berichtete, fand er so interessant wie die Beschreibung der Situation, in der die Jugendlichen gefunden worden waren. Die Mitwirkung von Binabichlern bei ihrer Bergung versetzte ihn geradezu in Aufregung. Doch als Melzer den einheitlichen Gedächtnisverlust bei allen vier Jugendlichen schilderte, kam erstmal ziemlich ungewohntes Schweigen von ihm.

Verlegen fügte Melzer hinzu: »Es klingt zwar bizarr, Chef, aber ich kauf es den Kindern ab. Ich glaub ihnen einfach!«

»Mann«, flüsterte der Professor andächtig, »ein Knaller.«

»Ja, wirklich ungewöhnlich. Sie hatten recht, Chef.«

Melzer bereute sein Lob umgehend, als dieser trompetete: »Klar hat Papa das! Man soll immer auf Papa hören, Melzerich!«

Melzer erhielt die dröhnende Anweisung, das Wochenende für die weiteren Befragungen zu nutzen und sich am Montag wieder zu melden.

Danach steckte sich Melzer erstmal eine von Katjas Zigaretten an, hochzufrieden, wie glimpflich das Telefonat verlaufen war. Der Chef war damit offiziell informiert, er selbst hatte den Rücken frei und konnte sich ungestört jenem Aspekt widmen, über den er nicht gesprochen hatte. Dieser war aber für ihn das Eindrücklichste an dem Gespräch gewesen: Die Vier waren nicht nur wenig geschockt und ziemlich tapfer, sie waren – Melzer fand kein anderes Wort dafür – sehnsüchtig. Nachdem sie erstmal aufgetaut waren, hatten sie von dem Gefühl erzählt, dass sie oben am Mahdegg etwas Großes und Wichtiges erlebt hätten, trotz aller negativen Folgen. Es konnte nichts Schlimmes gewesen sein. Weil, sie würden das so nicht empfinden...

»Es ist wie ein superschöner Traum, der beim Aufwachen verschwunden ist«, hatte Hannes das beschrieben. Mehr als ein Traum, verbesserte Juli, weil sie ihn alle zusammen gehabt hätten. Auch jetzt sei er nicht wirklich verschwunden. Irgendwie sei er in ihnen noch vorhanden und hätte sie verändert. Sie wären schon vorher eine gute Clique gewesen – »aber seither fühl ich mich mit den anderen so verbunden, sie sind jetzt meine nächsten Menschen, mehr als meine Geschwister«. Den anderen ging es genauso. Und alle fühlten sich beraubt, dass sie sich nicht mehr erinnern konnten.

Heikle Dinge, die Melzer reflexartig seinem Chef vorenthalten hatte. Warum eigentlich? Wollte er sie vor dessen lärmenden Kommentaren, dessen fürchterlicher Aufgeräumtheit schützen? Oder lag es daran, dass sie sich, unklar und erregend, mit seiner eigenen Sehnsucht vermischten? Seinem Gefühl, etwas Kostbares verloren zu haben, seinem Wunsch, es irgendwie, egal wie, wiederzubekommen?

Melzer zog hingebungsvoll an seiner Zigarette und beugte sich über die auf dem Kühler ausgebreitete Karte. Er hatte die Kids gefragt, wer mit ihm aufs Mahdegg mitkommen wolle, zu einer Art Ortsbegehung. Doch das war bei ihnen auf Widerstand gestoßen, den einzigen überhaupt. Sie hätten das schon besprochen, auch mit den anderen, die nicht da wären, hatte Juli zögernd gesagt. Jeder sei irgendwie dagegen gewesen. »Ich glaub, wir sollen einfach nicht. Ich kann es nicht anders erklären«.

Melzer schüttelte lächelnd den Kopf. Denn er selbst, das spürte er mit plötzlicher Beschwingtheit, er sollte und er wollte durchaus aufs Mahdegg. Und war gar nicht mehr enttäuscht, dass er bei diesem Ausflug alleine sein würde.

»Herr Doktor?«, sagte jemand hinter ihm. Melzer fuhr herum. Es war Verena, die ihm nachgeschlichen war. Sie lächelte ihn unsicher an.

»Tschuldigung, aber könnt ich mit Ihnen was bereden?«

»Verena, ja?«, fragte Melzer, wenig begeistert. »Also, von dem Gespräch mit den anderen kann ich dir nichts erzählen. Das ist vertraulich.«

»Ja, klar. Darum gehts nicht. Ich, ich muss I h n e n was erzählen, Herr Doktor. Ich weiß was, das die anderen nicht wissen.«

Melzer trat seine Zigarette aus. »Wirklich? Du bist doch gar nicht dabei gewesen.«

Verena nickte heftig. »Grad deswegen, glaub ich. Wenn ich dabei gewesen wär, wüsste ich es nimmer. Genau wie die andern.«

»Das musst du mir erklären.«

Verena holt tief Luft, sah sich schnell um. Sie waren ganz allein, trotzdem senkte sie die Stimme:

»Der Hannes hatte im Wald überm Mahdegg einen besonderen Pilz gefunden. Ganz selten, den gibt es normalerweise bei uns gar nicht. Der Hannes hat aber von seinem Großvater gewusst, dass es ein »Schmaischwammerl« ist. Sein Opa hat ihm früher Geschichten erzählt, die haben alle mit Binabichl zu tun. Der Schmaischwammerl kommt eigentlich von dort. Der Hannes hat gewusst, er ist nicht giftig, aber auch nicht harmlos. Irgendwie bewusstseinserweiternd, hat er gesagt. Deshalb wollte er, dass wir ihn alle zusammen probieren, oben am Mahdegg.«

»Und warum bist du nicht mit dabei gewesen?«

»Bis spät in die Nacht wegbleiben? Da kennen Sie meine Eltern nicht!«

Melzer sah sie prüfend an. Sie wurde rot und fügte hinzu: »Naja, ehrlich gesagt, ich hab auch Angst gehabt. Einfach so einen Drogenpilz schlucken. Aber die anderen waren ganz geil drauf.«

»Warum? Nehmen die auch sonst mehr Drogen?«

»Nein, gar nicht, das dürfen Sie glauben«, versicherte Verena eilig. »Das war nur, weil der Pilz angeblich was mit Binabichl zu tun hat. Ich weiß echt nicht warum, wir sind erst vor zwei Jahren hergezogen, aber für die anderen ist das ganz was Besonderes. Wenns irgendwie um Binabichl geht, sind die nicht zum Halten.«

Melzer verbarg seine Skepsis und fragte freundlich: »Und jetzt können die anderen sich an nichts mehr erinnern? Hast du sie denn nicht damit konfrontiert?«

Verena errötete noch tiefer. »Natürlich! Ich mein, am Anfang halt. Aber alle schaun mich nur an, als ob ich spinne. Und der Hannes hat mich richtig zammgschissen.«

Die Augen des Mädchens begannen gefährlich zu glänzen, ihr Mund zitterte. »Davor haben wir uns so gut verstanden«, flüsterte sie, »aber jetzt ... der Hannes ist voll auf Distanz. Mit den anderen ist er ganz eng, alle sind sich voll nah, so – verbunden. Und ich bin draußen, auch wenn sie's mich nicht spüren lassen wollen. Mich reut's echt, dass ich nicht mit dabei war. Trotz allem, was da passiert ist.«

Ein schriller Pfiff ertönte. Joe und Juli standen vor dem Eingang und winkten herüber.

»Ich muss! Und das mit dem Pilz, das haben Sie nicht von mir! Bitte!«, zischte Verena und lief davon. Melzer sah zu, wie drei auf ihre Mountainbikes stiegen. Es freute ihn, dass Juli, die ihm besonders an Herz gewachsen war, im Davonradeln sich umdrehte und ihm zuwinkte. Verena sah nicht mehr zurück. Die komplizierten Zwänge, die in diesen Cliquen herrschten? Bereute sie schon, ihm die Geschichte aufgetischt zu haben?

Melzer fühlte wenig Neigung, sie ernst zu nehmen. Ausgerechnet ein bayerischer Schwammerl als Drogenpilz! Und selbst wenn, erklärte das nicht den einzigartig gleichmäßigen Gedächtnisverlust der Kids. Außerdem hatte Verena nicht verbergen können, dass bei ihr eigene Interessen mit im Spiel waren, bezüglich Hannes mit dem Schultergips...

Melzer zuckte die Achseln und beugte sich wieder über seine Karte. Wenn Verena sagte, wie geil alle auf Binabichl waren, dann konnte Melzer das jedenfalls nachvollziehen. Es war aufregend, das Dorf detailliert auf der Karte zu sehen, mit dem schraffierten großen Naturschutzgebiet hinter dem Dorf, in dem die Bina entsprang. Zahlreiche Wanderrouten führten durch das Gebiet oder den »Bramkogel« hinauf, unter dem Binabichl lag.

Melzer musste nur aufblicken und sah das Original vor sich: laut Karte nur 1400 Meter hoch, aber mit seinen steilen, bewaldeten Abhängen zum Dorf, seinem kecken, doppelnasigen Felsaufschwung am Gipfel doch ein richtiger Berg. An seiner sanfteren westlichen Schulter fand Melzer in der Karte eine Almwiese, die mit »Mahdegg« beschriftet war. Eine Forststraße führte von der anderen Bergseite dort hinauf.

Die Zufahrt ging also übers Umland, nicht über Binabichl. Melzer fand das doch erleichternd.

9

Die Straße führte an dem letzten Bauernhof vorbei, der einsam auf der steilen Anhöhe lag. Melzer fuhr weiter bis zum Bergwald hinauf, wo ein Schild die Straße für den allgemeinen Verkehr sperrte. Er stellte seinen Golf am Waldrand ab. Er zog die leichten Bergschuhe an, die er immer im Wagen hatte, steckte die Karte ein und marschierte los. Es war ihm willkommen, sich ein wenig bewegen zu können. Der Weg durch den dichten Fichtenbestand war allerdings nicht sehr reizvoll. Melzer benutzte die steilen Abschneider, die zwischen den langgezogenen Serpentinen der Forststraße gebahnt waren.

Auf einem Baumstumpf kauerte ein kleiner schwarzer Kater, der ihn freudig anmaunzte. Schnurrend strich er Melzer um die Beine, bis dieser ihn gehörig streichelte. Von da an war Melzer adoptiert. Der Kater, ein Jungtier mit humoristischem weißen Klecks um ein Auge und vier adretten weißen Socken, begleitete ihn, basta. Meistens hoppelte er voraus, verspielt nach Insekten und Gräsern haschend, und wartete dann maunzend, dass sein Mensch nachkam.

Sie kamen zu einer Abzweigung von der Straße, nur ein Karrenweg, in den frische Reifenspuren eingegraben waren. Der Kater hüpfte ohne zu zögern den Weg hinauf. Melzer folgte gehorsam. Der Weg führte aus dem Wald hinaus und zog sich über steile Grasmatten aufwärts. Weiter oben spitzte ein verwittertes Dach über einem vorspringenden Grasbuckel hervor. Der Kater hoppelte zügig vor. Die weite Alm lag in der Abendsonne. Melzer kam beim Steigen ins Schwitzen und freute sich an dem Blick ins Land hinaus, über die Hügel bis nach Piening und weiter.

Der Stadl lag zurückgesetzt in einer flachen Mulde. Es war eine altersgraue Hütte mit einem vorspringenden Pultdach, zum Tal hin offen. Die Grasnarbe davor war noch zerpflügt von den Reifen der Rettungsfahrzeuge. Die Hütte lag unterhalb einer Felsrippe, die mit einer kleinen, etwa fünf Meter hohen Wand zur Mulde abbrach. Waren da Hannes und Basti heruntergesprungen?

Doch Melzer interessierte sich erstmal mehr für einen kleinen Steintrog mit Überlaufrinne. Ein aus der Erde ragendes Plastikrohr ließ einen dünnen Wasserstrahl in den Trog plätschern. Der Aufstieg hatte Durst gemacht. Das Wasser war köstlich. Melzer tauchte das Gesicht ins Wasser und spritzte ein paar Tropfen zum Kater hinüber. Der hüpfte davon und verschwand hinter dem Stadl.

»Bist du schon wieder da?«, rief eine Männerstimme, »Hau ab, du Mistvieh!«

Kreischend schoss der Kater wieder um die Ecke. Ein Stück Holz flog hinterher und verfehlte ihn knapp. Melzer ging nachsehen, wer da seinen kleinen Begleiter so ungnädig behandelte.

Es war ein hagerer Mann in Melzers Alter, mit Helm und in voller Radlermontur. Einen aufwendigen Fotoapparat mit riesigem Teleobjektiv in der Hand, stand er auf einer kleinen Böschung und fuhr heftig zusammen, als Melzer mit seinem tropfnassem Gesicht plötzlich um die Ecke bog.

Melzers Begrüßung fiel wegen des Holzwurfes kühl aus. Der Radler erklärte, dass er Vögel fotografiere und das Katzenvieh dabei natürlich nicht brauchen könne. Melzer blieb reserviert unter den Augen seines immer noch empört maunzenden Schützlings. Der Radler räumte das Feld.

Er schraubte das Objektiv ab, verstaute sein High-Tech-Gerät in einem Rucksack und ging zu einem, ebenfalls in High-Tech prunkenden Mountainbike, das an der Hüttenwand lehnte. Mit einem gemurmelten Gruß radelte er davon. Melzer sah ihm nach, wie er zügig den holprigen Weg hinunterfuhr. Der Kater rieb sich an seinen Beinen, mit rasselndem Lobesschnurren, weil er seinen Feind in die Flucht geschlagen hatte.

Melzer stieg die Böschung hinauf, wo der Radler gestanden hatte. Und holte droben erstmal Luft. Er stand auf dem äußersten Rand der Mulde. Von hier ging es nur mehr abwärts, zunächst in einem abschüssigen Grashang, der in einer Steilstufe abbrach, dann in steilem Bergwald hinab bis zu den Wiesen ins Tal. In den Wiesen lag ein Dorf. »Binabichl, I presume?«...

Melzer hatte Herzklopfen. Zum ersten Mal sah er, in der Schrumpfperspektive täuschend nah, in eine Nussschale passend, den Ort, der ihm Amrei genommen hatte. War das zu glauben? Nicht mal hundert Häuser und Höfe im Ganzen! Im Ortskern drängten sie sich eng zusammen auf zwei steilen Hügeln, die das glitzernde Band eines Flusses trennte, in der Ebene des Trogtales standen sie als Einzelhöfe in den Wiesen, die sich zu den Wäldern an den Abhängen erstreckten. Kein Nadelwald übrigens, alles satte, helle Laubwälder, was ja hübsch war.

Auch das Dorf war hübsch, kein Bilderbuchdorf war hübscher, trotz der üblichen Bausünden wie die kleine Industriezone am Talanfang mit den Zweckbauten des *Bina-Bräus*, Lagerhallen und Tankstelle zu beiden Seiten der Straße, die nach Piening führte. Doch hübsch war ja nicht der Punkt...

Melzer hatte so lange Binabichl unbekannterweise und nur auf Verdacht beschimpft. Nun war er geradezu empört darüber, wie recht er gehabt hatte. Es war tatsächlich genau das: ein Bauernnest, ein krähwinkliges Kuhdorf! War das zu fassen? Wie konnte ein nachdenklicher, ihm an Bildung sogar überlegener Mensch wie Amrei darauf bestehen, in diesem bayerischen Bullerbü leben zu wollen? Wenn es dafür irgendeinen nachvollziehbaren Grund gab, hatte er ihn jedenfalls wie von ihr gewünscht vergessen und weitere Nachforschungen hatte sie sich in ihrem letzten Brief »ein für allemal« verbeten. Melzer verstand sich selbst nicht mehr, dass er das akzeptiert, dass er sich vier Jahre lang sklavisch an ihr Verbot gehalten hatte.

Plötzlich war er stolz auf sich, dass er den unseligen Wisch gestern Nacht verbrannt hatte. Damit hatte es angefangen. Inzwischen stand er schon hier oben und sah auf das blöde Dorf hinunter, in dem Amrei sich versteckte. Darum ging es, dass er hier oben stand! Es ging nicht um diese lieben, erfreulichen Jugendlichen, denen hier etwas passiert war, was auch immer...

Das fadenscheinige Feigenblatt seines Auftrags zerfaserte endgültig. Was für ein Schwachsinn, zu glauben, er könne Amrei etwas vormachen! Natürlich hatte er immer noch eine Höllenangst davor, ihr zu begegnen. Doch vor ein paar Stunden hatte er sich kaum über den Marktplatz getraut und jetzt stand er immerhin hier oben!

Melzer atmete tief durch und streckte unwillkürlich die Arme aus. Er fühlte sich eigentlich ziemlich gut.

10

Der Kater maunzte. Melzer sah, dass sie Besuch bekamen. Vom Hang über ihnen trabte ein Hund auf sie zu. Es war ein Riesentier, ein Kalb von einem Hund. Der Kater hüpfte ihm so fröhlich entgegen, dass Melzer sich Sorgen um seinen winzigen Begleiter machte. Hinter dem Hund war ein Mann aufgetaucht und kam die Steigspuren herab. Er ging flüssig, aber ohne Eile, lässig die Stöcke einsetzend.

Der Kater hatte den Hund erreicht und sprang ihn ohne Zögern an. Melzer hielt den Atem an. Doch der Riese fiel prompt um und ließ den Winzling auf sich herumturnen. Der Mann passierte das ungleiche Paar, das sich am Boden balgte, und kam bei Melzer an. Dieser begrüßte ihn mit einem zünftigen »Servas«.

»Die zwei kennen sich, gell?«, fragte er.

Der Mann lächelte und nickte. Er fuhr aus den Schlaufen seiner Stöcke, pflanzte den Hintern auf einen Grasbüschel der Böschung und zog ein altmodisches kariertes Sacktuch hervor, das mit braunen Tüpfeln übersät war. Den Hang war er mit der Geschmeidigkeit eines jungen Mannes herabgekommen. Doch jetzt zeigte sich, dass er älter war, viel älter. Jung an ihm waren nur die blauen Augen. Sie strahlten Melzer an unter dem tief gedrückten Filzhut aus einem Gesicht, so verwittert wie der Rucksack von Luis Trenker. Trotz der Wärme trug er eine Strickjacke über dem verwaschenen Hemd. Der Mann schnäuzte sich dröhnend und faltete mit einer gewissen Akkuratesse das Sacktuch zusammen, während diese seltsam jungen Augen unverwandt an Melzer hingen. Noch immer hatte er keinen Ton gesagt. War er stumm?

Melzer überbrückte das Schweigen, indem er erzählte, wie der kleine Kater ihm im Wald zugelaufen sei; offenbar wisse er nicht, wo er hingehöre. Der Alte nickte und lächelte. Sie sahen zu, wie der Kater vom „Kalb" geleckt wurde, wobei er sich mit allen Vieren gegen die riesige Zunge stemmen musste. Plötzlich sagte der Alte in die Stille:

»Des is ja dem Waschtl sein Problem.«

Nach der langen Verzögerung war die Wirkung des Satzes eindrucksvoll. Verzaubert von diesem sinnenden, getragenen Ton starrte Melzer den Alten an.

»Der Waschtl rennt immer mit Fremden mit«, fügte der hinzu, »nachher findt der Kindskopf nimmer heim.«

»Ach! Waschtl heißt er? Passt zu ihm«, murmelte Melzer, eigentlich nur, um diese Stimme weiter zu hören, wie sie bedächtig die Worte formte, als würden sie irgendwo abgelesen werden.

»Er gehört zum Hof da drunten«. Der Alte nickte in die Richtung, aus der Melzer aufgestiegen war. Dann pfiff er leise zwischen den Zähnen. Der Riesenhund hob den Kopf, schubste Waschtl sanft weg und trabte zu ihnen.

»Das ist der Muhackl«. Das „Kalb“ schob behutsam die Schnauze vor und nahm Witterung von Melzers Hand.

»Und ich bin der Xari« sagte der Alte und lächelte Melzer strahlend an. Der setzte sich neben ihn auf die Böschung und teilte mit: »Ich bin der Ludwig«.

Sie nickten sich zu. Schweigen. Melzer begann, Gefallen an diesen Pausen zu finden. Xari hob den Finger zu Muhackl, deutete auf den Kater, der dem Hund um die Beine strich, und machte eine kleine Geste in Richtung Tal. Der Hund fiepte, stupste Waschtl an und trabte zum Stadl hinab. Der Kater maunzte unentschlossen. An der Stadlecke drehte Muhackl sich um und blaffte einmal: ein dumpfer Ton wie aus einem tiefen Brunnen. Folgsam machte sich Waschtl auf die weißen Socken. Die beiden verschwanden hinter der Hütte. Auf dem Karrenweg kamen sie wieder in Sicht, der Hund in gemächlichem Trab, der Kater galoppierend. Melzer staunte.

»Was machen die denn?«

Xari ließ sich wieder Zeit mit der Antwort. Er hatte eine flache Dose gezogen, haute sich gekonnt eine braune Pyramide auf den geräumigen Daumennagel und zog erstmal den Tabak in die Nase auf.

»Herrgótterbarm«, seufzte er und strich sich die Nase zierlich mit den Fingerspitzen.

»Die zwoa? Der Muhackl bringt den Waschtl heim.«

»Das macht der ganz allein?«

»Wär nicht das erste Mal. Er ist sehr verschtändig, der Muhackl.«

»Das beruhigt mich. Der Vogelkundler vorhin war nicht sehr nett zum Waschtl.«

Aus Xari drang ein hohes, klickerndes Geräusch, das Melzer als Kichern identifizierte.

»Vogelkundler, des is gut. Kein Baum, kein Vogel umanand, aber so ein Mordstrumm Teleobjektiv.«

Er belachte klickernd einen Witz, der sich Melzer nicht erschloss. Die blauen Augen fixierten ihn. Er musste blinzeln.

»Und du, Ludwig? Schaust dir auch Binabichl an?«

Melzer nickte.

»Bist das erste Mal hier?«

Melzer blinzelte stärker. Er empfand eine seltsame Anstrengung, diesen strahlenden Blick zu erwidern. Verwirrt sah er weg und holte seine Zigaretten heraus. Der Alte schüttelte nachsichtig den Kopf.

»A geh, Ludwig. Magst amal was Gscheits?«

Er hielt ihm die Dose hin. Früher hatte Melzer auch geschnupft. Beifällig sah Xari zu, wie er sich einen Kegel in die Daumenbeuge setzte und ihn sauber in die Nasenlöcher beförderte. »Ah... ah« machte Melzer, als der Tabak über seine jungfräulichen Schleimhäute fegte. Doch aus der dunklen Tabakschärfe stieg ein Oberton, hell, strohig trocken, flimmernd wie die Hitze über einem sommerlichen Getreidefeld. Eine heiße Welle schien ihm direkt ins Hirn zu spülen. Er schnappte nach Luft.

»Jessas, Xari, was ist das für ein Kraut?«

»Hausgmacht, altes Rezept. Scho was Feins, gell?«

»Echte Hirndusche«, murmelte Melzer und wurde mit Xaris Klickerkichern belohnt.

»Genau, gut gsagt, Ludwig.«

Melzer lehnte sich auf die Ellbogen zurück und streckte die Beine. Er genoss die Berührung der Abendsonne in seinem Gesicht. Sie war inzwischen so weit ins flache Land hinaus gewandert, dass sie nun auch die Schattseite des Tales bestrich. Ganz Binabichl badete in goldenem Licht.

Xari begann wieder zu sprechen. Er zeigte Melzer seinen Hof, ein stattliches Anwesen auf der Talseite gegenüber; dort säßen schon seit Jahrhunderten »wir Molinaros«. Er wies auf einen Hain von Laubbäumen in der Nähe seines Hofes, zwischen denen moderne kleine Häuser hervorspitzten. Sie gehörten zum SOS-Kinderdorf, das es schon seit den Sechziger Jahren in Binabichl gäbe. Melzer fand alles interessant und wunderte sich über gar nichts, bezaubert von dieser sinnigen Stimme.

Doch seine Wahrnehmung von Xari hatte sich verändert. Der Alte erschien ihm weniger pittoresk als anfangs. Melzer empfand ihn jetzt als massive, sogar strenge Präsenz, die aber deutlich Wohlwollen ausstrahlte. Als der Alte dann aufbrach, bedauerte Melzer das geradezu. Er rappelte sich hoch.

»Habedehre, Ludwig, es hat mi gfreut«, sagte Xari und reichte ihm eine große, ausgearbeitete Hand. Sie fühlte sich hart, wie geschnitzt an. Melzer ertappte sich beim Wunsch, sie länger zu befühlen. Er ließ sie los und murmelte verlegen: »Mich auch, Xari. Mich auch. Was ist jetzt mit dem Muhackl?«

»Den treff ich im Dorf. Der findt allein nachhaus. Wie gsagt –«

»– der Muhackl is sehr verschtändig«, zitierte Melzer. Kichernd machte Xari ein paar Schritte. Und drehte sich noch einmal um, mit einem listigem Grinsen im verwitterten Gesicht.

»Sag, Ludwig, soll ich im Dorf wen grüßen von dir?«

»Wa? Bloß net!«, entfuhr es Melzer. So seltsam die Frage gewesen war, seine Antwort war noch seltsamer. Doch Xari nickte nur und lächelte.

»Scho recht, Ludwig. Wird scho werden. Servas!«

Er ging die Steigspuren hinab, die schräg über den Grashang zum ersten Abbruch führten. Xari entfernte sich in seiner fließenden, scheinbar gemächlichen Gangart. Bald sah er wieder wie ein junger Mann aus, der mit beachtlichem Tempo talwärts stieg.

Als er außer Sicht kam, ließ sich Melzer wieder auf seinem Platz nieder. Schließlich hatte er ja erst begonnen, sich Binabichl anzuschauen. Da waren zum Beispiel noch die matchboxgroßen Lastwagen, die aus den Fabriktoren des *Bina-Bräus* bogen. Oder der winzige Heuwender, der lautlos seine Linien auf dem hellen Grün der Wiesen hinter dem Kinderdorf zog. Oder das alte Haus mit den langen Fenstern hinter der Kirche, das stattlicher wirkte als der unscheinbare Kirchenbau mit dem stummeligen Zwiebelturm. Die Schule, hatte Xari gesagt. Dort unterrichtete Amrei also seit vier Jahren, natürlich nicht jetzt, nicht am Freitagabend...

Niemand war zu erkennen. Er sah die Spiegelglatzen der Wagen am Kirchplatz, die Farbkleckse der Sonnenschirme im Biergarten. Für Personen war die Entfernung zu groß.

Melzer fühlte sich immer noch großartig. Die Helligkeit, die der Schnupftabak in seinem Kopf hatte ausbrechen lassen, war unverändert. Eine zart singende Leere, in der manchmal etwas hochperlte und platzte wie ein Sprudelbläschen. So fand er seinen ersten Eindruck von Binabichl nun ausgesprochen dämlich. Was für ein Denkfehler: als ob etwas, das sehr tief war, unbedingt auch groß sein musste! Xaris abschließendes »Scho recht, Ludwig, wird schon werden« stieg auf. Melzer empfand es irgendwie ermutigend. Fast wie ein Versprechen, oder nicht?

Ein Lichtblitz traf seine Augen. Die Sonne hatte sich in einem der Schulhausfenster gespiegelt. War es gerade bewegt worden? Melzer konnte es nicht erkennen.

Dann blobbte etwas in sein Bewußtsein. Es war ein einziges Wort: *hirntaub*. Eine Stimme sagte dieses Wort. Es war Amreis Stimme und mit ihrer Stimme kam schlagartig zurück, was bisher wie herausgeschnitten gewesen war.

Alles davor war auch da, seine Frage mit ihrem Schilddrüsenmittel, wie sie schrie, er hätte doch keine Ahnung. Wie ihre Tränen strömten, sie blind ins Leere starrt, die Hände rang und danach kam aber nicht das schwarze Loch. Es ging einfach weiter mit dem, was sie dann gesagt hatte.

Es war nicht mehr wütend, es war eine Klage, trauervoll und schmerzlich: »Ach Ludwig, du weißt gar nichts... all die Menschen in der Stadt, diese Massen von Menschen, alle fremd, alle nicht erreichbar! Immerzu und überall das Geschrei von ihren wilden Stimmen und nur ich muss es hören, nur ich allein. Sie wissen doch nichts davon, hirntaub wie sie sind... alle völlig hirntaub, außer dir, Ludwig! Ohne meine Dämpfer könnte ich es nicht aushalten, aber die darf ich nicht mehr und jetzt sagst du mir–« Sie schlug sich die Hände vor den Mund und stürzte aus dem Zimmer. Die Badtür klappte...

Melzer stand mit offenem Mund. Dann setzte er sich lieber hin, weil ihm schwindlig wurde, schwindlig vor Erleichterung. So furchtbar damals der Streit auch gewesen war, die Rückkehr seines letzten fehlenden Stückchens war überhaupt nicht quälend. Melzer hatte das Gefühl, auf etwas Kostbares gestoßen zu sein. Dass er nicht verstand, was Amrei da genau gesagt hatte, war ihm egal. Es war trotzdem erlösend. Ein Schwall von Hoffnung durchfuhr ihn. Er warf sich rückwärts ins Gras und flüsterte fieberhaft:

»Genau, hirntaub! Alle hirntaub, außer mir... Hirntaub!.... Wird scho werden, Ludwig!«

11

Wenn am Freitagmittag der Unterricht zu Ende war, die letzten Schüler vom Pausenhof nach Hause getrödelt waren und sich Stille über das alte Schulhaus senkte, stand für Amrei das Ritual an, das ihre Arbeitswoche beschloss. Oberflächlich betrachtet, räumte sie das Klassenzimmer auf, den einen großen Raum im Erdgeschoß der Binabichler Grundschule, in dem sie ihre fünfzehn Schüler der ersten bis vierten Klasse unterrichtete. Doch war das ein komplexer Vorgang, bei dem sie nicht nur die überall verstreuten Arbeitsmaterialen in die Schränke zurückräumte. Vor allem machte sie sich, während ihr frisch vor Augen stand, woran jeder Schüler gerade noch gearbeitet hatte, Notizen für das Pensum, das er am Montag in seinem Wochenplan vorfinden würde.

Heute Mittag war Amrei aber nicht dazu gekommen. Punktgenau nach der Entlassung der Kinder hatte das altmodische Tastentelefon in ihrem kleinen Büro neben dem Klassenzimmer geläutet. Toni, der ihre Unterrichtszeiten kannte, hatte bis jetzt gewartet mit seiner Sensationsnachricht... nämlich, dass am Vormittag ein gewisser Dr. Melker bei ihm eingecheckt hätte, äh nein Dr. Melzer. Vorname Alois, nee Arnfried, ach nee, eher doch Ludwig!... Tonis verschärftes Blödeln war ein sicheres Anzeichen, wie aufgeregt er war. Er fand es schlichtweg e-lek-tri-sie-rend: endlich komme es dazu, was schon längst hätte passieren müssen! – Gar nichts werde passieren, hatte Amrei zurückgeschnappt. Während des Telefonats war sie so beschäftigt damit, Tonis Euphorie niederzuhalten, dass der Schock so richtig erst bei ihr ankam, als sie aufgelegt hatte.

An ihr meditatives Schulritual war jedenfalls nicht mehr zu denken. Auch zu ihrem üblichen kurzen Mittagsschlaf nach dem Unterricht kam es nicht, weil sie mit ihrem Vater die schockierende Nachricht besprechen wollte, dann musste Aggie vom Kindergarten abgeholt werden, deren intensive Gegenwart wie immer alles andere verdrängt hatte.

So war es später Nachmittag geworden, als sie nun endlich im Klassenzimmer zum Aufräumen kann. Wobei es ihr immer noch nicht gelang, sich auf ihre Schüler zu konzentrieren, was doch der eigentliche Zweck des Rituals war. Nie fiel ihr mehr zu dem jeweiligen Kind ein, als wenn sie dessen zuvor benutzten »Rote Plättchen« oder den »Perlenkasten« hinter ihm her räumte.

Doch jetzt kreisten ihre Gedanken immer noch um den Schock und seinen Verursacher, der sich da dreist in Piening, auch noch im Hotel ihres besten Freundes und überhaupt so aufdringlich in Schlagweite zu ihrem Leben eingenistet hatte! Toni hatte über die Pieninger Buschtrommel gehört, dass Ludwig sich angeblich um die Kinder vom Mahdegg kümmern wollte. Dafür hatte Amrei nur ein Schnauben übrig. Egal welchen Vorwand Ludwig benutzte, das eigentlich Schockierende war doch, dass er es überhaupt versuchte. Wie konnte er es wagen?

Amrei erkannte mit Bitterkeit, dass sie sich hier schon wieder ein schweigendes Einverständnis mit Ludwig eingebildet hatte. Irgendwie hatte sie gedacht, dass Ludwig ähnlich wie sie davon durchdrungen war, wie unüberbrückbar ihre Gegensätze waren. Sie hatte geglaubt, er würde diesen Abgrund zwischen ihnen respektieren. Von wegen. Vielleicht weil sie ihm irgendwo auch fehlte, vielleicht bloß aus Neugier oder noch schnöderen Gründen kam er, so mal eben, auf ihre Seite des Abgrunds rübergeschlendert, oh, ganz harmlos, als der Ahnungslose vom Dienst! Für Ludwig gab es eben keinen Abgrund.

Darin zeigte sich schmerzhaft noch einmal Amreis fundamentaler Irrtum: sie hatte Ludwig Eigenschaften und Fähigkeiten unterstellt, die er einfach nicht hatte. Ihm fehlte schon einmal die Begabung zu einem *Schicksal*, also die Kapazität, etwas Großes und damit auch Schweres anzunehmen und sich zu eigen zu machen. *Schicksal* kam selten vor. Dass sich zwei Menschen fanden, die wirklich für einander bestimmt waren, geschah schon einmal nicht häufig, doch was für ein einzigartiges Zustandekommen war es dann, wenn das bei einem *Außenseiter* und jemanden aus dem *Dorf* gelang!

Ludwig war zwar dazu imstande gewesen, aber nur halb. Er hatte Amrei gegenüber Einfühlung und Intuition in so ungewöhnlichem Maß, weit über die normale *Hirntaubheit* hinaus gezeigt, dass es ihr wie eine Vorstufe des Mitfühlns erschienen war. Umso größer war der Schock gewesen, als sich zeigte, dass er selbst nichts von dieser Einmaligkeit begriffen hatte.

Als Erklärung für diese Borniertheit von ihm hatten sich zwei Versionen entwickelt, zwischen denen Amrei je nach Gestimmtheit wechselte. Version eins hieß *Ludwig, der Verwöhnte*: Ludwig hatte versagt, weil er es einfach nicht *nötig* hatte. Er hatte so viele Gaben und Möglichkeiten, da konnte er sich auch von dieser einzigartigen Schicksalsmöglichkeit nur das Filetstück aussuchen und ließ den Rest dankend zurückgehen. Seine unleugbare persönliche Erweiterung in einer rahmensprengenden Liebesbeziehung – bitte gerne! Aber mit so trivialen Rattenschwänzen wie Leben auf dem Land – igitt! Oder gar im Mitfühln leben – wie bitte?... Ludwig, der Verwöhnte, war also nichts anderes als ein empathisch hoch veranlagter Schnösel, der sie nicht genügend geliebt hatte...

Amrei ertappte sich gerade wieder bei diesem Gedanken und schloss die Tür des Schranks mit den Montessori-Materialien unnötig laut, als könnte sie damit das ständige Räsonieren und Fuchteln in ihr unterbrechen. All das war schon viel zu oft gedacht worden.

Es hatte tiefe Quälbahnen bei ihr eingegraben, vor allem am Anfang ihrer Heimkehr, in den furchtbaren sieben Monaten bis zu Aggies Geburt, mit der dann ohnehin so vieles anders geworden war. Danach hatte zum Bau ihres neuen Lebens in der Heimat unbedingt auch das Erreichen einer gelassenen Ludwigferne gehört. So hatte sich allmählich die Version zwei gebildet von *Ludwig, dem Normalo.* In dieser immer noch schmerzlich getönten, aber stabilen Seelenlage war sogar Verständnis möglich geworden. Verständnis für Ludwig als halbes Versprechen, der ja nichts dafür konnte, wenn Amrei sich ein Ganzes von ihm versprochen hatte.

Sie hatte ihm Fähigkeiten angedichtet, weil sie zu verliebt war, um nur den liebenswerten Normalo in ihm zu sehen, eben den klugen, sensiblen *Hirntaub* mit einer gewissen, auch noch professionell geschulten Einfühlungsgabe. Ansonsten aber natürlich mit den üblichen, ganz berechtigten *kopfblinden* Bedürfnissen und Ansprüchen an die Frau, die er liebte.

Die Normalothese ließ Ludwig wahrscheinlich mehr Gerechtigkeit widerfahren und rechtfertigte auch die Härte, mit der Amrei auf sein Unvermögen reagiert hatte. Wenn sie ihm als sture Landpomeranze, die nur als Topfpflanze in ihrem Kuhdorf existieren konnte, in Erinnerung blieb, war das besser für sie beide. Besser für Ludwigs Mangel an echter Empathie, besser auch für sie selbst, die keine Lust auf das hatte, was sie die »Melusinen-Rolle« nannte: die zunächst faszinierende Geliebte, die sich dann, oh Schreck und Graus für ihren ahnungslosen Mann, als Menschenschlange mit Flügeln herausstellte...

Ansonsten war Amrei mit dem Aufräumen fertig, alle Materialien waren wieder einsortiert auf den hüfthohen Ausziehbrettern der mächtigen, weißlackierten Wandschränke. In dem weitläufigen Raum standen die Tische und Stühle wieder ordentlich gegeneinander, der riesige Papierkorb war fast voll. Amrei sah sich prüfend um und gestand sich ein, dass sie aber nicht einen Gedanken an ihre Schüler gewandt hatte. Das ließ ihre Gefühle für den Verursacher ihrer Unkonzentriertheit nicht freundlicher werden.

Die großen Fenster, über deren niedrige Fensterbänke man so bequem in den Schulhof hinausklettern konnte, standen offen. Es war immer noch heiß, die sinkende Sonne stand direkt auf der Hausfront. Übers Wochenende machte Amrei sie nun doch lieber zu. Im Herumschwenken schoss die Fensterscheibe einen gleißenden Blitz in den Himmel. Amrei sah in dessen ungefähre Schussrichtung, über die steilen Buchenwälder am westlichen Talhang hinauf zu den Matten oben am Mahdegg.

Etwas kratzte am Rand ihres Bewusstseins. Was hatte Xari gestern über das Mahdegg gesagt? Seit dem Großalarm mit den armen Kindern vorige Woche war die Alm das Objekt erhöhter Aufmerksamkeit von Xari geworden. Gestern hatte Xari erwähnt, dass einer der Spitzel, die nach dem Zwischenfall in Piening aufgetaucht waren, auf dem Mahdegg rumschnüffeln würde, mit einem Riesenteleobjektiv bewaffnet. Und das Mahdegg hatte er als öffentlichen Aussichtsbalkon über Binabichl bezeichnet, die größte Schwachstelle in der Hut des Dorfs...

Amrei hatte das nicht so ernst genommen, alle Wächter neigten doch zu einer gewissen Paranoia. Bei Xari war sie noch weniger ausgeprägt, während zum Bespiel bei Simon als Polizisten auch noch die Berufsparanoia hinzukam. Amrei fand viel eher, dass man sich lieber um die Mahdegg-Kinder kümmern sollte, die bräuchten doch unbedingt Betreuung. Doch Xari hatte auf später verwiesen: nicht, solange überall die Spitzel rumschwirrten; erst müsste der Staub, den der Zwischenfall aufgewirbelt hatte, sich legen. Und dazu fiel Amrei jetzt ein, was Toni erzählt hatte, dass Ludwig sich offiziell um die Kinder kümmern würde.

Die Spitzel, Ludwig, die Kinder vom Mahdegg... plötzlich kam der Gedanke, dass Ludwig da oben auf dem Mahdegg stehen könnte. Natürlich blödsinnig! Aber was, wenn er doch jetzt auf sie hinabsah, gerade jetzt, wie sie das Fenster schloss? Das konnte er bei der Entfernung zwar nicht erkennen, sie selbst sah ja auch niemanden da oben auf der fernen Höhenlinie. Aber Moment, wofür gab es Teleobjektive?... Unwillkürlich trat Amrei vom Fenster zurück.

Das war fast panisch. Denn es war eigentlich egal, ob Ludwig nun eher der Schnösel war, der sie nicht genug geliebt hatte, oder der überforderte brave *Hirntaub*. Wichtig war nur eines: er durfte niemals von Aggie erfahren. Wenn Ludwig erfuhr, dass sie seine Tochter war, konnte er sich schlagartig von einer Irritation in eine echte Bedrohung verwandeln.

Die alten Ängste aus der ersten Zeit stiegen in ihr wieder auf, Bilder von einem plötzlich ganz rabiat gewordenen Ludwig, der auf einem Vaterschaftstest bestand, Besuchszeiten in Binabichl erstritt, ihr das Sozialamt auf den Hals schickte, vielleicht auch noch wegen Drogenverdachts oder wie?... Ihr einziger Trost und Halt nach dem Bruch bestand darin, dass sie es bei ihrem Streit geschafft hatte, dessen eigentlichen Anlaß zu verschweigen: die schlichte Tatsache, dass sie am Vorabend ihre Schwangerschaft festgestellt hatte, dass sie also sofort ihre Dämpfer absetzen musste und sich ohne diese nicht mehr länger in München halten konnte.

Das war nicht etwa Strategie gewesen, es hatte sich zufällig ergeben. Ursprünglich wollte sie nur nicht gleich Ludwig mit der vollen Ladung an Neuigkeiten konfrontieren. Doch angesichts seiner unglaublich abweisenden Reaktion auf das, was nur die Einleitung sein sollte, war sie zitternd froh darüber gewesen, dass es zur Hauptsache gar nicht mehr gekommen war... eigentlich undenkbar, dass solch fundamentalen Dinge zwischen zwei Menschen unausgesprochen bleiben konnten. Doch danach war Amrei froh darüber und sah zugleich darin auch ein bedrückendes Zeichen, was sie in der Beziehung mit Ludwig wohl sonst noch erwartet hätte...

Amrei rief sich zur Ordnung und machte die anderen Fenster zu. Sich vor Ludwigs eingebildeten Teleskopaugen hinterm Vorhang zu verstecken, das war ja die Höhe des Unfugs! Kein Unfug war es aber, etwas gegen solche Ängste zu tun. Was immer Ludwig mit seinem Auftauchen bezweckte, es brachte Amrei durcheinander.

Durch irgendwelche blöden Zufälle konnte es sich sogar zu einer echten Gefährdung auswachsen. Amrei hatte morgen mit Aggie nach Piening fahren wollen, Sandalen für sie kaufen und dann mit Toni zusammen Eis essen gehen. Für Aggie ein wahrer Höhepunkt des Daseins, aber das konnte sie jetzt vergessen, wo Ludwig sich in Piening herumtrieb. Wenn der sie mit Aggie zusammen sah, obendrein sah das Kind Ludwig auch noch so sprechend ähnlich...

Nein, Schluss. Das war unerträglich. Das musste aufhören!

12

Normalerweise telefonierte Professor Buhlmann beim Autofahren über seine erstklassige Freisprechanlage. Doch für diesen besonderen Anruf, den er an diesem Abend zu erledigen hatte, hielt er auf dem Heimweg vom Institut extra auf einem Parkplatz an der Autobahn an.

Buhlmann kramte aus dem Handschuhfach ein Stoffetui hervor. Es enthielt ein billiges Mobiltelefon, das der Professor liebevoll in der Hand wog. Feierlich gab er die PIN ein. Die Faszination für Dinge dieser Art hatte vor fast fünfzig Jahren einen pummeligen Zehnjährigen, der damals schon Bully genannt wurde, zur Gründung eines Spionageclubs getrieben. Sie war beim Professor eigentlich nicht schwächer geworden, auch wenn er dieser unseriösen Leidenschaft nur mehr im Verborgenen frönen konnte. Buhlmann bekam heute noch bei Worten wie »Maulwurf« und »Doppelagent« eine wohlige Gänsehaut.

Die Nummer mit der Kölner Vorwahl war die einzige im Speicher des Handys. Bei dessen Aushändigung war ihm eingeschärft worden, es niemals bei sich zu tragen und nur für diese eine Verbindung zu benutzen, die der Professor jetzt drückte.

Eine Automatenstimme sagte »Bitte sprechen«. Er schluckte, sagte »Professor Buhlmann für den Oberst« und stellte ab. Während er auf den Rückruf wartete, riss er sich zusammen. Er ließ sich lieber nicht anmerken, welchen Spaß ihm die *Operation Binabichl* machte, wie er sie nannte. Dem Mann, den er angerufen hatte, war es eher verdächtig, wenn jemand nur aus amateurhafter Liebe zur Sache mitmachte.

Heute Abend musste er nicht lange warten, bis das Gerät summte. Hastig nahm er an.

»Professor?«, sagte die trockene Tenorstimme.

Buhlmann dachte gerade noch daran, nicht zu fröhlich zu wirken, und sagte knapp: »Die Sache ist im Laufen. Melzer ist in Piening.«

»Ja doch. Er hat gegen Mittag in besagtem Hotel eingecheckt. Erzählen Sie mir etwas, das ich nicht weiß.«

Buhlmann dröhnte klagend: »Er hat auch schon begonnen, die Jugendlichen zu befragen. Der arme Melzerich tut mir fast leid.«

»Professor, bitte Zimmerlautstärke, ja?! Ich hab nur dieses Paar Trommelfelle. Wie weit haben Sie ihn eingeweiht?«

»Wa? Gar nicht!«, dröhnte Bully und brach erschrocken ab.

»Ich meine, das ist doch der Witz«, wisperte er, »dass Melzer völlig ahnungslos ist. Er weiß nur, er soll die Sache mit den Jugendlichen checken. Wovon er übrigens gar nicht begeistert ist. Binabichl hab ich nicht mal erwähnt!«

»Wie bitte?«, missbilligte die Stimme.

»Haha, ich hab mich gehütet. Der Melzerich hört doch das Gras wachsen! Hab ihm nur die Landkarte gezeigt. Es hat ihn richtig gerissen, als er den Namen las. Mehr war bei ihm nicht nötig.«

»Ihr Optimismus ist haarsträubend. Was ist, wenn er sich gar nicht um Binabichl kümmert?«

»Vertrauen Sie auf die Macht der Liebe, Oberst. Melzer ist fixiert auf diese Frau. Er ist wild entschlossen, mit ihr Kontakt aufzunehmen, das war ganz deutlich. Erst wollte er mir fast die Brocken hinschmeißen. Dann las er das Zauberwort Binabichl. Plötzlich war er ganz scharf auf den Auftrag.«

»Na gut, Sie sind der Psychologe, Professor. Aber das ist die bizarrste Rekrutierung meiner Karriere.«

»Für sowas haben Sie mich engagiert, oder nicht? Mit Ihren dienstlichen Schnüfflern sind Sie doch nur abgeschifft. Von denen kommt keiner auch nur in die Nähe von einem Binabichler.«

»Sagen wir, Ihr liebeskranker Tristan ist auf jeden Fall einen Versuch wert.«

»Mein »Tristan« ist die beste Chance, die Sie jemals haben werden«, krächzte der Professor gekränkt und räusperte sich. Der Zwang zum Piano ließ ihn allmählich heiser werden. »Ich bin sicher, dass Melzer nicht locker läßt. Die Jugendlichen fand er faszinierend und über sie stößt er mit der Nase auf Binabichl. Obendrein ist er in seiner Ehre gekränkt, weil ihn ein Polizist namens Peschak oder so ähnlich schnöde hat abfahren lassen.«

»Meinen Sie Perschagg? Das glaub ich gerne. Hauptkommissar Perschagg ist natürlich Binabichler, das ist eine alte Familie dort. Unglaublich, wie die Sekte in der Region schon die Institutionen unterwandert hat!«

»Ach... Umso besser! Es kommt ja auch nicht so drauf an, was Melzer selbst tut. Die Rolle der Ziege in dem Spiel ist nun mal passiv.«

»Sie mit Ihren Rätseln!«

»Schlichte Metapher, Herr Oberst. Die Ziege und der Tiger. Der Melzerich ist in Piening angepflockt und macht mäh. Wahrscheinlich hat der Tiger ihn schon gehört. Aber er ist vorsichtig. Erstmal wird er prüfen, ob die Ziege auch richtig riecht.«

»Geht das auch im Klartext?«

»Diese Leute haben offenbar Möglichkeiten, Menschen abzuchecken, von denen wir nur träumen können. Aber egal, was sie mit ihm anstellen, Melzer wird richtig riechen. In seinem blütenweißen Bewußtsein wird niemand eine böse Absicht finden.«

»Da sind Sie schon wieder bei Ihrem Gedankenlesen, Professor. Jetzt hören Sie mal zu!«

Die trockene Stimme wurde schärfer und fast klangvoll: »Diese Sekte verfügt über ein Mittel, eine Substanz oder was immer, mit dem sie das Denken von Menschen steuern kann. Darum geht es, das wollen wir haben! Aber verschonen Sie mich mit Ihren Phantastereien, ja!... Halten Sie mich auf dem Laufenden.«

Es klickte. Buhlmann kicherte, unbeeindruckt von dem Anschiss, und verstaute das Telefon im Handschuhfach.

Man musste Nachsicht haben mit dem Oberst. Er operierte ohnehin weit außerhalb des Grundauftrags des Militärischen Abschirmdienstes. Mit der Sicherung von Bundeswehreinrichtungen ließ sich die *Operation Binabichl* wahrlich nicht begründen. Der Professor hielt es für durchaus möglich, dass die Vorgesetzten des Obersten von der

Aktion gar nichts wussten. Der Mann war zweifellos ein Sonderfall von einem Abwehrheini.

Es gehörte schon mal eine gehörige Portion Phantasie dazu, um aus den spärlichen Hinweisen auf Binabichl eine Anfangsvermutung zu bilden, wie es der Oberst getan hatte. Doch er hatte auf diesen ausgefallenen Verdacht hin tatsächlich Agenten nach Piening geschickt und zuvor auch ihn, Professor Buhlmann, als »wissenschaftlichen Berater« mit ins Boot geholt. Das waren in Buhlmanns Augen Anzeichen dafür, dass der Oberst unter seiner technokratischen Trockenheit eine romantische Ader verbarg.

Buhlmann hielt sich selbst für einen Romantiker und vermutete da eine Seelenverwandschaft. Natürlich war derartiges für den Oberst viel zu irrational. Deshalb bestand er auf einer Zieldefinition, die den Soldaten in ihm beruhigte. Es musste eben eine »Substanz«, also eine Waffe dieser »Sekte« sein, um die es hier ging. Dabei ging es hier um viel mehr...

Die Augen des Professors verschleierten sich. Es ging doch um einen der großen Menschheitsträume wie den Traum vom Fliegen, nicht weniger!...

Die Scheinwerfer eines Wagens, der auf den Parkplatz rollte, rissen Buhlmann aus seinem Menschheitstraum. Er räusperte sich sonor und ließ den Wagen an.

13

»Wie? Schwai-Schwammar-l?«

Sattmann erprobte seine rheinische Zunge an dem sperrigen Wort.

»Sch-mai! Schmaischwammerl«, verbesserte Melzer.

»Diese bayerischen Zungenbrecher! Kenn ich nicht. Aber natürlich gibts bei uns einheimische Rauschpilze. Der häufigste ist der kahlköpfige, nee, der »spitzkegelige Kahlkopf«. Kleiner, unscheinbarer Wiesenpilz.«

»Und der ist wirklich halluzinogen?«

»Oh ja! Psychoaktiv und psychedelisch wie LSD, bloß nicht so fulminant. Aber ungefährlicher und wesentlich bekömmlicher. Eben noch richtige Pilze direkt von Mutter Natur. Sie haben auch einen eigenen Wirkstoff, Psilocybin. Ganz was anders als die Lysergsäure von LSD.«

Sattmann hatte Verenas Geschichte von einem urbayerischem Drogenpilz überhaupt nicht abstrus gefunden. Er erwies sich als richtig beschlagen auf dem Gebiet der Zauberpilze oder Psilos, wie sie auch genannt wurden. Melzer hörte zu seiner Überraschung, dass es dafür zahlreiche Internetauftritte gäbe, die Psilos sogar bei eBay zu beziehen seien, mit Zuchtboxen und Anleitungen. Noch mehr staunte Melzer, dass der legendäre Chemiker Albert Hoffmann, den er nur als den Entdecker des LSD kannte, später auch den Wirkstoff Psilocybin synthetisiert hatte.

Melzer, der Verena längst Abbitte geleistet hatte, fand seine eigene Ahnungslosigkeit zunehmend peinlich. Immerhin war tröstlich, dass Sattmann zugab, er hätte sich auch nur »wegen der Kids« auf dem Gebiet schlau gemacht.

Sie saßen an einem Ecktisch im *Lammwirt*. Vor den Fenstern warfen die Ballonlampen gelbe Lichtpfützen auf den nächtlichen Marktplatz. Die weitläufige Gaststube war immer noch gut besetzt. Sattmann und Melzer hatten sich durch kapitale Portionen Schweinsbraten gearbeitet und stießen nun mit den frischen *Bina-Weißen* an, die die Kellnerin brachte. Sattmann hatte sie als den »Champagner unter den Bieren« angepriesen.

Melzer, dem Bier sonst schnell zu dumpf wurde, spürte auch beim zweiten Glas noch mit Vergnügen dem Geschmack hinterher. Er hatte tatsächlich etwas Champagnerartiges in seiner herben Leichtigkeit mit einen feinen, trockenen Oberton, der in Melzer das Bild eines sommerschweren Getreidefeld hervorrief. Er mußte an den Getreidepilz denken, aus dem LSD ursprünglich gewonnen worden war, dann fiel ihm die Schmalzlerprise ein, die Xari ihm spendiert hatte...

Von der seltsam eindrücklichen Begegnung mit dem alten Binabichler, überhaupt von seinem Ausflug aufs Mahdegg, hatte er dem Kollegen nichts erzählt. Das ruhte als warmes Zentrum in ihm, von dem immer wieder Wellen von Hoffnung ausstrahlten. Sie waren ganz gestaltlos und umso süßer. Melzer, der seit Jahren nichts Ähnliches mehr empfunden hatte, verlangte nicht nach mehr. Ansonsten war er zufrieden damit, angenehm gesättigt bei diesem erfreulichen Gesöff mit dem Kollegen zusammenzusitzen und darüber zu spekulieren, was diesen herzerwärmenden Kindern am Mahdegg wohl tatsächlich passiert sein mochte.

Sattmann war durch Melzers positive Reaktion auf »seine Kids« richtig aufgeblüht. Jetzt erzählte er voll Eifer von der ganz eigenen Kultur, die rund um die Psilos in den letzten Jahrzehnten entstanden wäre, vor allem bei jungen Leuten; das bekäme dann schon rituelle Züge, oft mit schamanistischen Elementen, wenn sie es in der Gruppe einnehmen würden.

»Würde ja ganz auf die Kids passen«, warf Melzer ein. »Aber trotzdem, auch wenn sie solche Zauberpilze genommen haben –«

» – erklärt das immer noch nicht ihren kollektiven Filmriß«, ergänzte Sattmann. »Außerdem sagen sie, sie hätten noch nie was von Psilos gehört. Schau an, hoher Besuch!«, unterbrach er sich und deutete mit Kinn zum Stammtisch neben der Theke hinüber.

Ein Mann im Trachtenjanker war in den Gastraum gekommen, nur mittelgroß, aber wuchtig wirkend. Er klopfte auf den Tisch mit dem kunstvoll verzierten »Stammtisch«-Schild in der Mitte, machte eine Bemerkung, die in der Runde Gelächter hervorrief, und schob sich neben den hageren Brillenträger mit dem scharfgeschnittenen Gesicht auf die Eckbank.

»Der Pieninger Gemeinderat Johann Molinaro«, erläuterte Sattmann, »im Hauptberuf der Typ, der für dieses wunderbare Bier verantwortlich zeichnet«.

Melzer hörte, dass Molinaro der Geschäftsführer des *Bina-Bräus* war. Und natürlich aus Binabichl kam. Im *Bina-Bräu* arbeiteten zwar viele Pieninger, doch die Entscheidungsträger des Genossenschaftsbetriebes waren unweigerlich Binabichler. Melzer dachte an den anderen Molinaro, den er kennengelernt hatte. Doch fand er wenig Ähnlichkeiten zwischen Xaris schmaler, vogelartiger Erscheinung und diesem massiven Fünfziger mit einem großnasigen Römerprofil, das er Melzer wies.

Offenbar machte der bärtige Polizist jetzt eine Bemerkung über Sattmann und ihn. Jedenfalls sah die Stammtischrunde wieder zu ihrem Tisch hinüber. Melzer kannte drei von ihnen, wobei er den Bärtigen in abendlichem Zivil erst nicht als den gemütlichen »Kollegen Summerer« von der Polizeiinspektion identifiziert hatte. Den gutaussehenden Typ neben ihm kannte Melzer auch schon. Sperl Junior hatte ihn im Hotel begrüßt. Der Hagere mit der randlosen Brille im scharfgeschnittenen Gesicht war, laut Sattmann, der Redakteur Pernecker, der Melzer am Beginn seiner »Recherche« so schnöde hatte abfahren lassen. Außerdem hospitierte der alte Lammwirt noch am Stammtisch, ein weißhaariger Siebziger mit einem Wildschützenschnurrbart von hoher Fremdenverkehrstauglichkeit, der sein langes Gesicht als Querbalken teilte. Gerade stand er aber hinter der Theke und zapfte ein Bier.

Nur der Neuankömmling hatte zunächst nicht auf den Hinweis reagiert und ließ jetzt erst den Blick zu ihnen schweifen. Melzer sah in das breite Gesicht des Gemeinderats, die stark gewölbte Stirn- und

Wangenpartie mit einem mißtrauisch eingekniffenen Mündchen darunter. Es erinnerte ihn an das Bild von Pompeius aus seinem Lateinbuch. Der Blick der blauen Augen unter den schweren Lidern war zwar viel verhaltener, weniger strahlend und vorwärtsdringend und erinnerte trotzdem an Xaris Art, zu blicken. Jedenfalls empfand Melzer ihn wieder wie eine substantielle Berührung und mußte blinzeln. Der Blick glitt von ihm weiter zu Sattmann. Pompeius nickte ihnen grüßend zu, Sattmann winkte fröhlich zurück.

Der Kollege war beim Stichwort Binabichl hängengeblieben und schwärmte von diesem »ganz eigenen Dorf«; von dort aus stieg Sattmann gerne auf den *Bramkogel* und kehrte danach unweigerlich im *Agath-Wirt* ein, diesem Traum von einer altbayerischen Tafernwirtschaft, mit ihren Täfelungen aus der Barockzeit.

Da es um Binabichl ging, hörte Melzer gerne zu. Und wunderte sich, wie wenig ihn inzwischen die Beobachtung durch die Stammtischbrüder störte. Vor dem Essen hatte ihn das noch viel mehr irritiert, auch wenn Sattmann heiter erklärte, dass sei doch das Schöne in einer Kleinstadt: an seinem Tisch sitzen und die an den Nebentischen durchhecheln, die gerade einen selbst durchhechelten...

Um so etwas amüsant zu finden, mußte man wohl aus der Großstadt kommen wie sein Düsseldorfer Kollege, fand Melzer. Er dachte an den Spießrutenlauf in seiner Kindheit, den es regelmäßig gegeben hatte, wenn seine Mutter mal mit ihm essen gehen wollte. Als Musiklehrerin am Deggendorfer Gymnasium, als Leiterin vom Schulorchester und mehreren Chören war Mama eine öffentliche Institution, hielt aber auf strikte Trennung zu ihrem Privatleben. Damit war vor allem ihr Sohn gemeint. Die Lokale, wo »man doch nicht hingehen konnte«, waren immer in der Überzahl gewesen. Denn mit Ludwig zusammen auf Schüler und Eltern zu stoßen, hätte für Mama den GAU bedeutet...

Melzer fand, dass jetzt, zwei Jahre nach Mamas Tod, auch mal Schluss mit solchen Verkrampfungen sein konnte. Sperl Junior sah gerade wieder herüber. Melzer hob das Glas und prostete ihm zu. Der

Hotelier errötete zart und gab ihm Bescheid. Der Wirt servierte dem Gemeinderat sein Bier, setzte sich aber nicht wieder dazu. Er machte eine Runde durchs Wirtshaus, nach links und rechts grüßend und plaudernd.

So kam er schließlich zu ihrem Tisch. Die im Grabeston gestellte Frage, ob es „recht" gewesen sei, wurde wahrheitsgemäß bejaht. Der Wirt blieb stehen und wollte offenbar mehr wissen. Sattmann stellte Melzer als Kollegen aus München vor, ohne einlässiger zu werden, wofür Melzer dankbar war. Der Wirt fragte Sattmann, wie es seinem missratenen Enkel gehe. Die Schulter heile gut, in einer Woche könne Hannes wieder nachhause, gab dieser Auskunft. Mit seiner feierlichen Grabesstimme, die seine humorige Ausdrucksweise konterkarierte, sagte der Wirt, da hätte der Bazi wieder mal mehr Glück als Verstand gehabt.

Sattmann fügte an, dass sie aber immer noch vor einem Rätsel ständen, was sich die Kids am Mahdegg wirklich reingepfiffen hätten.

»Gsoffen ham s bis zum Gehtnimma, die Hundsbuam und Lausdeandln, die miserabligen!«, polterte der Wirt, zur Verstärkung der Poltrigkeit tiefer in den Dialekt fallend. Sattmann winkte unbeeindruckt ab.

»Hören Sie auf, Herr Faltermayer, ich war selber mit oben! Ich hab sie in die Klinik gebracht! Sagen Sie, haben Sie mal was von einem Pilz namens Schmaischmam – wie war das?«

»Schmaischwammerl« soufflierte Melzer.

»Genau. Kennen Sie den?«

Der schneeweiße Querbalken im Wirtsgesicht zitterte leicht. Er schüttelte den Kopf.

»Nie gehört. Was soll das sein?«

»Ein Pilz eben! Soll vor allem in der Gegend von Binabichl vorkommen«, stieß Sattmann nach. Der Mund in dem Gesichtskreuz vor ihnen ahmte jetzt den Querbalken nach und wurde zum Strich.

»Tut mir leid. Da bin ich überfragt«, kam daraus knapp und abschließend. Dann löste sich der Mund in ein professionelles Lächeln. »Aber vielleicht noch an Nachtisch, die Herren? Oder a Schnapserl?«

Die Herren passten, der Wirt wanderte weiter zum nächsten Tisch. Sattmann gab sich mit dieser Auskunft zufrieden. Doch Melzer verfolgte, wie sich dann der Wirt wieder zum Stammtisch setzte und, vornüber gebeugt, der Runde etwas mitteilte. Die Köpfe neigten sich zu ihm. Die Art, wie jeder der Fünf dann n i c h t mehr zu ihnen herübersah, fand Melzer vielsagend. Doch behielt er es für sich, wie alles, was mit Binabichl zu tun hatte. Er hatte Sattmann auch nicht erzählt, dass laut Verena Hannes sein Wissen über den ominösen Schmaischwammerl von seinem Großvater hatte.

Nach der zweiten *Bina-Weißen* mußte Melzer aufs Klo. Er ging durch die weitläufige Diele des Wirtshauses zu den Toiletten. Aus der Tür zur Küche kam der Lammwirt. Melzer nickte ihm zu und wollte vorbei.

»Ah, Herr Doktor!«

Es klang dringlich. Melzer blieb stehen und sah den Wirt abwartend an. In dem kreuzförmigen Gesicht arbeitete es, der Schnurrbart ging auf und nieder, während der Alte nach Worten suchte.

»Natürlich wird jetzt viel gredt, Herr Doktor«, brachte er schließlich heraus, »kein Wunder, wenn sowas passiert.«

»Was meinen Sie denn?«

Der Querbalken kippte schräg nach unten, als der Lammwirt duldsam den Mund verzog. »Scho recht, Herr Doktor. Ich hab halt gehört, dass Sie sich um die Kinder kümmern, gell?«

»Aha« machte Melzer.

»Und dann sind auch die wildesten Gschichten im Umlauf, eh klar. Aber davon dürfen Sie sich gar net –

»Meinen Sie den Schmaischwammerl?«, unterbrach ihn Melzer. Der Lammwirt ruckte zurück.

»I mein nix Bestimmtes. I sag nur eins... aus Binabichl ist noch nie nix Schlechts kommen! Mehr sag i net.«

14

»Du willst ihn echt verjagen?«, rief Toni entrüstet, wenn auch gedämpft. Amrei verdrehte die Augen und zischte zurück: »Übertreib doch nicht so. Ich scheuche ihn sicher nicht im Schlafanzug aus dem Hotel! Ich wecke ihn nicht mal auf. Er wird gar nicht merken, dass ich da gewesen bin«.

»Ja, ja, Operation unter Vollnarkose«, murrte Toni, »du mit deinem Binabichler Rumgehexe. Das ist Freiheitsberaubung, Raub des freien Willens oder wie.«

»Das ist so unfair, Toni! Du weißt genau, ich würde das sonst nie machen. Aber bei Ludwig, das ist einfach Notwehr!«

Sie stritten sich halb im Flüsterton, obwohl das eigentlich gar nicht nötig war. Denn Amrei und Toni standen ganz allein im Foyer, das im gedämpften Licht der Nachtbeleuchtung lag. Das *Sperl* machte seinem Ruf als hochseriöses Provinzhotel alle Ehre. Es war kurz nach Mitternacht und alle Gäste lagen brav in ihren Betten.

Das galt auch für Ludwig. Als Toni Amrei an der Tür zum Hinterhof einließ, wo sie geparkt hatte, hatte er ihr gleich kichernd mitgeteilt, dass Ludwig, infolge mehrerer *Bina-Weißer* im Lammwirt, auch schon schlafen würde wie ein Stein. Er selbst sei schon oben gewesen und hätte sich selbst davon überzeugt...

Toni hatte Ludwig vorsorglich das Zimmer 105 zugeteilt, das seit jeher mit einer Verbindung zur angrenzenden Wäschekammer ausgestattet war. Bei der Renovierung des Hotels hatte Toni, der sich selbst als »geborenen Intriganten und Kuppler« sah, dafür gesorgt, dass die unauffällige Tapetentür im Zimmer den Umbau überlebte. Das geschah auch im Gedenken an ihre gemeinsame Schulzeit. Damals hatte er Amrei gerne zu dem Horchposten in der Nebenkammer mitgenommen, wo sie glucksend und mit Herzklopfen die Intimsphäre von ahnungslosen Gästen verletzten.

Toni war entzückt davon gewesen, dass dieses nostalgische Relikt jetzt einen praktischen Nutzen bringen sollte, indem Amrei sich direkt an Ludwigs Bett materialisieren würde. Toni, der unverbesserliche Romantiker, hatte sie sich natürlich als nächtlichen Liebesengel vorgestellt, als er ihr vor einer halben Stunde am Telefon durchgegeben hatte, dass Ludwig abschussbereit in seinem Zimmer sei – sie könne kommen.

Umso größer war seine Enttäuschung, als er hörte, was Amrei wirklich vorhatte. Er tippte sich empört an die Stirn:

»Notwehr, du spinnst doch. Kannst du dir vorstellen, was das den armen Kerl gekostet hat, hierher zu kommen? Gegen dein ausdrückliches Verbot! Er hat vier Jahre gebraucht, um sein bisschen Mut zusammenzukratzen.«

»Und wenn schon. Es hat sich nichts geändert. Er hat doch immer noch keine Ahnung. Damals, als ich ihn angefleht habe, wusste er noch gar nicht, was ihn wirklich erwartet, und ist schon durchgedreht! Was glaubst du, wie er jetzt auf das Mitfühln reagieren würde?«

»Das weißt du nicht. Vier Jahre, Amrei. Du weißt nicht, wie er sich inzwischen verändert hat.«

»Vielleicht. Vielleicht auch nicht. Aber du redest immer nur von Liebe, Toni. Kann ja sein, dass ich ihm fehle, dass er Sehnsucht nach mir hat. Ähm, geht mir mit ihm genauso, auch heute noch.«

»Ha! Siehst du, und nur darauf kommt es an!«

»Tut es eben nicht. Egal, wer hier wen liebt, Ludwig ist völlig ungeeignet fürs Mitfühln. Und er wird sich nicht ändern. Er ist ein Superindividualist, ein selbstzufriedener Einzelgänger, der jemand wie mich nicht nötig hat. Er würde sich niemals so umkrempeln lassen, dass er im Dorf leben könnte.«

»Wenn man dir zuhört, fragt man sich, wie es überhaupt jemals ein Aussenseiter nach Binabichl geschafft hat. Es ist aber immer wieder passiert, hast du mir selber erzählt. Bist doch selber einer.«

»Mann, ich war zwei, als ich ins Dorf kam. Das ist schon ziemlich eingeboren.«

»Aber dein Babb war ein echter Aussenseiter, er war älter als Ludwig, und es hat super funktioniert bei ihm. Was sagt er eigentlich dazu?«

»Wenig. Du kennst ihn ja. Er hütet sich, mich zu beeinflussen. Diese Therapeutenmasche nervt manchmal echt.«

»Jetzt bist du ungerecht, Amrei!« Auf Amreis Vater ließ Toni nie etwas kommen. »Er spürt wahrscheinlich, dass du nur drauf wartest, dass er Stellung bezieht. Dann kannst du ihm kontra geben und den Gefallen tut er dir eben nicht. Dein Babb ist nicht so blöd wie ich.«

Amrei zuckte die Achseln und maulte: »Ja, immer schön demokratisch, mein Vater. Aber das Mitfühln ist nicht demokratisch, da kannst du nicht lange herum diskutieren. Da gilt hopp oder top«.

»Eben. Und das solltest du riskieren, Amrei. Ich fand Ludwig früher immer das Letzte. Aber jetzt, wo er es nach vier Jahren tatsächlich noch einmal versucht, das heißt etwas. Außerdem, jetzt hab ich ihn kennengelernt und äh, ich mag ihn.«

»Du auch noch«, seufzte Amrei, »genau wie Minh. Und die hat ihn noch nicht einmal gesehen.«

Toni grinste und sagte mit tuntenhaftem Augenaufschlag: »Schätzchen, wir haben halt beide bei Männern den gleichen Geschmack wie du... was sagt denn Minh zur Vertreibung?«

»Den gleichen romantischen Quatsch wie du. Aber ihr habt auch keine Ahnung, was bei so einer Vaterschaftssache alles passieren kann.«

»Dass Aggie – gottbehüte – einen Vater kriegt?«

»Haha. Stell dir lieber mal vor, dass Ludwig eine Besucherregelung im Dorf erzwingen könnte. Und wie dann vielleicht noch die Typen vom Jugendamt bei uns rumstöbern.«

»Immer vorausgesetzt, dass Ludwig sich plötzlich in ein Superarschloch verwandelt. Was ich mir eben nicht vorstellen kann. Ich kann mir aber vorstellen, wie sich das anfühlt, ohne sein Kind leben zu müssen.«

»Ach, wirklich? Sentimental rumsülzen kannst du und sonst nichts«, rief Amrei, durchaus nicht mehr gedämpft. Toni hatte offenbar einen wunden Punkt getroffen.

»Willst du wissen, was Ludwig fühlt? Gar nichts! Weil da bei ihm nichts ist. Höchstens die Erinnerung an den Spaß, den er hatte, als er mich aus Versehen schwängerte. Oder willst du behaupten, dass die für ihn quälend ist?«

Amrei war richtig laut geworden. Ihre gewöhnlich mehrfarbigen Augen funkelten Toni an. Wie immer, wenn sie unter Druck stand, waren sie vorwiegend stahlblau. Toni sah die Tränen, die bedrohlich in ihnen glitzerten.

»Pssch pssch pssch, mein Zwerglein«, machte er und zog Amrei an sich. Erst widerstrebend, dann aufseufzend gab sie nach und lehnte den Kopf an seine Schulter. Toni flüsterte in ihr Ohr:

»Erstens glaub ich, dass jede Hete dafür stirbt, dich zu schwängern, und zweitens kannst du mit Ludwig doch machen, was du willst«.

»Aber du bist dagegen, dass ich ihn in die Verzagung treibe«, nölte Amrei, nur halb besänftigt, und schob ihn von sich. Toni zog eine Clownsgrimasse und hob übertrieben die Schultern.

»Jaa, bin ich«, näselte er. »Aber es ist dein Lover und deine Beerdigung. Schau, was hab ich hier?«

Er hielt ihr mit entsagungsvoller Miene den Hauptschlüssel hin. Amrei schnappte danach. »Danke, Nunu«. Schon war sie auf dem Weg zur Treppe.

»Geh hin und mach dich unglücklich«, sagte Toni salbungsvoll zu ihrem Rücken. Sie sah zurück, ihr Lächeln blitzte.

»Wartest du auf mich? Keine Ahnung, wie ich es mache, aber es dauert sicher nicht lange!«

15

Amrei drückte die Tür zur Wäschekammer auf und schnupperte, in Erwartung des weichen, untergründig strengen Geruchs von frischgewaschenem Leinen, der in ihrer Jugend diesen engen, fensterlosen Raum beherrscht hatte. Doch ihr stieg nur ein undeutlicher Blumengeruch in die Nase, den die sauber ausgerichteten Wäschestapel in den Wandregalen ausstrahlten. Amrei suchte erst nach dem Lichtschalter, ließ dann aber doch nur die Tür zum Treppenhaus einen Spalt offen. Das Flurlicht von draußen reichte, um die Tapetentür an der Rückseite finden und dann auch den kleinen Riegel, der sie gegen das Nebenzimmer sperrte.

Ihr Herz hämmerte, dass es in den Ohren dröhnte. Umso langsamer schob sie den Riegel zur Seite, unendlich behutsam zog sie die Tapetentür auf und achtete peinlich darauf, dass diese auch weiter die Öffnung in der Wand verschattete. Und dann schob Amrei den Oberkörper vor in die Dunkelheit des Hotelzimmers daneben.

Erst einmal roch es nach Bier, dann hörte Amrei das schwere, doch ruhige Atmen, das diese Fahne produzierte. Im nächsten Moment fuhr sie zusammen, als sie spürte, wie nahe Ludwig ihr in dieser undurchdringlichen Schwärze war. Das Bett lag offenbar direkt neben der Geheimtür, sie hätte sich wohl nur vorbeugen müssen, um ihn zu berühren.

Ludwigs Atmen stockte, er murmelte Unverständliches und stöhnte. Dann ging der Atem wieder regelmäßig. Amrei riss sich zusammen. Wenn sie jetzt keine Disziplin aufbrachte, konnte sie ja gleich Licht machen und Ludwig aufwecken! Sie zwang sich dazu, ruhig zu atmen und ihre Hemmungen zu ignorieren. Denn eigentlich war das, was sie hier tat, völlig verpönt im Kodex des Mitfühlns, den sie im Blut hatte. Ohne reguläres *Anklopfen* mit jemand in Rapport zu gehen, war schon ein Übergriff. Das auch noch bei einem Schlafenden zu tun, war ja sowas von ungehörig.

Das galt natürlich nicht für *Außenseiter*. Doch das war gerade das Problem: Ludwig fühlte sich so gar nicht hirntaub an, als sie sich auf ihn einstimmte. Es kam ihr nicht nur eine sanfte Welle von immer noch Tiefvertrautem entgegen, es gab auch keine der Barrieren, hinter denen *Außenseiter* gewöhnlich ihr Gestimmtheiten verschanzten. Bei Ludwig gab alles sofort nach. Es war, als hätte Amrei mit dem ganzen Körper gegen eine Tür gedrückt, aber jetzt teilte sie sich vor ihr wie ein weicher Vorhang. So platzte sie gleich mitten hinein in den Traum, den Ludwig träumte.

Sie sieht, wie er eine Gasse entlang geht und auf den Marktplatz von Piening kommt. Sie fühlt Ludwigs Stimmung, er ist unruhig und gequält, der Marktplatz wirkt düster und ist menschenleer. Nur an seinem anderen Ende Platzes geht jemand, eine Frau, die ihm den Rücken wendet. Ludwig erstarrt und schreit »Amrei«, so laut und verzweifelt, dass es Amrei als Beobachterin ins Herz schneidet. Doch die Frau hört es nicht und biegt in eine Seitenstraße ab. Ludwig läuft ihr hinterher, kommt in die Straße, die leer ist, läuft ziellos weiter und weiter, bleibt schließlich entmutigt stehen. Amrei spürt seine ganze Trostlosigkeit und ist erleichtert, als plötzlich die Frau hinter ihm auftaucht und ihm leise die Hand auf die Schulter legt. Ludwig steht wie verzaubert und dreht sich dann langsam zu ihr zurück. Amrei ist froh, dass ihre Doppelgängerin Ludwig anlächelt. Lächelnd deutet diese auf etwas im Rücken von ihm, mit einer bannenden, starken Geste.

Die Szene hat sich verändert, es ist ein heißer Sommertag auf dem Land, zwei Buben in Sporthosen gehen durch einen Garten auf ein großes Einfamilienhaus zu. Die beiden sind etwa 12 Jahre alt, der eine blond und stämmig, der andere Schmale, Brünette trägt einen abgenutzten Ball unterm Arm. Amrei begreift, dass das Ludwig ist, mit seinem Freund Siggi, mit dem er beim Kicken war. Die beiden kommen zur offenen Terrassentür, aus der Musik dringt. Zwei Frauen singen zum Klavier, jetzt kommen zwei Kinderstimmen sehr falsch und begeistert dazu, »bela bimba, bela bimba« krähend. Ein Quetsch-

tenor setzt mit einer ganz anderen Melodie ein, unterstützt von einem dünnen, aber tonsicheren Sopran, bei dem Ludwig aufhorcht, weil er die Stimme kennt. Das Potpourri klingt ganz wunderschön, trotz der schrillen Kinderstimmen. Ludwig läuft zur Tür und sieht die Sänger im Wohnzimmer, die mütterlich wirkende Frau um die Vierzig, ihre halbwüchsige hübsche Tochter, die beide eine Stimme singen, die krähenden Vierjährigen, unübersehbar Zwillinge, und ihnen gegenüber der vierschrötige Mann mit der Tenorstimme, der am Klavier lehnt. Dahinter steht die dünne, ein ganzes Stück ältere Frau, die die Akkorde greift, singt und die Einsätze vorgibt. Sie ist ganz in ihrem Element und hat rote Bäckchen vor Eifer. Amrei spürt den Freudenschreck des jungen Ludwig und weiß, dass das Ludwigs Mama ist. Jetzt sieht diese ihren Sohn in der Verandatür stehen und lacht ihn an, so gelöst und lustig, dass Ludwig ganz heiß wird vor Glück ...

Dieses Glücksgefühl bewirkte, dass Amrei sich fast fluchtartig aus diesem Traum zurückzog. Sie trat einen Schritt in die Wäschekammer zurück, schloss die Tapetentür und lehnte sich schwer atmend dagegen. Etwas hatte sie so überwältigt, dass sie beinahe ihre Schattenpräsenz in Ludwigs Geist aufgegeben und ihn direkt beeinflußt hätte. Falls sie das nicht ohnehin schon getan hatte, wenn sie nur an die Wende im Traum dachte, diesen totalen Stimmungsumschlag, den Amreis Doppelgängerin ausgelöst hatte...

Dabei hatte sie Ludwigs Verzweiflung im Alptraumteil nicht sehr erschüttert. So etwas beeindruckte sie wenig nach ihren eigenen Alpträumen in den ersten Jahren nach der Trennung, die sich alle um Ludwigs Zurückweisung drehten. Doch danach, in dem Kindheitsbild, war sie auf etwas völlig Unerwartetes gestoßen.

Sie hatte seinerzeit Ludwigs Mutter nie kennenlernt, wußte aber von ihm einiges über seine hochkomplizierte Beziehung zu ihr. Amrei war ganz sicher, dass dieser Traum nicht etwa auf einer Erinnerung beruhte, dass Ludwig nie Ähnliches mit seiner Mama erlebt hatte.

Es war ein reines Wunschbild, das in allem von einer großen Sehnsucht sprach. Und das warf Amrei um. Sehnsucht war etwas, das sie nun wirklich nie mit ihrem Ex in Verbindung gebracht hätte. Noch stärker war sie von dem eisigen Grundton einer überwältigenden Einsamkeit getroffen, der sich darunter durchgezogen hatte.

Beides war völlig neu für Amrei. Für sie war Ludwig der zwar beziehungsfähige, jedoch sich selbst völlig genügende Einzelgänger, wie er im Buche steht. Tatsächlich hatte er für Amrei auch viele Jahre lang »im Buche« gestanden, da sie von solchen Personen immer nur gelesen hatte. Sie hatte reiche Auswahl gehabt mit Beispielen für diesen Typus, der nicht nur von Krimiautoren gerne zum Helden ihrer Geschichten gemacht wird. Helden waren sie auch für Amrei gewesen, faszinierend und leicht erschreckend für jemand wie sie, die nie auch nur daran gedacht hatte, ihren persönlichen Ort außerhalb einer Gemeinschaft zu suchen.

Umso aufregender war es damals für sie gewesen, bei Ludwig diese faszinierende Autarkie zu erkunden. Und darüber hinaus in jene gestaltlosen Bereiche vorzudringen, die er selbst noch nicht von sich gekannt hatte. Wie hatte sie sein Entzücken genossen über das, was er da mit ihrer Hilfe in sich entdeckte! Was für eine Fülle von aufregenden Einsichten, die sich bei der ersten Belastungsprobe, ihrem ersten Streit überhaupt, leider alle als nutzlos und irrelevant herausgestellt hatten ...

Es war ein böser Moment für Amrei, wie sie da im halben Dunkel der Wäschekammer stand, während hinter der Tapetentür Ludwig ungestört seinen Traum von einem unerreichbaren Glück weiterspinnen konnte. War es möglich, dass sie keine Ahnung hatte von ganz fundamentalen Problemen Ludwigs? Dass sie in den Monaten ihres Glücks einfach nicht geschafft hatte, bei ihm zu geheimeren Dingen vorzustoßen, etwa zu einer tiefen Resignation? Und darunter eine Bedürftigkeit von solchem Ausmaß, dass Ludwig eben gelernt hatte, sie mit gnadenloser Strenge in sich kleinzuhalten?...

Amrei schlüpfte an der Theke vorbei in den Durchgang, der Tonis kleines Büro mit dem Empfangsbereich verband. Toni daddelte Patiencen am Computer und sah erstaunt auf.

»Echt jetzt? Warst du gar nicht bei ihm?«

»Doch.«

»War ja eine Blitzaktion. Und... ist er fertig abgetrieben?«

Amrei zuckte bei dem rüden Ausdruck zusammen und schüttelte den Kopf.

»Ähm, es ist doch nicht so einfach«, flüsterte sie. Toni schwang auf seinem Stuhl zu ihr herum. Seine Brauen tanzten, er riß dramatisch die Augen auf.

»Aha!«, sagte er bedeutungsschwer. »Gottseidank ist es das nicht. Hast du irgendwas mit ihm gemacht?«

»Nein. Er hat geträumt und ... Nunu, es hat mich umgehauen. Ich hab mich wieder geschlichen.«

»Sehr gut. Ich bin sehr froh, dass dus gelassen hast.«

Amrei nickte verloren und fühlte sich überhaupt nicht getröstet.

»Weißt du, Nunu, im Mitfühln kennen wir so etwas nicht,« sagte sie tastend, »dieses Rumstochern, Tieferbohren, dass man dem anderen erstmal draufkommen muss. Es ist nicht nötig bei uns. Du hast Vertrauen und zeigst dich. Und dem anderen folgst du soweit, wie der sich zeigen will... verstehst du?«

»Kein Wort!«, beteuerte Toni grinsend, »aber könnte man sagen, dir wurde klar, dass du zu wenig weißt von Ludwig?«

»So ähnlich«, murmelte Amrei und biss sich auf die Lippen, um die aufsteigenden Tränen zurückzuhalten.

Toni ritt nicht weiter darauf herum. Seine fröhliche Übergriffigkeit, mit der er Amrei regelmäßig überfuhr (... für sie die erste wichtige Schule in den Sitten und Bedingungen der *Draußenwelt*), stellte nur eine Seite von ihm dar. Manchmal konnte Toni auch ein ganz Feinfühliger sein, wie jetzt, als er erklärte, dass Amrei erstmal nur ins Bett gehörte.

Fürsorglich den Arm um sie gelegt, brachte er sie in den Hinterhof hinaus, zu ihrem Wagen.

Amrei, die mit einem Schlag spürte, wie lange dieser Tag gewesen war, ließ das willig mit sich geschehen. Beim Einsteigen wallte es noch einmal in ihr auf:

»Was soll ich jetzt bloß machen? Ich bin total durcheinander.«

»Erst einmal schlafen, Zwerglein. Er ist doch gerade einen Tag hier. Und fahr jetzt bloß vorsichtig!«

SAMSTAG

16

Gestern im Lamm-Wirt waren aus Melzer und Sattmann noch »Ludwig« und »Satti« geworden. Dazu kam es bei der dritten *Bina-Weißen*, die nicht einmal die letzte Runde geblieben war. Über einen ausgewachsenen Kater hätte sich Melzer, der so etwas gar nicht gewohnt war, also am nächsten Tag nicht gewundert. Doch er schlief so gut wie lange nicht mehr und hatte Träume, von denen beim Aufwachen wenig mehr greifbar war. Sollte Mama tatsächlich mit den Taschners Musik gemacht haben?... Ziemlich bizarr, aber es fühlte sich im Nachhinein ziemlich gut an. Auch von dem gestrigen Bierexzess war ihm nur ein leichter Druck hinter den Augen geblieben.

Der verflog dann mit dem ersten Kaffee im Frühstücksraum des Hotels. Melzer ging zum Buffet, um sich ein Müsli zu holen. Im Hotel *Sperl* war Frühstück eine Angelegenheit, die für Melzers momentane Bedürfnisse viel zu ernstgenommen wurde. Auf der reichhaltigen Theke stand auch eine Batterie verschiedenfarbiger, bauchiger Fruchtsaftflaschen, deren Etiketten Melzer auffiel. Er nahm eine Flasche hoch. Binade?

»Das ist kein Schreibfehler, Binade!«, sagte jemand kichernd. Die schwäbisch gefärbte Stimme gehörte einem rundlichen Mann Ende Vierzig, der sich neben ihm Rührei mit Bratwürstchen auf den Teller lud. Er erzählte, dass ein ziemlich ähnlich klingender Limonadenhersteller schon dagegen geklagt hätte, aber erfolglos.

»Das Kracherl da ist eh das bessere Produkt. Geschmacksrichtung Schlehe ist richtig fein«, beteuerte sein Nebenmann. »Übrigens, Stäble mein Name. Ich bin in der Getränkebranche.« Melzer nannte seinen Namen.

»Freut mich. Wir machen hier Urlaub, meine Frau und ich.«

Herr Stäble deutete zu einem Fenstertisch, wo eine ähnlich rundliche Frau saß und mit zusammengekniffenen Augen zu ihnen herübersah. Melzer bedankte sich für den Tipp und war froh, dass er schon einen eigenen Tisch besetzt hatte. Der gemütliche Schwabe schien der Typ zu sein, der fremde Leute an seinen Tisch verschleppte.

Während Melzer das Müsli löffelte, sah Herr Stäble immer wieder erwartungsvoll zu ihm herüber. So kostete Melzer dann von seiner mitgenommenen Binade. Das »Kracherl« schmeckte weniger süß als befürchtet, sehr frisch, leicht bitter, mit viel Kohlensäure und einem fernen Oberton, der ihn an seine gestrige Weißbierorgie erinnerte. Melzer stieß auf und machte ein anerkennendes Handzeichen durch den Raum. Herr Stäble strahlte. Seine Frau zischte ihm etwas zu, das missgelaunt wirkte, und stand vom Tisch auf. Ihr Gatte sah ihr mit langem Gesicht nach, als sie den Frühstücksraum verließ.

Melzers Handy summte. Es war Juli, die Vollzug meldete. Auch die anderen Fünf der Gruppe würden gerne mit dem Herrn Doktor sprechen. Ob es ihm recht sei, in einer Stunde am Sportplatz vom Gymnasium, weil sie von dort dann zum Baden fahren könnten? – Melzer ließ sich den Weg beschreiben.

Danach hielt es ihn nicht mehr lange an seinem Tisch. Die Sonne schrägte durch die Fenster und lockte ihn nach draußen. Er war gespannt darauf, wie sich die anderen Kids präsentieren würden. Auch wenn er sich, spätestens seit gestern auf dem Mahdegg, keine Illusionen mehr über seine eigenen Motive machte, für schlichte Neugier und ein wenig Teilnahme reichte es bei ihm allemal. Abgesehen davon, dass er Juli und die anderen nicht enttäuschen wollte.

Melzer ließ den Rest seines Frühstücks stehen, nickte Herrn Stäble zu, der sich durch sein Rührei arbeitete und überrascht zu ihm hersah, und ging auf den Gang hinaus. Vorne im Foyer sah er die ungnädige Gattin des Getränkeexperten. Sie stand an der Theke, wandte ihm die ausladende Rückseite zu und studierte einen Flyer. Hinter der Theke stand der junge Sperl und sah Melzer entgegen.

Was dann kam, war unmerklich wie ein Wimpernschlag: Sperl sah von Melzer zu der Frau und wieder zu Melzer und dann irgendwie eindringlich zu der offenen Tür am Gang, die ins Freie führte. Bevor

Melzer sich fragte, ob es wirklich ein Wink war, war er schon seitwärts geschwenkt und glitt durch die Tür nach draußen.

Es war der Hinterhof des Hotels. Zügig ging Melzer an den parkenden Wagen vorbei und kam auf die Gasse, die vom Marktplatz heraufführte. Er wußte immer noch nicht, warum er das gerade getan hatte, doch es hob unleugbar seine Laune.

Eine Stunde später bog Melzer auf die Zufahrtstraße mit dem Schild »Carl-Orff-Gymnasium« ein. Er beeilte sich. Aus Angst, zu früh anzukommen, hatte er eine ausgiebige Schleife durch den Pieninger Norden gemacht und dann doch länger als gedacht bis hierher an den westlichen Stadtrand gebraucht.

Das Gymnasium erwies sich als zweistöckiger, dafür langgezogener, in Einzelelemente geteilter Bau, der L-Förmig die Sportplätze einfasste. Das Gelände lag verwaist, in Samstagsruhe. Doch beim Basketballplatz am anderen Ende des Schulhofs lehnte ein Rudel Fahrräder an den hohen Gitterzäunen, ein Wagen parkte daneben und vor der Gittertür sah Melzer eine Gruppe beieinander stehen.

Im Näherkommen differenzierte sich das, Melzer unterschied mehrere junge Leuten und einem Mann mittleren Alters mit einer Frau, die ein altmodisches Strohhütchen trug. Unwillkürlich wurde Melzer langsamer. Es war nicht erkennbar, ob sein Auftauchen der Auslöser war, jedenfalls begannen die beiden Erwachsenen, sich von den Jungen zu verabschieden. Es gab ein Händeschütteln, an dem die Frau nicht teilnahm. Der Mann hielt der Frau die Beifahrertür auf und setzte sich dann ans Steuer.

Der unauffällige Mittelklassewagen wendete und kam langsam auf Melzer zu. Er erkannte den Fahrer wieder, auch im Freizeithemd war der Gemeinderat Molinaro unverkennbar. Er nickte Melzer höflich zu, während er vorbeirollte. Die Frau mit dem Hütchen beugte sich neben Pompeius neugierig zu Melzer vor. Er sah, dass sie noch einmal ein ganzes Stück älter war als ihr Fahrer, in der Altersklasse von Xari etwa... dann waren sie vorbei. Melzer sah dem Wagen nach.

»Herr Doktor!«

Das war Julis Stimme. Sie lief Melzer entgegen. Und dann sprudelte sie aufgeregt hervor:

»Schön, dass Sie kommen, Herr Doktor. Wissen Sie, wer das da grad war? Die beiden sind aus Binabichl! Ist das net der Wahnsinn?!«

17

»Wenn sich alle so angestellt hätten wie du, hätte es nie ein Aussenseiter nach Binabichl geschafft!«

Toni hatte gestern Nacht eine Reihe erfrischender Bemerkungen zum Besten gegeben, doch dieser Satz beschäftigte Amrei am nächsten Tag am stärksten. Wie schafften es *Außenseiter* überhaupt ins *Dorf?*...

Ihr Vater mit seiner Neigung zu Kernsätzen hatte natürlich auch zu diesem Thema Prägnantes parat. Er behauptete, nur zwei Kräfte würden Menschen aus der *Draußenwelt* nach Binabichl bringen: Not, Liebe oder eine Mischung aus beiden...

Der *Babb* sah sich selbst natürlich als Paradebeispiel für »Not«. Zu Amreis liebsten Kindheitsmythen gehörte die Geschichte, wie der Babb damals im Achelepark von Piening auf einer Bank gesessen hatte, während die zweijährige Amrei auf dem Spielplatz spielte, und eine Einheimische ihn gefragt hatte, ob neben ihm noch frei sei, obwohl es ringsum genug freie Bänke gab. Der Doktor Feininger aus München, mit seiner Tochter übers Wochenende nach Piening geflohen, weil an freien Tagen die Trauer um seine gestorbene Frau zu Hause vollends unerträglich wurde, hatte sich in seiner bleiernen Vergrabenheit nicht einmal gewundert über die Frage und war nur abwesend beiseite gerückt.

So lernte er Hanni kennen, damals eine bäuerlich wirkende Frau Mitte Vierzig. Das Gespräch mit ihr bezeichnete der Babb später als eines der einschneidenden Ereignisse in seinem Leben. Es führte binnen weniger Monate dazu, dass er München verließ, die Praxis und sein im Schmerz erstarrtes Leben aufgab und mit seiner Tochter nach Binabichl zog.

Amrei konnte sich daran so wenig erinnern wie an ihre Mutter. Umso bedeutsamer war für sie die Geschichte ihrer Ankunft im Dorf, der Babb hatte sie immer wieder erzählen müssen.

Binabichls Historie war gespickt mit Geschichten von Außenseitern, die im Dorf gelandet waren, und das oft unter dramatischen Umständen. In den früheren Jahrhunderten kamen sie meist mehr tot als lebendig im Tal an und führten so eine Tradition fort, die bis auf die *Gründer* zurückging. Auch diese waren halbverhungerte Flüchtlinge im Dreißigjährigen Krieg gewesen, die sich in das abgelegene Tal verirrt und in dessen Schutz das Mitfühln entwickelt hatten.

Als Amrei erwachsen wurde, hatte sie in der einschlägigen Dorfhistorie dann einen anderen Favoriten: die Geschichte von Ilse, die einige Jahre vor der Ankunft von Vater und Tochter Feininger nach Binabichl gekommen war. Diese Geschichte war Amrei in den kurzen Monaten, in denen sie mit Ludwig in München glücklich gewesen war, eine Ermutigung, ja, fast ein Modell ihrer erhofften Zukunft mit Ludwig gewesen. Denn bei Ilse war es vor allem um Liebe gegangen, nicht nur um die nackte Not und äußerste Verzweiflung wie bei den anderen *Außenseiter*-Stories: zumindest glaubte Amrei das, die damals nur die offizielle Geschichte kannte.

In dem furchtbaren ersten Jahr nach dem Bruch mit Ludwig hatte Ilse sich angelegentlich um Amrei gekümmert. Sie kamen sich näher, als Amrei das je für möglich gehalten hatte bei der siebzigjährigen Frau, die für sie lange eine unnahbare Respektsperson gewesen war.

Diese neu gewonnene Vertrautheit bewährte sich dann auch am Anfang dieses Jahres bei der Katastrophe mit Valentin, die Ilse traf. Die bestürzenden Verwicklungen, in die Ilse durch ihren Sohn geraten war, hatten das ganze Dorf erschüttert. Der Schock über den nur knapp verhinderten Verrat des *Geheimnisses* war groß und hatte erst durch Valentins Tod eine gewisse Beruhigung erfahren, allerdings teuer erkauft mit dem ungeheurem Schmerz seiner Mutter.

In dieser Zeit war Amrei Stütze und Stab für Ilse gewesen, ihre Bindung hatte sich noch einmal vertieft. Ilse, ihr Leben lang die zupackende Pragmatikerin, zeigte nun zunehmend die Neigung, der gramvollen Gegenwart in die Vergangenheit zu entfliehen, was früher überhaupt nicht ihr Ding gewesen war. Nun erzählte sie öfters und gerne von früher. So kam Amrei dann in den Genuß der intimeren Geschichte hinter der bekannten Version von Ilses Ankunft in Binabichl.

Ilse war in den Siebziger Jahren des vorigen Jahrhunderts aus ihrem abgezirkelten Lebensentwurf ausgebrochen. Sie hatte ihr Chemiestudium im Schnelldurchgang absolviert, danach sofort einen aussichtsreichen Job in einem Pharmaunternehmen angenommen, alles mit einer Zielstrebigkeit, die in den alternativ bewegten Siebziger Jahren eher die Ausnahme war. Dann starb ihre Mutter, die sie allein aufgezogen hatte. Sie hinterließ Ilse ein kleines Erbe und nahm etwas anderes mit ins Grab, den Ehrgeiz, der die Lebenseinstellung ihrer Tochter bestimmt hatte. Erst jetzt, mit ihren 27 Jahren erkannte Ilse, wie wenig dieser Antrieb ihr eigener gewesen war. Zurück blieb eine Leere, in der klar wurde, dass sie keine Ahnung mehr hatte, worum es in ihrem Leben gehen sollte. Ihre Reaktion auf diese Ratlosigkeit war heftig und unbedingt: sie brach mit allem. Wie so manche in den späten Siebzigern, ging sie nach Poona, wo sie in den Ashram eines Gurus eintrat. Dieser hieß damals noch Baghwan und faszinierte vor allem westliche Adepten, die weniger spirituell bewegt als auf der Suche nach neuen Therapieformen waren. Ilse stellte bald fest, dass sie zu dieser Zielgruppe nicht gehörte. Nach dieser bizarren Ouvertüre reiste sie auf eigene Faust weiter durch Indien, dann nach Nepal, getrieben von einer für diese Jahre bezeichnenden Mischung aus Fernweh, Absage an den westlichen Lebensstil und echter spiritueller Suche.

Amrei gegenüber bezeichnete Ilse dieses Phänomen als typisch abendländisch, die »gute alte innere Unruhe«. An dieser konnte auch das knappe Jahr, das sie in einem buddhistischen Frauenkloster bei Kathmandu verbrachte, nicht wirklich etwas ändern. Drei Jahre nach ihrem Aufbruch kam Ilse zurück nach Europa. Ihr Geld reichte gerade noch für den Flug von Bombay nach Rom. Sie trampte von Italien herauf und kam nach Piening, wo es eine Jugendherberge gab.

Hier gönnte Ilse sich eine »kleine Pause«. Bevor es endgültig ins Flachland von Bremen ging, wollte sie noch einmal richtig Abschied von den Bergen nehmen, auch wenn das hier nur die Ausläufer der Alpen und nicht des Himalaya waren.

Hinter diesem Aufschub steckte natürlich auch Ratlosigkeit und Angst vor dem, was sie in der abgelebten Heimat erwartete. Zu Bremen fiel ihr eigentlich nichts ein, außer dass sie wieder Geld verdienen mußte, was dort mit ihren alten Kontakten noch am leichtesten gehen würde. Dazu kam noch eine paradoxe Sehnsucht nach norddeutschem Wetter...

Am nächsten Tag fuhr sie mit dem Postbus nach Binabichl, Ausgangspunkt für die Wanderung auf den Bramkogel, den man ihr als den lohnendsten Berg in der Umgebung genannt hatte. Sie fuhr bis zur Endstation am Marktplatz des Dorfes, das Ilse beiläufig als recht hübsch empfand. Einen ähnlich positiven Eindruck machte ihr beim Losgehen der Blickwechsel mit einem jungen Einheimischen, der an der Straße Bretter auf einen Anhänger schlichtete und sie mit aufgerissenen Augen ansah, dass ihm fast ein Brett aus der Hand gerutscht wäre. Aus den Augenwinkeln sah sie, wie er ihr hinterher starrte. Auch recht hübsch, fand Ilse und ging davon in der Richtung, die der Wegweiser anzeigte.

Die angesagte Gehzeit betrug zwei Stunden und im Vergleich zu Nepal handelte es sich um eine leichte Bummeltour, weshalb Ilse auch nur Sandalen trug. Nach einer Stunde war sie schon halb oben auf dem Berg. Auf dem gut gehaltenen Steig war leicht zu gehen. Trotzdem rutschte sie an einer glatten Stelle ab und verstauchte sich heftig den Knöchel. Auftreten mit dem Fuß erwies sich nach ein paar schmerzhaften Versuchen als unmöglich. Obendrein verschlechterte sich das Wetter, es würde bald regnen.

Auch wenn das nur die Voralpen waren, verstand Ilse inzwischen genügend von den Bergen, um den Ernst ihrer Lage zu begreifen. Sie hatte schon länger keinen Menschen mehr gesehen, im Spätherbst gab es hier keine Wanderer, also würde niemand ihr zu Hilfe kommen. Ilse probierte es mit einem Stecken, auf den sie sich stützte, dann mit Kriechen. Dann rief sie doch um Hilfe, aber nicht lange. Gerade hatte sie noch verzweifelt geschluchzt, doch jetzt rauschte das aus ihr hinaus. Sie wurde ruhig.

Das war es also. Das war es gewesen mit der Suche nach ihrer Bestimmung. Der Weg hatte sie in eine immer größere Beliebigkeit geführt, doch war das nur Vorspiel gewesen. Denn jetzt zeigte der Weg plötzlich etwas sehr Deutliches: ihre Bestimmung endete hier auf diesem harmlosen Pfad in den Voralpen, bei diesem unscheinbaren Felsbrocken, an dem sie niedergesunken war.

Ilse hatte natürlich nicht damit gerechnet, dass es so enden könnte. Doch jetzt wurde klar, dass sie nicht allzu viel dagegen hatte. Es war jedenfalls nicht genug, um verzweifelt dagegen anzukämpfen und sich weiter das Fleisch von Händen und Knien zu schaben. Sie setzte sich auf ihren kleinen Rucksack und nahm, soweit das ihr Knöchel zuließ, die vertraute Position ein. Sie begann den Atem zu regulieren, nun ja, wofür hatte man das auch geübt in den Jahren... Der Schmerz entfernte sich, sie fing an, ihren Geist von Angst und Wut zu lösen. Die ersten Tropfen, die in ihrem Gesicht landeten, waren schon nicht mehr beunruhigend, sondern einfach Tatsache.

Es hatte schon richtig zu regnen begonnen, als der Binabichler sie fand. Es war der junge Mann vom Dorfplatz.

»Das war mein Simon«, erzählte sie lächelnd und Amrei freute sich an ihrem Lächeln, das Ilses herbe Züge verschönte, wie immer, wenn sie auf ihren verstorbenen Mann zu sprechen kam.

Simon kam über die meditierende Ilse. Er war äußerst aufgebracht, er beschimpfte sie wegen ihres Leichtsinns, und war doch ganz zart und hilfreich wie ein Engel. Diese Mischung aus Vorwurf und Fürsorge spülte Ilses Todesergebenheit schlagartig aus ihr hinaus. »War wie 'ne Ladung Rohr-frei«, beschrieb das Ilse in der staubtrockenen Art, über die Amrei sich immer amüsierte.

Im mittlerweile strömenden Regen brachte er Ilse zu einer Jagdhütte, die in einiger Entfernung lag. Es war ein mühseliger Marsch für

Ilse, die nur auf einem Bein hüpfen konnte. Erst stützte sie sich auf Simon, dann klammerte sie sich an ihn. Als er sie schließlich Huckepack nahm, waren ihre Körper schon längst verständigt. In der Hütte – »wir mußten sowieso das nasse Zeug vom Leib kriegen« – stürzten sie ineinander. Erst Stunden später kam Simon dazu, Ilses Knöchel und ihre aufgeschürften Knie zu verarzten.

Der Wettersturz, der sogar Schneefall brachte, hielt sie in der Hütte fest. »Drei Tage waren wir ungestört, wir hatten so ein Glück. Der Beginn meines neuen Lebens.« Erst hatte Ilse noch gefragt, ob man sich bei ihm zu Hause nicht Sorgen um ihn machen würde. Simon lächelte nur. Bald erfuhr sie, warum. Die Kommunikation mit dem Dorf war kein Problem. Nun erfuhr sie alles über ihren Geliebten und seine Lebensumstände. Im Vergleich dazu fand sie es fast normal, dass ihre Rettung natürlich kein glücklicher Zufall gewesen war. Simon hatte ihre stumme Begegnung am Dorfplatz keine Ruhe gelassen. So war er ihr schließlich hinterher gestiegen.

Am vierten Tag schien wieder die Sonne. Der Schnee schmolz rapide. Hinter der Hütte hackte Simon das Brennholz nach, das sie verbraucht hatten. Ilse, die schon wieder an einem Skistock humpeln konnte, saß träumend vorne auf der Bank. Ein schlammbespritzter Jeep knatterte den Weg herauf. Ein drahtiger junger Mann mit wettergebräuntem Gesicht stieg aus. Auf seinem Kopf saß ein seltsamer Filzhut. Blaue Augen blitzten sie unter der Krempe an, seltsame Augen, die Ilse sofort Herzklopfen machten. Der Mann, der vielleicht doch nicht mehr so jung war, lächelte sie an und rief:

»Servus, Ilse! Jetzt hast du uns ja doch schönes Wetter mitgebracht!«

Nach dem Mittagessen hatte Amrei ihre Tochter zu einer Geburtstagsfeier im Kinderdorf gebracht, wo sich Aggie wie immer voll ins Getümmel warf und Mamas Anwesenheit erstmal unnötig fand. So konnte Amrei sich mit Minh zu einem ausgiebigen Spaziergang treffen. Natürlich wollte ihre Freundin zunächst alles über gestern Nacht erfahren und war sehr zufrieden damit, dass es nicht zu der geplanten *Verzagung* Ludwigs gekommen war. Doch dann kam es zu Misstönen.

Dass Amrei sich als noch viel ratloser als zuvor darstellte, dafür hatte die pragmatische Minh wenig Verständnis. Sie nahm das bei weitem nicht so rücksichtsvoll auf wie Toni in der Vornacht. Minh fand es schlicht das Letzte, dass Amrei jetzt immer noch »herumzimpern« wollte.

Zu ihrer Verteidigung griff Amrei auf die von ihnen beiden geliebte Ilse-Geschichte zurück und hob, natürlich mit klagenden Tönen, die Unterschiede hervor: bei Ilse die fast klassische Dramaturgie, die archaische Einfachheit der Umstände, die die Liebenden zueinander getrieben hätten; dagegen aber bei ihr die kompliziert durchmischten und deshalb unlösbaren Probleme mit Ludwig...

An diesem Punkt geschah es, dass die gewöhnlich friedliebende und stets lässige Minh wirklich ärgerlich wurde. Bisher hatten die beiden ganz bequem mit der *Wahrstimm* miteinander gesprochen. In der war allerdings nie gut streiten. Deshalb wechselte Minh in die *Ratschstimm*, als sie Amrei anfuhr:

»Das ist doch Blödsinn! Der einzige Unterschied zu Ilses Geschichte ist: Der Simon hat von Anfang an mit offenen Karten gespielt! Er hat Ilse nichts vorgemacht. Sie wusste von Anfang an, dass mit ihm was Besonderes los war. Und du hast das Ludwig vier Monate lang verheimlicht!«

Amrei war zwar tief getroffen, hatte aber die Größe, nicht wieder all die Gründe aufzuführen, die sie damals davon abgehalten hatten. Mit zitternden Lippen wandte sie nur ein, dass es dann aber auch nicht auf einen Tag mehr ankäme. Sie hätte immer noch keine Ahnung, wie sie Ludwig damit konfrontieren sollte...

»Ja, wie denn? Du erzählst ihm, was los ist, und wartest ab, was passiert.«

»Einfach so? Und was ist, wenn er wieder falsch reagiert?«

»Wenn wenn... Das mußt du eben riskieren, Mensch!«

»Ja vielleicht. Wahrscheinlich ist das mein Kontrollzwang, aber...«

»Ach was«, unterbrach Minh unerbittlich, »du kontrollierst doch gar nichts. Du hast bloß Schiss und machst auf schlafendes Dornröschen!«

»Dornröschen?«, zischte Amrei empört, »du blöde Nuss, ich brauche einfach bissl Zeit!«

»Ja, toll, und der Schorsch kriegt richtig Oberwasser, je mehr Zeit du dir lässt.«

»Der Schorsch? Den geht das doch einen Scheißdreck an!«

»Na, hoffentlich weiß er das auch.«

»Der Schorsch kann mich mal!« schrie Amrei.

18

Der Kellner räumte ab, Melzer verlangte prompt die Rechnung, wunderte sich über sich selber und bestellte sich dazu noch einen Cappuccino. Was sollte die Eile? Er hatte ohnehin keine Ahnung, wie es weitergehen sollte, nachdem er sich von den Kids am Sportplatz verabschiedet hatte...

Jetzt saß er, nach einem späten Mittagessen bei diesem Italiener am anderen Ende des Marktplatzes, angenehm gesättigt, im soliden Schatten eines Sonnenschirms, mit dem Blick über den Platz bis hinunter zum *Sperl.* Das waren erfreuliche Umstände, die dann ein überraschend guter Kaffee und die erste Zigarette in echtes Behagen verwandelten.

Ein Behagen ohne jede Berechtigung, konstatierte er vergnügt. Eigentlich war sein Auftrag in Piening abgeschlossen und er offiziell am Ende seines Lateins, nachdem er auch noch die letzten aus der Gruppe befragt hatte. Der Wissenschaftler in Melzer hätte wohl faszinierend finden können, wie sich die Symptome der gestern Befragten nun auch bei diesen drei Mädchen und zwei Jungen fortsetzten: von ihrem identischen Gedächtnisverlust bis hin zu dem starken Verbundenheitsgefühl, das sie ihm schilderten.

Auch als Melzer mit dem »Schmaischwammerl« ankam, natürlich ohne seine Quelle zu nennen, gab es wieder eine einhellige Reaktion, nämlich ein kollektives Augenverdrehen und Gemecker über Verena, die also mit ihrer blöden *story* immer noch hausieren ginge ...

Melzer bohrte da nicht nach, und nicht nur, um Verena zu schonen. Doch mit dem Wissenschaftler in Melzer war es zu dem Zeitpunkt schon ganz schwach bestellt. Melzer bohrte nirgendwo mehr nach, aus dem einfachen Grund, weil die Jugendlichen daran nicht mehr interessiert waren. Sie wiesen Melzer nicht ab, sie gaben ihm freundlich Auskunft zu allem, was er ansprach. Aber es war deutlich spürbar, dass sie sich von diesem Gespräch nichts mehr erwarteten. Sie brauchten Melzer nicht mehr. Wie denn auch, wo gerade eben die zwei Binabichler gekommen waren und mit ihnen gesprochen hatten!...

Während die anderen schon zum Baden losradelten, hatte Melzer sich von Juli noch extra verabschiedet. Sie erzählte ihm, wie kurz vor Melzers Eintreffen die beiden bei ihnen aufgekreuzt waren, der Herr Molinaro und die alte Frau, die sich ihnen nur als »die Hanni aus Binabichl« vorstellte. Die wäre übrigens schon oben am Mahdegg mit dabei gewesen und hätte sie versorgt. Hanni hätte versprochen, dass sie sich weiterhin um sie kümmern würde, erklärte Juli. Es war spürbar, dass sie Melzer das schlagartig abgeflaute Engagement bei ihnen allen begreiflich machen wollte.

Sie hatte noch hinzugefügt: »Mei, Herr Doktor, wahrscheinlich ist es für uns eh nur dadrum gegangen, ich mein, dass von Binabichl jemand kommt und sich um uns kümmert.«

Diese eigentlich rätselhafte Aussage war bei Melzer hängen geblieben, wahrscheinlich, weil sie ihm sehr einleuchtend erschien. Galt sie nicht auch für ihn selber? Steckte nicht hinter allem, was er halbherzig hier in Piening trieb, sein Wunsch, dass jemand aus Binabichl kommen und sich um ihn »kümmern« möge?...

Das fragte sich Melzer träumerisch in dem kleinen Schwips, den Kaffee und Nikotin ihm bescherten. Er dachte an Xari, der gestern über seine Zigaretten nur gelacht und ihm diesen unglaublichen Schmalzler offeriert hatte. Und diese seltsame Frage von ihm, ob er jemand im Dorf grüßen solle. Könnte es sein, könnte es wirklich sein, dass er damit Amrei gemeint hatte?...

»Ja, Ludwig! Das ist aber schön!«

Es war eine tiefe, leicht brüchige Frauenstimme, die ihm von hinten fast ins Ohr sprach. Melzer fuhr hoch. Die alte Frau, die er am Sportplatz nur im Auto gesehen hatte, stand direkt hinter ihm, so nah, dass er kaum aus seinem Stuhl kam. Sie war klein und untersetzt, in einem geblümten Sommerkleid, auf den weißen Haaren saß einen altmodischer Strohhut mit Blumendekor. Sie wirkte wie eine Bäuerin auf »Stadtgang«. Sie strahlte über beide rissige Apfelbäckchen und sprudelte hervor:

»Mei, Ludwig, wie mich das freut, dass ich dich endlich treff. Wo ich schon soviel gehört hab von dir, gell! Ich bin ja die Hanni, die Hanni aus Binabichl. Griaß di, Ludwig!«

Sie streckte ihm beide Hände entgegen und Melzer ergriff sie, völlig überwältigt. Die Hände waren rau und sehr warm. Sie führten Melzers Hände zusammen und gaben sie mit einem kleinen Klaps frei.

Dann geschah etwas Seltsames: Hanni trat einen Schritt nach hinten, noch einen, sie bewegte den Oberkörper vor und zurück, während ihre tiefbraunen Knopfaugen unverwandt ihn ansahen. Sie wurden leer und leblos. Trotzdem hatte Melzer das Gefühl, auf eine Weise gemustert zu werden, wie ihm das noch nie widerfahren war. Es war ganz anders als das druckvolle Fixieren Xaris. Dieser Blick drang nicht vor, er war weich, nach innen gekehrt, es ging etwas regelrecht Saugendes von ihm aus. Melzer fühlte sich im Ganzen darin einsinken, mit allem, was er von sich wußte, und manchem, was er kaum ahnte...

Dazu murmelte Hanni mit einer auf einmal hohen, leicht fahrigen Wisperstimme:

»Das bist also du, Ludwig... oh ja... oh ja... die Amrei hat schon recht gehabt.«

Sie sprach von Amrei! Melzers spürte, wie ihm das Blut in den Kopf schoss. Vor ihm belebten die braunen Augen sich wieder. Und begannen, mitfühlend zu glänzen. Hannie seufzte auf. Ihre Stimme wurde wieder tief und warm:

»Oh mei, Ludwig, vier Jahre! Das war arg, gell?«

Melzers Augen brannten plötzlich von aufsteigenden Tränen. Er schluckte und konnte nur nicken.

»Aber jetzt bist du da, Ludwig«, sagte Hanni munter. »Das ist die Hauptsach, gell?«

»Amrei... was ist mit Amrei?«, flüsterte Melzer.

Hanni lächelte, fast ein wenig spöttisch. »Ja, des wenn man wüsst!

Da kann ich dir nix sagen. Aber der Xari läßt dich grüßen – hä, was?«

Hanni drehte sich abrupt um. Melzer folgte ihrer Blickrichtung. Drüben an der Straße, die den Fußgängerbereich durchschnitt, stand neben einem parkenden Wagen Pompeius und fixierte Hanni.

»Ah« machte diese und drehte sich zur anderen Seite des Platzes um. Melzer erkannte dort den Herrn Stäble mit seiner Gattin, die vor einem Schaufenster standen. Als er spürte, dass sie hersahen, winkte Herr Stäble herüber und schlenderte mit seiner Frau davon.

»Kennst du die, Ludwig? Das sind doch Spitzel!«, zischte Hanni. Sie sah ihn groß an.

»Was heißt kennen, die wohnen in meinem Hotel«, verteidigte sich Melzer lahm.

Hanni hörte nicht mehr zu. Sie fasste sich verwirrt an den Kopf und sagte leise: »Ludwig, tut mir leid, des wird mir jetzt zuviel. Naa, geht net. Adieu!«

Sie machte auf dem Absatz kehrt und ging davon. Melzer sah ihr verdattert nach, wie sie auf das parkendes Auto zusteuerte, mit Trippelschritten, ihre bauchige Handtasche umklammernd. Molinaro hielt ihr die Beifahrertür auf. Hanni stieg ein.

Die Stäbles waren vom Marktplatz in eine stille Seitengasse abgebogen, an deren Anfang die Schaufenster eines Modegeschäfts die Hausecke einnahmen. Dort stand Herr Stäble und spähte durch die Scheiben zu Melzer hinaus, der nach Hannis Abgang wieder auf seinen Stuhl gesunken war. Er machte einen verwirrten Eindruck.

Weiter zurück in der Gasse stand Frau Stäble und sprach in ihr Mobilteil: »Nein, sie haben nur paar Minuten miteinander gesprochen... die Alte hat ganz vertraulich getan, der Doktor wirkte überrascht... sie muß ziemlich weit oben in der Hierarchie sein, wenn der Gemeinderat ihr den Chauffeur macht... genau, das war sein erster echter Kontakt mit der Sekte ... der Wimmer wird jetzt den Doktor übernehmen, wir zwei machen uns besser ein bißchen rar ... Sie sagen es, Chef, das war gar keine gute Idee von Willi… und der Professor?«…

Nach dem sie abgestellt und das Handy in ihrer Tasche verstaut hatte, winkte sie Herrn Stäble heran und steckte sich eine Zigarette an. Herr Stäble wartete ergeben ab, bis sie den ersten Zug gemacht hatte.

»Der Chef ist nicht begeistert von deiner Spontanaktion beim Frühstück, Willi«, sagte sie schließlich, »sowas geht fast immer nach hinten los, sagt er.«

Ein dünner Rauchstrahl traf ihren Gatten, der wie ein gescholtener Schüler mit den Schuhen scharrte.

»Dass der Doktor dir danach durch die Lappen gegangen ist, das erzählst du ihm natürlich nicht«, murrte er.

»Sowas ist Pech und gehört zum Job. Aber dein Anquatschen war völlig unnötig –«

»Traudl, Achtung!«, zischte Herr Stäble und starrte mit aufgerissenen Augen über die Schulter seiner Frau. Als diese sich umdrehte, sah sie ein seltsames Paar in der Gasse auf sie zukommen. Ein langer, starkknochiger Schlaks in Shorts und Hawaiihemd ging voraus, hinter ihm trippelte die Oma vom Marktplatz.

»Scheiße, das ist doch der Bulle!«, flüsterte Frau Stäble. Sie ließ die Zigarette fallen und kramte hektisch nach ihrem Handy.

»Ach, Frau Stäble, das brauchen wir doch nicht mehr!«, rief der Schlaks freundlich und war mit wenigen großen Schritten bei ihr. »Das ist ja schön, dass wir uns kennenlernen!«

Er nickte Herrn Stäble zu und reichte dessen Frau seine große Hand. Sie schüttelte sie brav.

»Ich meine persönlich, nicht wahr, denn kennen tu ich Sie beide natürlich schon länger – ist das für mich?«

Er streckte die Hand nach dem Mobilteil aus, das Frau Stäble achtlos in der Linken hielt. Sie gab es ihm und starrte weiter träumerisch ins Leere, genauso wie Herr Stäble. Beide interessierten sich auch nicht für Hanni, die nun herangekommen war.

»Hanni schaut sich euch jetzt an, das tut echt nicht weh und ihr werdet es sowieso vergessen«, plauderte Perschagg. »Weil ihr nämlich alles, was nach dem ersten Zug aus der Zigarette passiert ist, vergessen werdet, versteht ihr das?«

Die Stäbles nickten abwesend. Hanni fixierte kurz Herrn Stäble, verzog das Gesicht und wandte sich seiner Frau zu. »Schorsch, ich nehm aber nur sie dran«, murmelte sie gequält, »mir wird's sonst wirklich zuviel«. Sie nahm Frau Stäbles Hände in die ihren.

»Ist gut, Hanni, übernimm dich ja nicht«, sagte Perschagg, der konzentriert das Handy von Frau Stäble checkte und Telefonnummern auf sein eigenes Gerät übertrug.

Hanni ließ die Hände los und trat ein wenig zurück. Ihr Blick wurde leer.

»O mei, die kennen den Ludwig wirklich«, rief sie mit einer veränderten Stimme, die plötzlich hoch und fahrig war, »die sind von einem... einem „Dienst" heißen sie es... sie müssen den Ludwig dauernd überwachen, vor allem, wenn er dann nach Binabichl geht –«

»Er gehört also zu Ihnen?«, unterbrach Perschagg gepresst. Sein joviales Gebaren war schlagartig verschwunden.

»Nein, er weiß nix davon... der Ludwig hat nur Amrei im Kopf«, sagte Hanni gehetzt, während ihr leerer Blick unverwandt auf der Frau lag. »Das hab ich doch selber bei ihm gesehen... aber was is des?« Sie stöhnte und flüsterte zitterig: »Valentin!«

Hanni fuhr zurück und drehte sich zu Perschagg um. Mit ihrer normal tiefen Stimme rief sie: »Schorsch, die Spitzel wissen vom Valentin. Über den sind sie erst auf uns gekommen!«

»Valentin... werden wir den überhaupt nimmer los?«, murmelte Perschagg grimmig.

»Wie soll man sowas Schlimmes auch loswerden?«, seufzte Hanni. »Und da war noch was, Schorsch. Die Spitzel kennen den Chef vom Ludwig!«

»Der – wie heißt er – Buhlmann, genau Professor Buhlmann vom Max-Planck-Institut?«

»Das weiß ich nicht, bei der Spitzelin heißt er nur der Professor!«

Perschagg pfiff durch die Zähne und murmelte: »Jetzt hörts aber echt auf!«

Hanni nickte mit verzerrtem Gesicht und presste beide Hände gegen ihre Schläfen. Perschagg musterte sie besorgt.

»Hanni, du mußt jetzt raus. Ich mach das schon und du – schau, dahinten kommt der Johann!«

Er deutet die Gasse hinunter, wo die vierschrötige Gestalt Molinaros aufgetaucht war. Hanni seufzte erleichtert auf und trippelte hastig auf ihn zu. Ihr Gang war unsicher. Als sie beim Gemeinderat ankam, hängte sie sich haltsuchend bei ihm ein. Perschagg sah zu, wie die beiden um die nächste Ecke verschwanden. Er wandte sich den Stäbles zu, die immer noch brav vor ihm standen. Er steckte das Handy in die Handtasche der Frau zurück und sagte gedämpft: »Ihr wartet hier. Bin gleich zurück.« Die Stäbles nickten weise.

Perschagg ging zur Mündung der Gasse und wählte dabei auf seinem eigenen Gerät eine eingespeicherte Nummer. Von Herrn Stäbles Beobachtungspunkt aus sah er, wie Melzer sich an seinem Tisch die nächste Zigarette angesteckt hatte und hektisch rauchte. Jetzt stutzte Melzer und griff nach seinem Handy, dessen Signal aus dieser Entfernung nicht zu hören war.

»Melzer« hörte Perschagg in seinem Gerät. Mit seidenweicher Stimme sagte er: »Hier Georg Perschagg, der Polizist, Sie erinnern sich? Herr Doktor, das kommt wohl überraschend, aber könnten wir uns treffen? Und das bitte möglichst zeitnah, wenns ginge, tut mir leid, dass ich Sie so –«

»Schon gut, ich komm gleich aufs Revier!«

»Ich bin aber unterwegs, Herr Doktor! Könnten Sie zum alten Pulverturm kommen? Man geht ungefähr zehn Minuten vom Hotel.«

Perschagg beschrieb ihm den Weg. Er sah zu, wie Melzer vom Tisch aufstand und in die angegebene Richtung davonging. Ab jetzt tickte für Perschagg selbst die Uhr, auch wenn sein Weg kürzer war, da er für Melzer einen Umweg in die Beschreibung eingebaut hatte.

Er ging zu seinen Schützlingen zurück, die folgsam die Stellung hielten. Perschagg hob mit spitzen Fingern die angerauchte Kippe vom Pflaster auf, die Frau Stäble hatte fallen lassen. Er blies leicht auf die Spitze, die wieder zu glühen begann. Er reichte sie Frau Stäble.

»Bitte sehr... aber noch nicht ziehen! Erst zählt Ihr beide bis zehn, bei zehn nehmen Sie, Frau Stäble, einen schönen Zug und dann ist bei euch beiden alles, aber wirklich alles weg, was zwischen den Zügen, dem ersten und dem zweiten passiert ist, okay? Fangt an.«

»Eins... zwei« zählten die beiden. Perschagg eilte die Gasse hinab. Er sah noch einmal zu den Zählenden zurück und bog um die Ecke, hinter der auch Hanni und Molinaro verschwunden waren.

»... neun... zehn!« zählten die Stäbles. Die Frau hob die Zigarette und nahm einen tiefen Zug. Genießerisch stieß sie den Rauch in Richtung ihres Mannes aus und sagte streng:

»Du quatscht den Doktor aus einer puren Laune raus an, das ist einfach unprofessionell, Willi!«

Ihre Mann wedelte den Rauch weg und sagte mürrisch: »Ist ja gut. War ein Fehler!... Traudl, und wenn ich jetzt den Professor anrufe?«

Seine Gattin kicherte. »Quasi als Buße? Du hast Schwein, Willi. Der Chef findet, der Professor braucht nicht mehr alles zu wissen. Der Doktor hat Kontakt mit der Sekte aufgenommen. Ab jetzt ist das unser Ding und der Professor ist draußen.«

»Gottseidank! Der tötet einem den Nerv mit seinem Geschwafel!«

»Das sagt der Richtige. Ich ruf jetzt Reggie her. Schau du mal nach dem Doktor.«

Seine Frau telefonierte. Herr Stäble trottete zur Ecke und linste auf den Marktplatz hinaus, zu Melzers Tisch beim Italiener.

»Traudl! Er ist schon wieder weg!«

19

Melzer blies Rauch aus und lehnte sich unauffällig zurück, um den neben ihm sitzenden Perschagg aus den Augenwinkeln mustern zu können. Der Polizist paffte sichtbar ungeübt an seiner Zigarette und sprach über die Geschichte des Pulverturms in ihrem Rücken, als ob er sich nur deswegen mit Melzer hatte treffen wollen. Das war nicht das, womit Melzer gerechnet hatte. Er war auf Kampf gebürstet hier angekommen, hatte sich zum Zeichen dessen gleich mal eine unhöfliche Zigarette angesteckt und Perschaggs Reaktion darauf war die schüchterne Frage, ob er sich auch eine schnorren dürfe...

So saßen sie nun, gefangen im Rauchritual, auf der Bank vor dem gedrungenen, ziemlich unscheinbaren historischen Gemäuer, das auf einer mäßigen Anhöhe am Stadtrand stand. Vor ihnen liefen die Hügel ins flache Land aus, zwischen zwei Waldgruppen glänzte der Blaustreifen des Pieninger Sees.

Melzer hörte Perschagg nur mit halbem Ohr zu, der jetzt über die Landschaft sprach, und grübelte, wie diese überraschende Verabredung mit Hanni zusammenhing. Denn das war klar, nachdem der Typ nur wenige Minuten nach Hannis rätselhaften Abgang angerufen hatte. Aber wozu bitte, was hatte Perschagg vor?

Dieser vertraute Melzer gerade an, dass von den zwei Badeanstalten am See die am Gegenufer die schönere sei, und fragte dann beiläufig:

»Und, Herr Doktor? Wie kommen Sie mit den Kids voran?«

Es klang ganz ernsthaft, ohne den gewohnten spöttischen Unterton.

»Meinen Sie die Kids, deren Namen Sie mir nicht geben wollten?«, schnappte Melzer. Perschagg grinste nur und sagte vertraulich:

»Das war eben dienstlich, Herr Doktor. Privat finde ich das schon gut, wenn Sie die Kinder noch bissl begleiten, also psychologisch eben«.

Er sah Melzer offen an, sein Blick war überhaupt nicht schläfrig.

»Ach ja? Dann können Sie mir vielleicht auch was über den Schmaischwammerl erzählen?«, fragte Melzer aufsässig. Offenbar gab es bei Perschagg einen Zusammenhang zwischen Schlafzimmerblick und Wachsamkeit, denn seine blauen Augen wurden prompt schläfrig. Doch sein Ton blieb gemütlich.

»Davon haben Sie gehört? Ja, der Schmaischwammerl, das ist ein lokaler Mythos bei uns. Ich selber hab noch nie einen gefunden. Muß sich aber um eine Sorte Rauschpilze handeln, die kommen auch bei uns manchmal vor.«

»Also wars doch kein Alkoholexzess von den Kids?«

Der Hauptmeister lächelte ihn an. »Herr Melzer, ich bitt Sie! Stockbesoffen klingt doch besser als Rauschgift oder Drogenpilz, wenigstens bei uns«, sagte er verschwörerisch, »die Kinder haben schon genug Probleme. Was sie sich wirklich reingepfiffen haben, das werden wir wohl nie erfahren.

»Sie selbst streiten auch ab, dass es ein Schmaischwammerl gewesen sein könnte«, lenkte Melzer ein, um die überraschende Vertraulichkeit weiter zu fördern. Perschagg nickte und paffte nachdenklich.

»Auf jeden Fall war es etwas Einschneidendes«, sagte er, »und deshalb bin ich froh, dass Sie sich um sie kümmern. Ich hoffe, Sie bleiben noch ein paar Tage.«

Für Melzer, der wusste, dass er vorhin wohl zum letzten Mal mit den Kids gesprochen hatte, war das Thema nicht angenehm.

»Das kann ich noch nicht sagen. Das hängt von meinem Chef ab«, erklärte er steif. Die Lider über den blauen Augen vor ihm sanken noch ein Stück tiefer.

»Ja, ihr Chef! Der Professor Buhlmann, gell? Vom Max-Planck-Institut... Herr Doktor, sind Sie eigentlich selber auf die Sache am Mahdegg gestoßen oder ging das von Ihrem Chef aus?«

Melzer fuhr ernüchtert zurück. War es das, worum es Perschagg hier ging?

»Bitte? Ich wüsste nicht, was Sie das angeht!«, sagte er widerborstig.

»Naja, da haben Sie auch wieder recht«, sagte der Polizist versöhnlich und drückte seine Zigarette aus. Er warf sie in den Müllkorb neben der Bank und stand auf. Melzer sah erstaunt zu ihm hoch und erkannte wieder das amüsierte kleine Zucken an Perschaggs Mundwinkel.

»Danke für den Tschick! Und machen Sie es gut, Herr Melzer. Wiederschaun.«

Plötzlich hatte Melzer die ausgestreckte Handschaufel vor der Nase und wieder war er darauf nicht gefasst. Wieder blieb ihm nichts übrig, als hochzufahren und sie zu drücken. Verdattert sah er dem Polizisten nach, der langstielig in Richtung Stadt davonschlenkerte, und versuchte zu begreifen, was passiert war.

Zum zweiten Mal hatte der Typ ihn schmählich abfahren lassen. Was hatte er eigentlich gewollt von ihm, außer, dass Melzer sich wieder wie ein Vollidiot fühlte? Und das noch schlimmer als beim ersten Mal, da Perschagg ihn jetzt doch extra herbestellt hatte!

Melzer schmiss seine Zigarette weg und stürmte auf dem Weg davon, der ins offene Land hinausführte. Bewegung tat gut, sonst wäre er geplatzt vor Wut über diesen aalglatten, heimtückischen Dorfbullen. Doch die Wut hielt nicht lange vor, dafür würde das Gefühl von Demütigung immer stärker. Denn trotz seiner hervorgekehrten Kratzbürstigkeit hatte Melzer ja heimliche Hoffnungen für das Treffen mit ihm gehegt. Perschagg war immerhin Binabichler. Hätte doch sein können, dass er im Auftrag von Hanni Melzer hatte sprechen wollen, vielleicht, ja, vielleicht sogar im Auftrag von noch jemand anderem?...

Natürlich lachhaft, ausgesprochen peinlich! Wie so vieles , was er hier getan und sich erhofft hatte. Eigentlich hatte er sich doch zum Narren gemacht, seit er in Piening war. Und das Peinlichste von allem war der glorreiche Plan, der ihn hierher gebracht hatte, sein sogenannter Auftrag bei den Kids, den er Amrei gegenüber hatte vorwenden wollen, sein hanebüchenes Feigenblatt, unter dem jetzt die Scham hervorquoll, die Scham über sich selbst.

Melzer keuchte und schwitzte bereits in der immer noch drückendem Sonne und wurde trotzdem immer schneller. Blind hastete auf dem lauschigen Weg voran, der auf den See zuführte, und suchte so, sich von den Wellen der Beschämung abzulenken, die in ihm hochstiegen.

Irgendwann mußte er aber doch eine Pause machen. Und dann war das untergründige Bild, von dem die Scham ausging, nicht mehr zu niederzuhalten. Klar und deutlich hob es sich in sein Bewusstsein: was würde ihn bei einem Wiedersehen mit Amrei wohl erwarten, wenn er einmal nicht seine Sehnsüchte und Ängste zum Maßstab seiner Vorstellungen machte? Wenn er sich einmal nur die realistische Frage stellte: Was könnte Amrei im Laufe von vier Jahren in der Heimat wohl alles gemacht haben? Hatte sie wirklich nur darauf gewartet, dass er wieder aufkreuzte und sie ihn zusammenscheißen konnte? Oder hatte sie vielleicht auch noch etwas anderes getan, in diesen vier langen Jahren?...

Als Antwort auf diese schlichte Frage spielte sich vor seinem inneren Auge eine Szene ab, sehr undramatisch, ziemlich trivial, dafür war sie aber umso wahrscheinlicher.

Die Szene handelte davon, wie er Amrei in Piening, etwa auf dem Marktplatz, zufällig über den Weg läuft; wie sie ihn begrüßt, natürlich überrascht, aber doch auch erfreut; wie sie ihm ihren kleinen Buben zeigt, der an der Hand seines Vaters jetzt zu ihnen herankommt; wie Amrei ihren Mann vorstellt, der zum Glück ziemlich gesichtslos bleibt, ebenso wie das Kind, das eventuell auch ein Mädchen sein könnte; wie es jedenfalls so müde und quengelig ist, dass Amrei sich nicht lange aufhalten kann; wie sie aber Ludwig für den nächsten Tag sehr herzlich zu sich einlädt – »Besuch uns doch in Binabichl«...

Die Sonne war hinter die Dächer gesunken, was eine willkommene Abkühlung nach der Hitze des Tages bewirkte. Abendstimmung sank feinfädig über den Marktplatz, die Tische vor den Lokalen belebten sich wieder mit Gästen, die jetzt zu Abend essen wollten. Melzer, der aus einer Nebengasse auf den Platz einbiegen wollte, zögerte kurz, als er das sah. Es war gut möglich, dass Amrei und Co. an einem dieser Tische sitzen würde. Warum nicht? Samstagabends in Piening, Pizzaessen mit der Familie...

Das Hämmern der Migräne über Melzers linken Auge hatte den Rückweg in die Stadt schon sehr mühselig werden lassen. Jetzt verschärfte ein Stich von Selbstverachtung über sein Zögern noch einmal das quälende Pochen. Na, und? Wäre doch der passende Abschluß seiner Piening-Mission!

Melzer schleppte sich mit Todesverachtung quer über den Platz. Alle Gesichter, die in sein schwimmendes Blickfeld kamen, waren fremd. Nur an einem Tisch vor dem Lamm-Wirt fuhr ein Mann hinter seiner Zeitung regelrecht hoch und winkte Melzer zu. Durch seine flimmernden Sehstörungen erkannte Melzer den rundlichen Herrn Stäble, der seinen Urlaub offenbar auf dem Marktplatz verbrachte. Melzer nickte zurück, keine gute Idee bei dem schmerzendem Klopfen in seinem Kopf.

Während er dem Hoteleingang zustrebte, zog die Erinnerung an Hannis Spitzelverdacht vorbei. Doch das gehörte, wie Hanni selbst, wie alles andere nur mehr zu dem zuckenden Knäuel, das sich in seinem Magen festgesetzt hatte und Wellen von Übelkeit ausstrahlte.

Aufatmend kam Melzer in das dämmerige Hotelfoyer. Sperl schob sich aus dem Büro hinter die Theke und griff nach seinem Zimmerschlüssel.

»Bitte sehr, Herr Melzer. Na, ist das ein Prachtwetter?«

Das professionelle Lächeln, mit dem er ihm den Schlüssel reichte, wurde wärmer und fast verschwörerisch. Mit dem Effekt, dass es Melzers Sehstörungen nur verstärkte. Er zwinkerte das Flimmern weg und sagte gedämpft: »Leider kann ich nicht länger bleiben. Ich muß morgen Vormittag zurück nach München.«

Sperls Lächeln zerfaserte. Er sah Melzer fast bestürzt an. Es klang fast wie Protest, als er stotterte:

»Aber, Sie haben doch... wollten Sie denn nicht...?«

»Ja, es kommt ganz unerwartet, tut mir leid. Ist das ein Problem?«

»Äh, nein. Natürlich nicht. Ich wünsche noch einen schönen Abend!«

Melzer spürte den Blick des Hoteliers, während er zum Lift schlich. Vielleicht hatte der junge Sperl etwas seltsam reagiert, aber auch das gehörte zu den Dingen, die keine Rolle mehr spielten. Wichtig war nur, dass er jetzt an seine Migränetabletten kam, bevor ihn der Brechreiz überwältigte. Erfahrungsgemäß war es viel schwieriger, sie einzunehmen und drunten zu behalten, wenn er zuvor schon gekotzt hatte.

Melzer gelangte glücklich ins Zimmer und an seinen Kosmetikbeutel im Bad. Die mit nicht zu viel Wasser hinuntergewürgte Tablette blieb gnädigerweise unten. Melzer zog die Vorhänge zu. Das Dämmerlicht tat wohl. Er ließ sich vorsichtig aufs Bett sinken. Die Wirkung der Tablette würde noch Zeit brauchen, doch allein die Augen unter dem nassen Handtuch schließen zu können, war eine Verbesserung.

Melzer lauschte den Geräuschen vom Marktplatz, die durchs offene Fenster drangen. Ein wieherndes Gelächter ertönte. Fett und ausgelassen legte es sich über das Weben der anderen Stimmen. So ähnlich hatte seinerzeit der Taschner-Babba gelacht, etwa, wenn er ein Opfer fand, dem er seine Lieblingsanekdote erzählen konnte.

Sein Traum aus der Vornacht fiel Melzer ein: wie seine Mutter gelöst und lustig die ganze Familie Taschner zum Singen gebracht hatte. Was für eine hanebüchene Beschönigung! Ein neuer Stich verschärfte das Hämmern in Melzers Kopf, das sich gerade etwas beruhigt hatte. Solches Traumgesülze gehörte eben auch zum Pieninger Wahn....

Die Erinnerung wurde übermächtig, wie es damals wirklich gewesen war, bei Mamas erstem Besuch bei den Taschners, der dann auch der letzte sein sollte. In dem lärmenden, von Menschen und Tieren wimmelnden Heim seines Klassenkameraden Siggi, das den 12-Jährigen Ludwig so machtvoll anzog, war nach langem Zureden seine Mutter tatsächlich zum Kaffee erschienen.

Sie wurde mit Kaffee, der ihr zu stark war, und einem Stück Gugelhupf traktiert, das ihr zu groß war. Irgendwann kam sie dann auch in den Genuss der Lieblingsanekdote vom Taschner-Babba, jenem legendären Brief, den ein empörter Vater an einen anderen Vater geschrieben haben soll, und den der Babba Taschner unter Lachstürmen zitierte:

»Werter Herr! Ihr Herr Sausohn hat sich erdreistet und meine arme Tochter derartig geschwängert, dass sie gestern von Zwillingen entbunden wurde«.

Ludwig saß neben seinem Freund, der über seinen aufgelösten Vater nachsichtig grinste und sich das nächste Stück Kuchen auf den Teller lud. Doch Siggis Seelenruhe konnte Ludwig nicht teilen. Er verfolgte bang, wie das schon länger erstarrte Lächeln seiner Mutter zur Maske wurde, während Mamma Taschner mit dem frischen Kaffee aus der Küche kam und ihre fünfzehnjährige Tochter Vroni, der heimliche Schwarm von Ludwig, sich augenrollend beschwerte:

»Mamma, er hat wieder den Sausohn erzählt! Du bist sowas von peinlich, Babba! Und ihr zwei seid's jetzt ruhig!«, fuhr sie die sechsjährigen Zwillinge an, die unschuldigen Stichwortgeber der Anekdote. Sie skandierten schrill das Einzige, was sie verstanden hatten: »Sausohn-Sausohn!«

»A geh, Babba, net scho wieder!«, wies seine Frau mit nachsichtigem Lächeln ihren Ehemann zurecht, der sich, von den Vorhaltungen völlig unberührt, die Lachtränen wischte und abschwellend ächzte: »Huu huhu ... derartig geschwängert ... ist das net unbezahlbar, Frau Melzer?«

Ludwig fühlte, wie seine Mama innerlich gefror vor Angst, dass das noch weiter vertieft werden könnte. Auch wenn Babba Taschner dann vor den Ohren seiner Frau das Thema wechselte, wurde es Ludwig selbst ganz kalt davon. Die Kälte war auch noch spürbar, als sie auf dem Heimweg waren und seine Mutter sich angestrengte

Lobesworte über die besondere, äh, Herzlichkeit der Taschners abrang.

Plötzlich schämte Ludwig sich für all die Träume, die er seit langem mit sich herumgetragen hatte: die Hoffnung, dass Mama sich mit den Taschners anfreunden könnte; dass Mama sich wie er einfach in deren überschäumend großzügiges und unbefangenes Leben würde einsaugen lassen; dass sie dann beide zum Beispiel den nächsten Urlaub nicht im Bäderhotel von Monte Grotto wegen Mamas Gicht verbrachten, sondern mit den Taschners zum Campen nach Istrien fuhren...

Auch mit 12 Jahren konnte das Leben schon eine ziemlich strenge Angelegenheit sein, wenn man der loyale Sohn einer berufstätigen Witwe war, die sich durch ihr von Einsamkeit und Pflichterfüllung bestimmtes Leben kämpfte. Ludwig hoffte nicht mehr auf positive Veränderungen bei ihr selbst, schon gar nicht durch einen neuen Partner für Mama. Auch wenn er die fachliche Bezeichnung für Mamas Wesen erst viel später lernen sollte, hatte er begriffen, wie sehr sie Einsamkeit brauchte. Er wußte, dass ihr Witwenstand kein Problem, sondern eine Brustwehr war, der Schutzraum ihrer geringen zwischenmenschlichen Bedürfnisse.

Ludwig hatte sogar akzeptiert, dass nicht einmal das Zusammenleben mit ihm selbst Mamas eigentliches Leben war. Denn dieses Leben spielte sich nun einmal in der Welt der Musik ab. Ludwig sah damals auch schon den Punkt herankommen, an dem Mamas tapfer verborgene Enttäuschung über das lediglich pflichtschuldige Klavierspiel ihres Sohnes sich in Verzweiflung verwandeln würde: wenn das endlich offen ausgesprochen würde, dass er ihr auf keinen Fall in die Musik folgen wollte.

Aus solchen Zwickmühlen waren Träume entstanden, in denen sie beide, Ludwig und seine Mama, von den Taschners gewissermaßen im Paket adoptiert werden sollten. Diese Träume erschienen nach Mamas Besuch plötzlich als Verrat. Ab da schwang bei Ludwigs Aufenthalten im Taschnerhaus immer ein Unterton von schlechtem Gewissen mit. Sie wurden seltener. Als der erdige Siggi vom Gymnasium auf die gemütlichere Realschule wechselte, blieben sie ganz aus. Die Freunde verloren sich aus den Augen und Ludwig entwickelte sich, ohne weitere Anfechtungen, zu dem Überflieger in der Schule, dem notorisch hellen Köpfchen und Einzelgänger, alles Attribute, die später Melzers Markenzeichen wurden.

Die Taschners waren das letzte Mal, dass sich Melzer brennend in eine Gemeinschaft gewünscht hatte. Der Verzicht damals war bitter gewesen, doch im Lauf der Zeit geriet er, wie jeder wirksame Verzicht, in Vergessenheit. Der erwachsene Melzer spürte das nicht mehr, weil ihm die dazugehörigen Bedürfnisse schlichtweg abhanden gekommen waren.

Nur einmal, bei Mamas Tod vor zwei Jahren, tauchte die Erinnerung an diesen Verzicht wieder auf. Sie war umso schmerzhafter, als Melzer erkennen musste, dass sein früher Verzicht reichlich einseitig gewesen war. Er hatte Mama zuliebe auf das verzichtet, was ihm am Herzen lag. Sie aber hatte auf nichts von dem, was ihr wichtig gewesen war, verzichten müssen.

Bei ihrer Beerdigung, die mit Chor, Orchester und Massen von Trauergästen im Dom der Heimatstadt den Charakter eines Großereignisses trug, wurde Melzer klar, dass seine Mutter sehr wohl in einer für sie vollgültigen Gemeinschaft gelebt hatte. Viele Menschen, die meisten davon kannte er gar nicht, kamen zu ihm und sprachen darüber, wie wichtig seine Mutter für sie gewesen war. Sie alle hatten mit Mama Musik gemacht. Bewegt erzählten sie ihm schöne Dinge über sie.

Sie sollten Melzer trösten und freuen. Tatsächlich riefen sie aber nur das Gefühl in ihm hervor, betrogen worden zu sein.

20

Es war schon weit über Aggies gewohnte Bettzeit hinaus, trotzdem wollte sie einfach nicht einschlafen. Dabei war sie todmüde und durfte obendrein beim Opa übernachten, was immer etwas Besonderes für sie war. Doch Aggie spürte die Spannung bei ihrer Mutter, die mitten in der Nacht noch wegfahren wollte, und klammerte aus Leibeskräften. Gähnend und verstohlen sich die Augen reibend, verfiel sie immer auf noch einen Reim aus dem Kindergarten, der aufgesagt werden mußte. Und dann kam sie damit an, Mama sollte noch »Wieviel Sternlein« singen...

»Nix da! Gib der Mama einen Kuss und dann les ich vor«, ging der Opa dazwischen.

Er legte sich mit dem Buch zu ihr ins Bett. Aggie kuschelte sich sofort an ihn. Der Opa schlug den großen Band mit den Fotos von »Tippi aus Afrika« auf, dem Mädchen, das mit wilden Tieren sprechen konnte und doch nur ein Jahr älter als Aggie war.

Amrei stahl sich sachte davon. In der Schlafzimmertür sah sie noch einmal zurück zu dem Idyll im Bett. Aggie starrte gebannt ins Buch, wobei ihr die Lider immer wieder herabsanken. Opas einschläfernde Baßstimme summte die rituellen Erläuterungen zu den Bildern.

»Und dieser wunderbare Elefant ist der beste Freund von Tippi.«

»Abu heißt der!«, nuschelte Aggie und gähnte krampfhaft.

»Genau, das ist der Abu. *Amrei... ich bin stolz auf dich!«*

»Babb, ich hab so eine Angst!«

»Du tust das einzig Richtige. Lass dich bloß von niemand aufhalten, ja!«

Vor dem Haus hatte sich längst eine samtige Sommernacht über Binabichl gesenkt. Amrei nahm den schmalen Fußweg durch die Gärten, der zum Dorfplatz hinaufführte. Die Ermutigung ihres Vaters schwang noch in ihr. Es war tröstlich, nun wieder den vollen Rückhalt vom Babb zu spüren, was seit gestern wahrlich nicht der Fall gewesen war.

Dessen strikte Zurückhaltung zu Ludwigs Auftauchen hatte Amrei unsicher gemacht. Das Schweigen ihres Vaters konnte ausdrucksstärker sein als der lautstarke Protest eines anderen. Als der Babb heute von Amreis ergebnis- und ratloser Rückkehr von Ludwig in der Vornacht hörte, hatte er dazu nicht viel und auch nur Grundsätzliches gesagt: sie werde nie zu einer Klärung mit Ludwig kommen, solange sie der Konfrontation mit ihm ausweiche. Amrei hatte mit dem Argument dagegengehalten, dass sie nie, auf keine Weise Ludwig »überwältigen« wollte und bei einer direkten Konfrontation sei das nicht zu vermeiden...

So war Amrei, wie schon bei Minh, zwar imstande gewesen, schlaue Ratschläge abzuschmettern, wußte aber immer noch nicht, was sie denn nun machen sollte. Dann kam am frühen Abend Tonis Anruf, der die ganze Situation auf den Kopf stellte.

Toni äußerte auch den Verdacht, dass hinter Ludwigs Entschluss abzureisen irgendwie der Perschagg Schorsch stecken müßte. Der hätte sich vorhin nämlich noch bei ihm erkundigt, wie lange dieser Doktor aus München noch zu bleiben vorhabe...

Für Amrei war das kein Verdacht. Sie war ganz sicher, dass Schorsch seine Wächtergabe benutzt hatte, um Ludwig in die Verzagung zu treiben. Gegen einen starken *Libuser* wie ihn hatte Ludwig auch im Wachzustand nicht die geringste Chance. Erst war sie empört über Schorsch, der ganz brutal das tat, was sie selbst gestern Nacht nicht über sich gebracht hatte.

Das schlug dann um in Wut auf sich selbst, da sie Schorsch mit ihrer Untätigkeit ja regelrecht dazu ermuntert hatte. Die Möglichkeit, dass Minh recht behalten könnte mit ihrem unfairen Dornröschenspruch, hatte Amrei endgültig aus ihrer Lähmung gerissen.

Sie kam gerade an der niedrigen Mauer vorbei, die den Garten des Sonnleitner-Hauses begrenzte, und ihr fiel ein, dass Minh, von der sie sich am Nachmittag eher frostig getrennt hatte, noch gar nichts wusste von den neuesten Entwicklungen. Sie sah zum Schlafzimmer im ersten Stock hoch. Durch die Vorhänge drang ein mildes Licht,

Minh war also noch wach. Spontan, ohne regelrechtes *Aufklopfen*, ging Amrei mit ihr in Phase. Minh und sie nahmen die ehernen Rituale der Annäherung, die jeder Binabichler im Blut hatte, oft nicht so genau...

In Minhs Geist schoss ihr sofort eine Welle reiner Leidenschaft entgegen. In diesem Emotionssturm sah Amrei durch die Augen ihrer Freundin, worauf diese sah. Es war das verzückte Gesicht von Hubert, der unter ihr auf dem Bett lag und »Ja-ja-ja!« keuchte, im Rhythmus der auf ihm reitenden Minh. Diese stockte, als sie die fremde Berührung spürte, ihr Fokus löste sich... Amrei zog sich hastig zurück, beschämt über ihre Indiskretion.

Sie eilte weiter. Der Steig mündete neben dem Kramerladen auf den Dorfplatz, der hier mit seinen Reihen parkender Wagen mehr wie eine breite Straße wirkte. Im Licht der spärlichen Straßenlampen war kein Mensch mehr zu sehen. Doch von weiter oben, wo vor der Kirche sich der Platz geräumig öffnete, kamen Stimmengewirr und Gelächter. Beim Agath-Wirt, im Biergarten mit den bunten Lämpchen in den Kastanien war noch voller Betrieb.

Amrei überquerte den Platz und bog auf der anderen Seite in den Treppenweg ein. Steil führte dieser zu Hannis Haus hinauf, das ganz für sich über den Dächern von Binabichl lag. Amrei erreichte die Anhöhe und verschnaufte kurz.

Unter ihr tüpfelten die Lichter der Häuser und Höfe den Talgrund bis hinüber zum Gegenhang. Sie schloss die Augen, um *die Hut* sehen zu können. Sie machte eine blasse Wölbung aus, die das Tal überspannte, und erkannte die schwach schimmernden Anwesenheiten überall, sehr verschwommen und doch tröstlich. Sie dachte daran, wie der Babb ihr als kleinem Mädchen zum ersten Mal von der *Hut* erzählt hatte. Ob man den aufsetzen könne? – Nicht den Hut, d i e *Hut*, hatte der Babb gelacht. Die sei zu groß zum Aufsetzen, sie liege über dem Mitfühln und in ihr wären sie alle geborgen...

Amrei öffnete das niedrige Gartentor und zog die Düfte des üppigen Gartens ein. Hanni war als Gärtnerin konkurrenzlos, auch wenn sie sich gerne beklagte, dass sie hier auf der Schattseite des Tales wohnen musste. Manches gedieh bei ihr nicht, doch das war nicht zu ändern. Seit Jahrhunderten wohnte die jeweilige *Agath-Mam* in diesem uralten Häuschen hoch über dem Tal, das immer wieder umgebaut und modernisiert worden war.

Das Haus lag im Dunklen, doch das wollte bei Hanni nichts heißen. Sie liebte die Dunkelheit und benutzte das elektrische Licht so selten wie möglich. Amrei blieb in höflichem Abstand zur Haustür stehen.

»Poch Poch, Hanni!«

Nichts geschah. Amrei sah im *Innergschau* nur ein Dunkel vor sich, das noch dichter wurde. Das hieß, Hanni wünschte nicht gestört zu werden. Amrei schluckte und klopfte jetzt auf, wie es sich gehörte.

»Mit Gunst und Verlaub, Agath-Mam! Die Amrei spricht vor!«

Das Dunkel schwand. Amrei sah Licht. Es war eine Kerze, die auf dem Nachttisch stand. Hannis Gesicht erschien. Sie hatte die langen, weißen Haare gelöst und trug ein altmodisches Nachthemd. Dann war ihre Wahrstimm zu hören und wie so oft klang diese eher hektisch:

»Mein Gott, Amreikind, natürlich! Verzeih bitte, dass ich dir nicht schon eher... aber ich bin so durcheinander. Ich habs vermasselt mit dem Ludwig, ich hab ihn einfach stehenlassen. Weil ich erschrocken bin über Spitzel und... furchtbar ist das mit meinen Nerven, ich halt einfach gar nichts aus!«

»Hanni, tut mir leid, davon weiß ich ja gar nichts. Aber es ist was anderes passiert. Der Georg hat sich den Ludwig vorgenommen.«

»Nein! Was denn noch?! Ich komme!«

Amrei wartete vor der Haustür, bis Hanni herauskam. Sie hatte einen Schal um die Schulter und trug Pantoffeln. Wieder einmal war der Gegensatz deutlich zu ihrer emotionellen, sprunghaften *Wahrstimm*, die sie im Mitfühln hatte, und der ruhigen klaren *Ratschstimm*, mit der sie jetzt sagte:

»Was hat der Georg bloß gemacht? Schon gut, lass mich anschauen.«

Amrei entspannte sofort, als sie sich Hannis »Anschauen« überließ. Sie sank ein in diese sanfte Macht, die für sie zutiefst mütterlich und tröstlich war... Sie hörte Hanni seufzen.

»Schlimm ist das, der Schorsch gibt einfach nicht auf bei dir. Aber das hat er nicht dürfen! Was willst du jetzt machen?«

Amrei fand es erleichternd, dass sie nicht aussprechen mußte, was sie vorhatte. Sie musste es nur anschauen lassen. Hanni kicherte schamhaft.

»Also, Amrei! Du willst wirklich... du traust dich aber was!«

»Ich bin schon zu lange feig gewesen.«

»Vielleicht, mein Amreikind. Aber ich glaub, du mußt den Xari fragen.«

»Natürlich. Ich brauch doch den Schmoiz von ihm!«

»Du willst den Schmoiz? Ach so. Versteh, aber da wird er schlucken. Fragen wir ihn. Komm in die Hut!«

Die Hut in ihrer wahren Gestalt sehen zu dürfen, so wie die *Agath-Mam* sie sah, war immer aufregend. Bei Amreis *Inizio* mit Zwanzig, als sie unter Hannis Führung die *Hut* zum ersten Mal in ihrer ganzen Pracht erblickt hatte, war sie ganz erschlagen gewesen. Auch jetzt machte es ihr Herzklopfen, wie auf dem tiefschwarzen Grund die Präsenzen leuchteten, in Farben, die zwischen dem Rot der *Libuser* und dem Grün der *Jadwiger* spielten. Sie folgte Hanni zu dem kräftig roten Leuchten am hinteren Rand der *Hut*, die den Molinaro-Hof am Talende signalisierten, und klopfte mit ihr bei Xari auf.

Der alte *Wächter* war noch wach. Er schnitzte in der Werkstatt an einer seiner Wurzelskulpturen. Als er hörte, dass der Schorsch nicht nur wie geplant Hanni und Molinaro beigestanden, sondern nebenbei auch Ludwig in die Verzagung getrieben hatte, war Xari richtig verärgert über den Alleingang seines Kollegen.

Dass die Aktion nichts mit dem Schutz vom Dorf zu tun hatte, mußte Xari nicht erst erklärt werden. Jeder im Dorf wusste, dass der Schorsch in die Amrei verliebt war und dass diese sich seit Jahren seiner geduldigen Belagerung widersetzte ...

Xari konnte es sich nicht verkneifen, erneut darauf zu verweisen, dass für Probleme dieser Art eben die *Amoris* da seien. Amrei brauche er da keine Vorhaltungen zu machen, ging Hanni dazwischen, sie sei ja dazu bereit gewesen, aber der Schorsch hätte die *Amori* mit ihr verweigert. Was Xari denn jetzt vorschlagen würde? – Erstmal nichts, meinte Xari, der Schorsch hätte in Piening Spätdienst, sei außerhalb der Hut und erstmal nicht zu erreichen.

Als er erfuhr, dass und wie Amrei persönlich Ludwig aus der Verzagung herausholen wollte, war er zunächst amüsiert. Das verlor sich, als sie ihn dafür um den *Schmoiz* bat. Den *Schmoiz* aus dem Dorf rausbringen? Für einen *Außenseiter*? Das war eine ernste Sache....

Doch Amreis Argumente waren triftig: nur wenn Ludwig ihre Begegnung im *Schmoiz* erleben würde, könnte er, ohne größeren Schaden für ihn, das auch wieder vergessen. Und das sei notwendig, bis Ludwig übers Dorf Bescheid wüsste und sich frei entscheiden könnte. Xari fand das erst äußerst kompliziert. Doch die Vorsicht, mit der Amrei vorgehen wollte, konnte er in seinem Wächtergemüt auch wieder nur gutheißen.

»Also gut, Madl. Du kannst den Schmoiz bei mir abholen. Am besten in einem Sprühflaschl. Das wirkt sofort und ich glaub, du wirst dem Ludwig eh nicht viel erklären wollen, gell?«

Xaris Grinsen wurde ziemlich anzüglich. Hanni tadelte das prompt, er solle es dem Kind nicht noch schwerer machen!

Amreis Abschied von Hanni war innig, von beklommenen Segenswünschen begleitet. In den Augen von Hanni, die als *Agath-Mam* ihr Leben im strikten Zölibat verbrachte, stand Amrei ein haarsträubendes Abenteuer bevor.

Amrei eilte in ihre Wohnung im ersten Stock des Schulhauses und rief Toni an. Dieser war zunächst entzückt über ihren Plan und voller Fürsorge für dessen Gelingen. Sein Ton wurde allerdings wieder spitzer, als er von der Bremse hörte, die Amrei bei ihrer Wiedervereinigung mit Ludwig eingebaut hatte.

»Amrei, irgendwann wirst du dir den Ludwig aber auch mal bei vollem Bewusstsein antun müssen!«

»Wie meinst du das?«

»Ich meine, nicht schlafend, nicht unterschwellig hypnotisiert und auch ganz ohne Drogen. Irgendwann muß der arme Kerl sich notfalls auch wehren können.«

»Deshalb mach ich es doch! Ich will ihn auf keinen Fall zu irgendetwas bringen, das er im Grunde seines Wesens dann doch nicht will!«

»Jaja, deine berühmte »Überwältigung«. Und damit er sich frei entscheiden kann, manipulierst du ihn von vorn bis hinten.«

Toni hatte noch einiges Herzstärkendes darüber zu sagen, wie das Mitfühlen unfähig zur echten Konfrontation mache und dass in Binabichl offenbar nur Blümchenliebe gepflegt werde...

Dann war auch diese letzte Hürde von Freundesgenörgel genommen und Amrei mußte nur mehr den *Schmoiz* bei Xari abholen. Als sie ihren Wagen am Parkplatz vor der Schule aufschloss, dachte sie zum ersten Mal wirklich an das, was sie in Piening erwarten würde. Bisher war sie ausschließlich damit beschäftigt gewesen, den Weg dorthin freizuräumen, bei den anderen und bei sich selbst. Jetzt schnappte sie geradezu nach Luft wegen der Hoffnungen, die plötzlich in ihr hochschossen. Sie spülten all die guten Gründe hinweg, aus denen sie sich Ludwig aus dem Herzen gerissen hatte. Vier Jahre lang hatte sie die bittere, umso stichhaltigere Überzeugung getragen, dass sie nur ohne ihn das Leben führen konnte, für das sie bestimmt war. Und wo war das jetzt? Amrei konnte nur daran denken, dass sie gleich Ludwig wiedersehen würde, nichts als Traumphantom, sondern ihn selbst, zum Anfassen und Von-ihm-angefasst-werden ...

Das Bild des entflammten Hubert, der unter Minh lag, zog vorbei. Das Flämmchen in ihr sprang und wurde zu einer Welle, die sahnig bis in die Knie zog. Prompt wurden diese weich.

Sie riß sich zusammen und stieg ein. Erst einmal wartete Xari auf sie.

21

Irgendwann hatten die Tabletten doch gewirkt und Melzer war in einen tiefen, traumlosen Schlaf gefallen. Aus dieser Bewusstlosigkeit holte ihn ein seltsames Gefühl an seiner Wange. Es verschwand auch nicht, als er langsam wach wurde. Er stellte fest: es war stockdunkel, es herrschte tiefe Stille, auch draußen vor dem offenen Fenster, er lag im Bett und trotzdem war da eine Hand an seinem Gesicht.

Weich und warm schmiegte sie sich an seine Wange. Dann kam ein Flüstern: »Ludwig, ich bin's«. Ein leises Zischen war zu hören. Ein Geruch stieg auf.

»Mach Licht, Ludwig, und bleib liegen«, wisperte es.

»Amrei« dachte Melzer ungläubig und tastete nach dem Schalter. Im Licht der Bettlampe war niemand in dem schmalen Hotelzimmer zu sehen, doch hinter der Ecke des Badraums hörte er Geräusche. Seltsame Geräusche, es klang wie das Streifen von Stoff, als ob jemand sich auszog. Der Geruch wurde stärker. Bisschen wie Xaris Schnupftabak, dachte Melzer, aber doch anders...

Dann dachte er nichts mehr, weil Amrei hinter der Ecke wieder hervorkam. Nackt kam sie zu ihm ans Bett. In der einen Hand hielt sie einen kleinen Pumpflakon, aus dem sie mit kleinen Kreisbewegungen, fast feierlich, vor sich her sprühte.

»Keine Angst, Ludwig. Das ist nur der *Schmoiz*«.

»Amrei«, flüsterte Melzer. Er lag, vom Lichtmachen noch auf die Ellbogen aufgestützt, und war buchstäblich starr vor Staunen. Er konnte sich auch nicht rühren, als Amrei sich aufs Bett setzte.

»Ja, Ludwig«, seufzte sie. Ihr Atem ging keuchend, die Lider flatterten, ihr Gesicht war gerötet. Sie sprühte noch einmal ausgiebig über sie beide hinweg und stellte den Flakon auf den Nachttisch.

Jetzt kam der Geruch voll in Melzers Schleimhäuten an. Und fuhr ihm wie ein großer Brecher in den Kopf. Nicht dunkel und beißend wie Xaris Schnupftabak, sondern weich, strohhell, sonnenheiß und völlig überwältigend. Nix Oberton, das war der pure Stoff, unvermischt und schier.

Melzer begann sofort zu zittern. Sein zu Stein gewordener Unterleib hob die Bettdecke in die Höhe. Mit einem Knurrlaut warf Amrei sie ab und zog an seiner Pyjamahose. Ihr Bund verhakte sich in Melzers unnachgiebiger Erektion. Amrei stieß kleine ungeduldige Laute aus, bis sie seinen Schwanz freibekommen und die Hose heruntergezerrt hatte. Sie stieg ins Bett und kniete sich keuchend über Melzer, der wenig beitragen konnte, versteinert wie er war. Nur seinen Unterleib zur Brücke wölben und den klopfenden Schwanz ihr entgegenrecken, das konnte er. Stöhnend nahm Amrei ihn in die Hand, schob sich über ihn und versenkte ihn in sich mit einer weichen Abwärtsbewegung, wie in Zeitlupe. Es schien unglaublich lange zu dauern, bis sie bei Melzer ans Heft und er bei ihr zugleich auf Grund stieß.

»Rums« machte es in Melzer, der plötzlich ganz ruhig wurde, »endlich zu Hause«. Die Erstarrung war weg, dafür spürte er, dass ihm die Tränen herabliefen. Von allen Mösen aller Frauen auf der Welt war sein Schwanz wieder in der einen angekommen, für die er von Anfang an bestimmt war...

»Ja, Ludwig, endlich zu Hause«, schluchzte Amrei. Ihr Gesicht kam zu ihm hinab, ihre Lippen nahmen seine Tränen auf den Wangen auf und wanderten zu seinem Mund. Ihre Zungen spielten nur und trennten sich. Melzer, der sich wieder rühren konnte, hob den Kopf zu ihren Brüsten über ihm. Sie erschienen ihm voller und schwerer, die starren Nippel ausgeprägter; nicht mehr mädchenhaft wie früher, reifer und begehrenswerter. Es machte ihm einen Freudenschreck, als Amrei sich vorbeugte, damit er ihren linken Nippel in den Mund nehmen konnte. Dabei machte sie eine magische Beckenverschiebung, die tief in ihr seinen Schwanz verzauberte, ohne dessen Geborgenheit zu bedrohen.

»Die einzige Frau, die das machen kann, ohne dass man Angst kriegt rauszurutschen«, dachte Melzer, hingebungsvoll an der Brust lutschend. Amrei entzog sie ihm so plötzlich, dass es einen schmatzenden Laut gab. Sie richtete sich über ihm auf. Lächelnd, aber mit einem kleinen Funkeln in den Augen sah sie auf ihn hinunter.

»Ach, das hast du also richtig studiert, seither?« murmelte sie, »und das, kennst du das auch?« Plötzlich war ihre Möse keine weiche Mutterhöhle, sondern ein enge, pulsierende Röhre, die seinen Schwanz in den Griff nahm und mit hundert knetenden Fingern an ihm aufwärtsglitt. Der lyrische Moment im Sturmauge war vorbei, rauschend und knatternd fuhr die Geilheit wieder in ihre Segel. Amrei zerriss es das Gesicht, als sie aufwärts segelte und an der Spitze für einen taumelnden Moment verhielt. Langsam schwebte sie wieder abwärts.

Doch Melzer war nicht mehr nach Schweben. Er packte sie an den Hüften. Weich und voll, passten sie immer noch in seine Hände, als wären sie dafür gemacht. Doch jetzt hielt er sie mit einem harten Griff, der sie aufstöhnen ließ, und versetzte ihr von unten einen wilden Stoß. Der ging voll auf die Zwölf, er glaubte, bis zur innersten Öffnung vorzudringen. Und stieß noch einmal zu. Ihr Blick kippte nach oben weg. Melzer sah die weißen Augäpfel vor sich, erschreckend in dem geliebten Gesicht, er sah, wie ihr Mund aufging. Gleich würde sie schreien, Melzer gierte danach. Doch aus ihrem Mund kam kein Laut.

Dafür verschwand erst Amreis Gesicht, dann das ganze Zimmer und Melzer sah gar nichts mehr. In seinem Kopf gab es einen gleißenden Ausbruch. Sein Gehirn explodierte und dehnte sich aus, es wuchs lichtschnell und wurde groß wie das Weltall.

Es war tatsächlich das Weltall. In seiner Schwärze hing blauweiß und übersichtlich der Erdball vor Melzer. An dessen oberen Rundung erschien ein blendender Lichtpunkt; er raste auf ihn zu und zog einen Kometenschweif hinter sich her: Amreis hohes Schreien. Es riß ihn zu ihr. Zwei Lichtpunkte nebeneinander, ihre Schweife aus hellem Schreien und tiefem Röhren ineinander verschlungen, so jagten sie um die Erde herum.

Dahinter die Sonne, unermesslich, alles ausfüllend. Sie rasten auf die brodelnde Feuerwand zu, die sie auslöschte.

22

Der Sonnenstrahl, der durch einen Spalt in den Vorhängen kam, stach Melzer durch die geschlossenen Lider. Melzer maunzte unwillig und wälzte sich herum. Er öffnete die Augen, ganz vorsichtig, um nicht das rosige Wohlgefühl in ihm zu gefährden. Er blinzelte durchs Zimmer und lauschte den gemächlichen Geräuschen, die vom Marktplatz durch das offene Fenster drangen. Eine Kirchturmuhr begann feierlich zu schlagen. Das Weben und Wallen von rosigen Schleiern in ihm hielt an.

Melzer fühlte sich gelöst wie schon sehr lange nicht mehr. Was umso ungewöhnlicher war, weil er von Amrei geträumt hatte. Das wusste er. Aber anders als sonst, ganz anders, nämlich wunderschön. Auch das wusste er. Nur wenn er sich zu erinnern versuchte, inwiefern wunderschön, zogen sich die rosa Schleier in seinem Hirn dichter zusammen. Sie gaben nichts preis. Aber Melzer fühlte sich viel zu wohl, um sich daran zu stören. Er dehnte sich behaglich. Draußen tat die Kirchturmuhr noch einen Schlag und verstummte. Etwas in Melzer hatte mitgezählt, es war der zehnte Schlag gewesen.

Zehn Uhr! Im selben Moment kam ein bohrendes Hungergefühl. Das Frühstücksbüffet schloss um Zehn! Er sprang aus dem Bett und fuhr in die Kleider, die er am Boden liegen gelassen hatte. Er stürzte aus dem Zimmer, ohne das Bad betreten zu haben.

Im Frühstücksraum war die Kellnerin schon beim Abräumen. Sie empfing den späten Gast mit Stirnrunzeln. Das Büffet war fast abgetragen. Melzer ergatterte zwei Croissants und nahm sich zum Kaffee noch eine Binade mit an den Tisch.

Er war ganz allein in dem hellen Raum. Heißhungrig verschlang Melzer ein Hörnchen und feuchtete mit einem Schluck Binade nach. Er stutzte und trank in plötzlicher Gier das Glas aus. Dieser zarte Oberton über dem Fruchtaroma, er erinnerte ihn... an was? Rosige Schleier wurden dichter, schlossen sich um einen ungreifbaren köstlichen Kern. Er konnte nichts anderes als köstlich sein, da von ihm das Glücksgefühl ausging. Melzer grinste verträumt.

Der Kaffee drängte dann den rosigen Nebel in seinem Kopf ein wenig zurück. Melzer begann richtig wach zu werden. Langsam kam die Erinnerung an das, was gestern passiert war. Allerdings war es entfernt, mit einer rosig durchwärmten Abgerücktheit. Staunend dachte er an seine Ernüchterung und die Scham, die Migräne, die totale Depression... um Himmels willen, was hatte ihn da nur geritten?

Melzer schüttelte lächelnd den Kopf über sich und biss in das zweite Hörnchen. Dann fiel ihm ein, dass er gestern seine Abreise angekündigt hatte. Er stopfte sich das Hörnchen in Mund und eilte hinaus ins Foyer.

»Herr Sperl! Moment!«

Sperl war auf dem Weg ins Büro hinter der Theke. Er drehte sich um und sah dem krampfhaft kauenden Melzer entgegen. »Morgen, Herr Melzer. Sie wollen Ihre Rechnung?«

Melzer hatte endlich den Bissen runtergewürgt. »Nein, im Gegenteil«, brachte er heraus, »ich will noch bleiben. Bitte, würden Sie die Rechnung stornieren?«

Der Hotelier musterte ihn ausdruckslos. »Sie wollen noch bleiben?«

Es klang fast streng. Melzer fühlte, dass er errötete.

»Ja. Sicher noch einige Tage. Tut mir leid für das Hin und Her.«

Um Sperls Mund zuckte es. Dann breitete sich ein herzliches Lächeln aus. »Aber überhaupt kein Problem, Herr Melzer. Schön, dass Sie uns erhalten bleiben!«

Das Lächeln war ansteckend. Melzer grinste fröhlich zurück. »Find ich auch, find ich wirklich auch!«

»Das freut mich umso mehr, weil in diesem Fall –«, brach Sperl ab. Er beugte sich über die Theke und murmelte verschwörerisch: »Ich habe eine Nachricht für Sie, Herr Melzer. Jemand möchte Sie treffen. Um 12 Uhr im Ache-Park.«

Melzers Herzschlag setzte aus. Ihm schoss das Blut in den Kopf.

»Mich treffen? Wer denn?«

»Ich soll ausrichten, ein guter Bekannter.«

»Mann oder Frau?«

»Darüber wurde nichts gesagt. Kennen Sie den Weg zu unserem Tempel?«

Sperl zog schwungvoll einen Stadtplan hervor.

23

An diese kurzen Wege in Piening mußte Melzer sich erst gewöhnen. Gerade hatte er die Altstadt hinter sich gelassen, überquerte noch eine stille Straße und schon stand er vor dem Ache-Park. Es war ein mit Baumgruppen bestandenes, von Kieswegen durchschlängeltes Rasengelände, das sanft zum Ufer der Pieninger Ache abfiel. Auf der anderen Flußseite war die Ausfallstraße Richtung Tirol, die an der Mauer eines Kasernengeländes entlang führte.

Trotz des lachenden Wetters, war der Park um diese Zeit menschenleer. Der Weg, den Melzer nahm, führte am Flussufer entlang. Hinter einer Gruppe Kastanien kam dann schon der »Tempel« in Sicht. Melzer war viel zu früh dran.

Er zwang sich zum Schlendern und unterdrückte den Wunsch nach einer Zigarette. Er hatte die quälende Wartezeit hauptsächlich damit verbracht, sich im Bad sorgfältig zu schniegeln. Jetzt wollte er nicht nach Rauch riechen, falls es sich bei dem »guten Bekannten« vielleicht doch um Amrei... allein der Gedanke ließ ihn schlucken. Melzer rief sich zur Ordnung. Um zu bekräftigen, dass das Blödsinn und völlig unwahrscheinlich war, steckte er sich jetzt doch eine an.

Angestrengt schlendernd kam er zu der Aufschüttung, auf der das Tempelchen stand. Es war ein »griechischer« Zierbau, der wie die Schrebergartenversion des Münchner Monopteros wirkte. Melzer stieg die Steinstufen zu dem säulenumstandenen Innenraum hinauf und sah auf die Uhr: erst zehn vor Zwölf. Er zog wie ein Tourist den Plan und sah sich um. Hinter dem Tempel mündete ein kleinerer Fluss und schob sein moordunkles Wasser ins helle Grün der Ache. Weiter oben führte eine kleine Brücke über ihm ins offene Land. Melzer las, dass das Flüsschen Bina hieß und zweifellos aus Binabichl kam... er seufzte zitterig.

Ein Pfiff ertönte. Aus der Richtung, aus der er gekommen war, sah Melzer einen riesigen Hund auf sich zutraben. Dahinter, unverkennbar in seiner täuschend gemächlichen Gangart, tauchte Xari auf. Muhackl nahm die Stufen zu Melzer hinauf. Er zeichnete ihn mit einem vertraulichen Zungenschlapper über die Hand aus, der sich als erfreulich trocken bewies. Muhackl duldete auch, dass Melzer seinen Hals klopfte.

»Servas, Ludwig!«

Xari wirkte nahezu fein mit Janker, Tuchhose und blanken Haferlschuhen. Den sonntäglichen Eindruck setzte allerdings der unvermeidliche Filzhut auf Null zurück. Wieder fühlte Melzer die harte, geschnitzte Hand in der seinen, den Blick dieser strahlend blauen Augen auf sich.

»Servas, Xari. Mit dir hatte ich nicht gerechnet!«

Die Augen zwinkerten vergnügt. »Bist enttäuscht, Ludwig?«

Melzer errötete und stotterte: »Ach nein... eigentlich fast erleichtert. Ähm, ich freu mich, dich zu sehen«.

Das war die Wahrheit. Es tat auch gut, wieder das Schnitzwerk seiner Hand zu spüren. Xari ließ die seine nicht los, umfasste sie sogar mit der anderen. Die sinnige Stimme, bei der Melzer sofort entspannte, sprach weiter:

»Lass mir noch bissl deine Hand, Ludwig. Dann fällts mir leichter. Ich kann das nicht so wie die Hanni... Also, verzagt bist du jedenfalls nimmer... Die Hanni läßt dich grüßen, Ludwig, es tut ihr leid wegen gestern. Es hat nix zu bedeuten. Sie war nur erschrocken. Die Hanni erschrickt ganz leicht.«

Xari musterte ihn unverwandt. Melzer mußte blinzeln und sah zur Seite. Hinter seiner Stirn verspürte er eine Spannung, wie ein feines, unwiderstehliches Vorwärtsdringen. Dann tätschelte Xari seine Hand und gab sie frei.

»Sehr schön, Ludwig, du machst Fortschritte. In deinem Alter ist das nicht selbstverständlich. Aber ich hab mir gleich gedacht, dass du mit dem *Schmoiz* gut Freund werden kannst.«

»Mit was? Wie heißt das?«

Xari breitete die Hände aus. »Mei, Ludwig, der *Schmoiz*... des wirst du schon noch spannen. Eins nach dem andern. Hast du schön geträumt heut Nacht?«

Xari grinste ihn breit an. Überrumpelt starrte Melzer ihn an. Muhackl, der höchst »verschtändig« schauend neben ihnen hockte, blaffte plötzlich. Xari streichelte ihn und richtete sich, beiläufig durch den Park blickend, wieder auf.

»Brav, Muhackl, hab ihn schon«. Sein Kichern klickerte. Melzer sah ihn fragend an.

»Nicht hinschaun, Ludwig. Am droberen Weg, hinter der Baumgruppe, druckt sich der Vogelkundler rum.«

Er holte die Schmaidose hervor, haute sich eine Pyramide auf den Nagel und zog auf. »He-errgottderbarm« seufzte Xari und steckte die Dose wieder ein.

»Und ich krieg nichts?« fragte Melzer. Xari kicherte. »Diesmal nicht. Du bist eh noch ganz schön im *Schmoiz*, soweit ich das seh. Manche bei uns meinen ja, man muss den Weg ganz von selber finden. Auch wenn es dauert. Aber ich find, und ich bin da nicht der Einzige, bei dir darf man schon bissl nachhelfen.«

»Welchen Weg denn?«, flüsterte Melzer. Xari sah ihn an. Und dann sagte er impulsiv: »Ins Dorf, Ludwig. Zu uns ins Dorf!«

Darin war ein liebevoller Überschwang, der Melzer erstmal stumm machte. Xari kündigte an, dass sie sich jetzt trennen würden. Er werde einen Spezl draußen vor der Stadt besuchen und den Vogelkundler mitnehmen.

»Das wird ein schöner langer Spaziergang für unseren Freund.«

»Und wenn der Typ mir folgt und nicht dir?«

»Mei, Ludwig, das wird eine Fragerei mit dir, uferlos!«, seufzte Xari. Dann ermannte er sich und zählte an den Fingern auf: »Erstens, dich kennt er schon. Zweitens mich nicht, also bin ich interessanter. Und Fünftens, hihihi, mach ich ihm einen Vorschlag, zu dem er nicht nein sagen kann. Capito?«

»Kein Wort. Aber ich frag nicht mehr. Äh, und was mache ich?«

»Du gehst zurück zur Straße. Und dort zu dem Haus mit den gelben

Balkonen. Da läutest du im ersten Stock bei Feininger.«

»Feininger? Wie Amrei –«

»Genau. Und jetzt Servas!«

Xari wandte sich ab und ging die Stufen hinab. Wahrscheinlich in seinem Kopf, weil Xari anders schon zu weit weg war, hörte Melzer noch seine Stimme:

»Versuch, so wenig wie möglich zu fragen, Ludwig!«

Melzer sah ihm nach und fand das ziemlich ungerecht von Xari. Er hatte sich eine Unzahl von Fragen verkniffen, er hatte nicht einmal gefragt, ob Amrei in dem Haus auf ihn wartete!

Doch manche dieser Fragen beantworteten sich auch von selbst. Auf dem Rückweg kam Melzer in den Blickschutz der Kastanien, huschte hinter einen Baumstamm und spähte zum oberen Weg hinauf. Xari und Muhackl hatten die ominöse Baumgruppe schon passiert. Sie steuerten auf die Brücke über die Bina zu.

In dem Buschwerk unter den Bäumen bewegte sich etwas. Die schlaksige Gestalt des Vogelkundlers kam zum Vorschein. Er war heute nicht in Radlermontur, trug aber denselben Rucksack wie am Mahdegg. Wie zufällig schlenderte er den beiden hinterher. Melzer war nicht einmal erstaunt. Na gut, das war also Xaris Vorschlag, zu dem der Typ nicht nein sagen konnte... Mit plötzlichem Herzklopfen dachte er an das, was Xari sonst noch gesagt hatte. Melzer begann zu traben, bis er an die Straße kam.

Das Haus mit den gelben Balkonen war ein dreistöckiger Neubau. Eine Reihe von Firmenschildern neben der Haustür wiesen es als Bürogebäude aus. Melzer stieß auf ein Messingschild: »Dr. Franz Feininger – Psychotherapeutische Praxis – 1. Stock – Termine nach Vereinbarung«, darunter eine Telefonnummer.

Melzer läutete und beugte sich schluckend zum Sprechapparat vor. Dieser blieb stumm. Aber dafür schnarrte der Türöffner.

24

Melzer stürmte die Treppe in den ersten Stock herauf und kam in einen langen Gang. Aus der letzten Tür an seinem Ende trat ein Mann. Melzers Tempo wurde langsamer.

Der Mann war weißhaarig, wohl in den Sechzigern, untersetzt, das Sommerhemd überspannte einen festen Bauch. Auf seinem breiten Gesicht mit irgendwie behaglich wirkenden roten Bäckchen lag ein Lächeln voll Neugier und Spannung.

»Guten Tag! Ludwig Melzer mein Name«, sagte Melzer nervös, »ähm, Herr Feininger?«

Der Mann ergriff Melzers Hand. Seine Händedruck war warm.

»Genau. Aber, ich bin der Franz. Und ich darf Ludwig sagen, gell? Jetzt komm erstmal rein.«

Er ging voraus. Melzer folgte ihm und schloss die Tür hinter sich. Er stand in einem schmalen Flur, der sich an der Seite zu einer kleinen Teeküche öffnete. Nach vorne stand eine Glastür auf, hinter der ein großes Zimmer zu ahnen war. Der Mann, den Melzer mit Franz ansprechen sollte, war in die Küche getreten und goss heißes Wasser in eine Thermoskanne. Über die Schulter sagte er:

»Ich mach uns einen Schwarztee, ist das recht? Schön, dann geh schon rein, Ludwig«.

Melzer trat in einen hellen Raum mit Glaswand und Balkon, der auf die Baumkronen des Parks blickte. Die Einrichtung war zweckmäßig: eine Couchliege an der Seitenwand, daneben ein großer Bürosessel Marke Chef, beide als analytische Dienstmöbel auszumachen. An der Rückwand ein Aktenschrank, davor ein Schreibtisch mit Computer. Der Minimalismus, unterstrichen von kargen japanischen Drucken an den Wänden, sagte Melzer schon mal zu. Doch der Knüller war für ihn der alte Küchentisch mit den zwei soliden Holzstühlen, der vorne an der Glaswand stand.

Melzer strich über die zernarbte Tischplatte. Langsam legte sich seine Bestürzung, dass er jetzt tatsächlich Tee trinken würde mit Amreis »Babb«, dieser bislang für ihn extrem verschwommenen Figur, mit der er gerade noch eine vorsintflutliche Landarzttasche assoziiert hatte.

Jetzt hatte er eine andere Assoziation: die Praxis, die er vielleicht doch einmal in seinem Leben aufmachen würde, sah diesem Raum hier erstaunlich ähnlich. Auf jeden Fall wollte er dann auch so einen Küchentisch haben...

Dessen Besitzer kam mit einem Teetablett herein. Bis die Tassen gefüllt und die ersten Schlucke genommen waren, herrschte Schweigen. Melzers Gegenüber setzte behaglich schnaufend die Tasse ab und sah ihn an. Seine Augen waren graublau mit gelben Einsprengseln, sie erinnerten Melzer an –

»Genau. Das Einzige, was Amrei von mir hat«, sagte Amreis Vater breit grinsend. »Sonst kommt sie zum Glück ganz nach ihrer Mutter. Jetzt sag einmal, Ludwig... das ist alles sehr verwirrend, gell?«

Melzer verschanzte sich hinter seiner Tasse und nickte vorsichtig. Der Blick dieser mehrfarbigen Augen, die Melzer immer an Bachkiesel erinnert hatten, lag weich auf seinem Gesicht. Und dann erlebte er noch etwas, das er vier Jahre lang vermißt hatte. Ungläubig spürte er, wie der Amrei-Modus zurückkehrte, er fühlte dieses innere Weitwerden, das ihn lockte und ermutigte. Spontan platzte er heraus:

»Gestern abend war es furchtbar. Ich wollte eigentlich abreisen. Aber heute versteh ich mich selber nicht. Warum ich aufgeben wollte. Irgendwie fühlt sich alles anders an.«

»Was ist passiert?«

»Keine Ahnung. Ich hab nur geträumt. Etwas sehr Schönes, glaub ich. Xari hat mich auch schon danach gefragt.«

Franz starrte ihn an. Seine Mundwinkel zuckten und ein Nasenlaut entfuhr ihm.

»Und mehr weißt du nicht? ... Das hat ja wirklich funktioniert«, murmelte er kopfschüttelnd. Er nahm einen Schluck und lehnte sich seufzend zurück.

»Na gut, Ludwig. Dann ganz von vorne. Amrei wartet auf dich –«

»Was?«, schrie Melzer und fuhr hoch. »Sie will?«

Sein Stuhl fiel klappernd um. Franz sah lächelnd zu, wie Melzer ihn aufstellte und sich verlegen wieder hinsetzte.

»Also, fürs Protokoll: Sie wünscht sich sehr, dass du zu ihr ins Dorf kommst. Und jetzt beruhig dich, Ludwig, denn jetzt kommt der Pferdefuß. Oder sagen wir, das Kleingedruckte.«

Melzer riss sich zusammen und trank aus seiner Tasse, sich zu beruhigen. Franz musterte ihn augenzwinkernd und fuhr fort: »Wenn du dich jetzt fragst, warum sagt sie mir das nicht selber –«

»Tu ich gar nicht«, widersprach Melzer.

»Ich sags dir trotzdem... Meine Tochter, so klug sie sonst ist, legt arg viel Wert auf die Wahlfreiheit. Vor allem bei dir, Ludwig. Amrei glaubt, aus dir kann ein ziemlich reiner *Jadwiger* werden. Weil sie selber bissl eine *Libusa* ist, wenn auch nur schwach, hat sie eine Todesangst, dass sie dich überwältigen könnte.«

Franz unterbrach sich und fixierte Melzer, der ihm begierig und eifrig nickend zuhörte.

»Sag mal, du verstehst doch nicht mal die Hälfte von meinem Kauderwelsch. Warum fragst du denn nicht?«

Melzer errötete. »Xari hat mir gesagt, ich soll so wenig wie möglich fragen«, verteidigte er sich. Franz verdrehte die Augen. »Na, servus. Wenn ein Libuser dir das sagt«, murmelte er.

Um zu beweisen, dass er nicht gänzlich mundtot gemacht war, riskierte Melzer jetzt eine Frage: »Warum hat Amrei denn Angst davor? Ich will es doch!«

Franz sah ihn streng an. »Das sagst du jetzt. Damals hast du von vornherein und ziemlich brutal abgelehnt, mit ihr in Binabichl zu leben. Da wusstest du noch nicht mal, was für ein vogelwilder Haufen wir sind. Das war ein furchtbarer Schlag für sie.«

Melzer fühlte, wie ihm das Blut in den Kopf schoss. »Das bereu ich seither jeden Tag«, flüsterte er. Er zwang sich, Franz in die Augen zu sehen, und fügte hinzu:

»Jedenfalls, die Gründe, warum ich mich so gewehrt habe, von denen ist nichts mehr übrig geblieben. Für mich hat sich einiges total geändert in den Jahren.«

Der Blick von Franz wurde milder.

»Kommt mir auch so vor. Außerdem muß man auch Amrei vorwerfen, dass sie unbedingt mit offenen Karten hätte spielen müssen. Jedenfalls will sie, dass du es diesmal unbedingt vorher weißt. Sie will und kann nur in Binabichl leben. Und dir muss klar sein, worauf du dich da einlässt.«

»Ich soll mich frei entscheiden können?«, fragte Melzer. Es rief eine skeptische Grimasse bei Franz hervor.

»Freie Entscheidung, wenn ich das schon höre«, brummelte er, »aber gut. Also, was ist das, auf das du dich hier einlassen sollst? Was glaubst du, worum geht es hier?«

Melzer schlug die Augen nieder. Alles, was er seit gestern erfahren hatte, schoss in seinem Bewußtsein zusammen, bildete ein widersprüchliches Knäuel und formte schließlich ein Wort, bei dem sich in Melzer alles sträubte. Er räusperte sich hart: »Also, klingt blöd, aber... Telepathie«, flüsterte er verschämt. Franz nickte ihm teilnahmsvoll zu.

»Gell, das ist peinlich. Ging mir damals genauso. Mit dieser Benennung endet deine Laufbahn als Naturwissenschaftler, Ludwig. Wobei Telepathie auch ein ziemlich hilfloser Begriff dafür ist. Er ist schon mal viel zu neu. Willst du wissen, wie es wirklich heißt?«

Die Augen von Franz glänzten. Melzer empfand ein leuchtendes Andringen, als Franz sagte:

»Es ist das Mitfühln, Ludwig. Es ist uralt. In der Zeit vom Dreißigjährigen Krieg ist es im Dorf entstanden. Seither leben wir im Mitfühln.«

Franz fand zurück zu seinem trockenen Ton, als er leichthin und knapp erklärte, was das Mitfühln war.

Seine Grundlage war der *Schmoiz*, ursprünglich eine psychoaktive Alchimistendroge, die über die Jahrhunderte immer weiter entwickelt worden war. Den *Schmoiz* nahmen die Binabichler erst im Erwachsenenalter ein, in einer Initiation, bei der sich zwei Grundtypen herausschälten: die *Jadwiger* mit der Gabe des Empfangens und die seltener vorkommenden Libuser mit der Gabe des Befehlens. Diese wurden, wie Xari oder Perschagg, oft die Wächter...

Melzer wunderte sich nicht einmal, wie wenig er staunte. Er saugte das gierig in sich auf und empfand nur Erleichterung darüber, wie ein quälendes Rätsel endlich, Schritt für Schritt, durchschaubar wurde und einen Weg freigab.

»Diese Inititation, die muss ich dann auch machen?«

»Du kannst dir Zeit lassen damit, aber irgendwann wirst du es selber wollen. Obwohl es schon haarig ist, Ludwig. Und irreversibel. Im *Schmoiz* vergeht dir Hören und Sehen, aber das heißt auch nur, du hörst auf, *hirntaub* und *kopfblind* zu sein. Du würdest es gut vertragen, da bin ich mir jetzt schon sicher. Ich war damals noch älter als du und habs auch überstanden.«

So erfuhr Melzer, dass auch Franz ein ehemaliger Außenseiter war. Vor dreißig Jahren war er, in einer tiefen Lebenskrise nach dem plötzlichen Tod seiner Frau, mit der zweijährigen Amrei im Dorf gelandet.

»Ich war wie ein Halbtoter und völlig außerstande, damit zu leben. Aber ich hatte ein kleines Mädchen, das doch leben wollte und sollte. Das Mitfühln hat uns beide gerettet.«

Franz schwieg und beschäftigte sich mit seiner Tasse. »Not und Liebe, Ludwig«, murmelte er. »Das sind die Kräfte, die dich nach Binabichl bringen«.

Beeindruckt war Melzer ohnehin die ganze Zeit, doch jetzt empfand er zum ersten Mal einen Hauch von Beruhigung. Es fand es richtig tröstlich, dass auch Franz diesen Weg schon gegangen war. Dieser war inzwischen auf die andere Antriebskraft zu sprechen gekommen, die Liebe, die ebenfalls viele *Außenseiter* nach Binabichl gebracht hätte. Und zu Melzers abgrundtiefem Erstaunen begann er plötzlich mit weicher Baßstimme zu singen:

»Mit unsere Madln is schon ein rechts Gfrett
da liebst du die eine, so herzig und nett
und dann liegt das Dorf bei ihr mit im Bett«.

Melzer hörte mit offenem Mund zu. Es war nicht die Botschaft, die ihn verblüffte. Die war klar: ohne »das Dorf« keine Amrei. Aber dass man in Binabichl über so etwas tatsächlich Gstanzln drechselte, das erschien Melzer noch seltsamer als alles andere zuvor.

»Was passiert, wenn ich nicht will?«, stellte er schließlich die Frage, die unvermeidlich war. Franz sah ihn ernsthaft an und sagte ohne jedes Augenzwinkern: »Das kannst du ruhig wissen. Es wäre kein Problem. Denk an die Kinder vom Mahdegg. Das war schwieriger, als es bei dir wäre.«

»Also eine Art Gedächtnislöschung?«

»Naja. Das Gedächtnis ist keine Tafel, auf der man etwas löschen könnte. Aber es gibt in unserem Gehirn eine viel stärkere Kraft als die Erinnerung, nämlich das Vergessen. Und das kann ein Libuser steuern. »

»Und das würdest du dann bei mir tun?«

»Nein. Ich bin *Jadwiger.* Aber der Xari. Der kommt nachher vorbei. Wenn du dann wirklich nicht willst, bringt er dich auf den Stand von gestern Abend.«

»Sowas wie ein Reset?«

»Heißt man das so? Jedenfalls wäre dann alles wie gestern. Du glaubst, du hast keine Chance mehr, du bist völlig resigniert und reist ab, wie geplant. Es würde dir nicht einmal schaden, weil du alles, was danach passiert ist, im *Schmoiz* erlebt hast. Du bist sogar jetzt noch ziemlich im *Schmoiz*, kommt mir vor. Der schlägt bei dir richtig gut an.«

»Hat Xari auch schon gesagt. Ich kapier bloß nicht, wie ich da drangekommen sein soll, an diesen *Schmoiz.*«

»Ach, Ludwig, Ludwig!«, kicherte Franz. »Das wird dir Amrei selber erzählen. Später mal. Wenn du dich entschieden hast. Sonst gehört das doch nur zu den Dingen, die du eh vergessen wirst.«

Melzer zuckte zusammen. Angst stieg in ihm hoch, er beteuerte impulsiv: »Ich will nie wieder dorthin, wo ich gestern abend war!«

Franz sah ihn liebevoll an. »Ja, Ludwig. Viel zu entscheiden gibt es da nicht, gell? Das will Amrei bloß nicht einsehen. Magst noch einen Tee?«

Er goss ihm aus der Thermoskanne nach. Dann setzte er sich zurecht und ließ die flachen Hände mit einer salbungsvollen Geste auf die Platte sinken. »Das war die offizielle Botschaft, Ludwig«, verkündete er feierlich. Dann fuhr er mit einem verschmitztem Lächeln fort:

»Und jetzt kommt meine eigene Meinung. Amrei hat recht, du bist wahrscheinlich ein ziemlich reiner *Jadwiger.* Und du wärst ihr nie so nah gekommen, wenn du nicht eine deutliche Veranlagung fürs Mitfühln hättest. Menschen wie du sind gar nicht selten in der *Draußenwelt.* Die haben es oft schwer, aber sie wissen wenigstens nicht, was ihnen eigentlich fehlt. Bei dir ist das anders. Amrei hat es in dir geweckt, du hast erlebt, was möglich ist, du hast es verloren und wie fühlst du dich seither?«

»Wie ein halber Mensch«, flüsterte Melzer.

»Genau. Und das heißt, du gehörst nach Binabichl! Erstens schon mal wegen dir selber und erst zweitens wegen Amrei.«

»Aha. Gibt es auch noch ein Drittens?«, fragte Melzer naiv. Franz lächelte geheimnisvoll.

»Schon möglich! Aber das spannst du, wenn du im Dorf bist.«

25

Der dicke Herr Stäble kam aus der Toilette ins Hotelfoyer. Die Empfangstheke war nicht besetzt. Aus dem Büro dahinter drang das Klickern einer Computertastatur. Stäble konnte sich wieder den Blick zum Schlüsselbrett nicht verkneifen. Natürlich hing Melzers Schlüssel immer noch an seinem Fach. Er schüttelte den Kopf über sich selbst. Es war aber auch kein Wunder, wenn man nervös wurde, wo dieser Blödmann Reggie seit anderthalb Stunden nicht mehr erreichbar war...

Er trat hinaus in die Hitze des Marktplatzes. Die mit Sonnenschirmen bewehrten Tische vor dem Lammwirt waren um diese Zeit kaum besetzt. Mißmutig blinzelte er zu dem Tisch seiner Frau hinüber und sah, dass sie telefonierte. Herr Stäble ging eilig zu ihr und nahm vor seinem halb aufgegessenen Tortenstück Platz. Sie beendete das Gespräch und zündete sich eine Zigarette an. Herr Stäble fragte ungeduldig:

»Und? Wo steckt der Idiot?«

Sie blies den Rauch in seine Richtung und sah zu, wie Stäble ihn wegwedelte. Dann sagte sie in dem betont neutralen Ton, der ihm verriet, wie aufgebracht sie war:

»Reggie hat ihn verloren. Der Doktor hat sich im Park mit einem Mann von der Sekte getroffen. Dann haben sie sich getrennt. Reggie hat sich für den Sektentyp entschieden.«

»Sektentyp, woher will Reggie das wissen? Wer soll das sein?«

»Ein alter Mann mit einem großen Hund. Der Mann war neu für Reggie, den Hund hat er aber schon im Dorf gesehen. Und Reggie sagt, das Treffen mit dem Doktor war eindeutig verabredet gewesen.«

Herr Stäble verdrehte die Augen. »Der Hund gehört also gesichert zur Sekte«, höhnte er, »und was war dann?«

Frau Stäble erzählte es ihm. Er schnaubte und konnte es sich nicht verkneifen, zu reimen: »Schlimmer gehts immer bei Reginald Wimmer!«.

»Tja, die falsche Entscheidung«, gab Frau Stäble zu. »Siehst du eigentlich den Punkt, Willi? Sie haben Reggie ganz elegant weggelockt und der Doktor hat mitgespielt!«

»Vielleicht ist er doch nicht so ahnungslos wie der Professor behauptet.«

»Jedenfalls ist er schon wieder verschwunden. Genau wie gestern Nachmittag!«

»Da kam er doch wieder ins Hotel«, suchte Herr Stäble sie zu beruhigen. Sie fuhr ihn prompt an: »Und was war in der Zeit, als er weg war? Das geht nicht, Willi! Rumsitzen und hoffen, dass er wieder auftaucht. Ich ruf den Professor an.«

»Den sollten wir doch aus dem Spiel lassen?«

»Egal. Wir brauchen ihn jetzt. Er kann den Doktor anrufen und ganz harmlos fragen, was er gerade so treibt.«

Stäble sah mit Hundeblick zu, wie seine Frau wählte, und machte sich wieder an seine Torte. Aus dem Handy kam dröhnend: »Buuhlmann!«

Mit einer Grimasse hielt Frau Stäble das Handy vom Ohr weg und begann zu sprechen.

Das Bild hing neben dem Schreibtisch von Franz, ein vergilbter Stich in einem altersschwarzen Rahmen. Auf einem flatternden Spruchband stand in geschweifter Schrift »Regio oppidi Pyeningae«. In der bildhaften Darstellung von »Pyening« war die heutige Altstadt leicht wiederzuerkennen. Doch Melzer interessierte mehr der südwestliche Teil der Landkarte mit den übertrieben schroff und wild dargestellten Bergen und der kleinen Taleinbuchtung an deren Rand. Darin gab es zwei Hügel, auf denen winzige Häuschen eingezeichnet waren. Daneben der Ortsname »Binabühel«.

Melzer hatte vom Mahdegg aus das Tal als offenes U gesehen, das frei in die Hügel vor Piening überging. In der entgegengesetzten Blickrichtung der alten Karte sprang dagegen ins Auge, wie abgeschlossen das Tal war. Ein dichtes Waldgebiet, nur unterbrochen von großen Moorflächen, die als »Filze« bezeichnet waren, erstreckte sich bis vor die Stadt. Es wirkte wie eine riesige geschlossene Barriere. Wahrscheinlich hatte es Fußwege durch das Gelände gegeben, doch eine Straße war nicht eingetragen. Die einzig erkennbare Verbindung zur Stadt war die Bina, die, aus den Bergen hinter Binabichl kommend, das Tal durchschnitt und sich durch die waldigen Hügel nach Piening schlängelte.

Melzer stieß unten am Bild auf die Jahreszahl »A. D. 1790«. Wenn es stimmte, was Franz gesagt hatte, dass dieses Mitfühln im Dreißigjährigen Krieg entstanden war, dann waren die Binabichler auch hundertfünfzig Jahre später, zur Zeit der französischen Revolution, immer noch sehr ungestört von der Außenwelt gewesen... Beruhigend fand Melzer das nicht. Es ließ alles noch fremdartiger werden.

Franz hatte die Praxis vor einer halben Stunde verlassen und Melzer war zuerst froh über die Pause gewesen. Er hatte auf dem Balkon eine geraucht, um die Glücksgefühle über Amreis Botschaft in Ruhe auszukosten. Doch war diese nun mal untrennbar verquickt mit den anderen Botschaften. Melzer begann, sich dort draußen sehr allein zu fühlen, und war ins Zimmer geflüchtet.

Doch auch die Betrachtung des alten »Binabühel« half nicht darüber hinweg, dass ihm Franz fehlte. Melzer vermisste den ermutigenden, öffnenden Modus mit ihm, ihm fehlte die lockere, augenzwinkernde Art von Franz, die größten Unbegreiflichkeiten als etwas ganz Plausibles und Notwendiges darzustellen.

Wenn Melzer jetzt an das dachte, was ihn laut Franz erwarten würde, hatte er nur das Gefühl von Unwirklichkeit. Und dann gab es noch eine flüsternde Stimme in ihm, die festhielt, was an dem Ganzen wirklich greifbar war: er hatte einem Mann, den er gerade mal eine Stunde kannte, nicht nur seine Autoschlüssel überlassen; er hatte diesem eigentlich Fremden auch den Auftrag gegeben, sein spurloses Verschwinden zu arrangieren. Ob nun nur aus Piening oder aus seinem ganzen Leben, das war noch offen. Das sollte ganz von ihm abhängig sein, nämlich davon, wie er sich »entschied«. Das alles aus Gründen, die ihm inzwischen immer phantastischer vorkamen, auch wenn dahinter wie ein Wetterleuchten Amreis Botschaft spukte...

Sein Handy schrillte.

Melzer zog es reflexhaft aus der Hosentasche. Und ließ es wie gestochen auf den Schreibtisch fallen. Ohne es zu berühren, linste er auf das Display. Dieses zeigte »Chef« an. Melzer ließ es liegen und ging zur Glaswand. Der altmodische Klingelton schlitzte die Stille, während Melzer blicklos vor der Scheibe stand. Er sah etwas anderes, es war wie langfädiges Wurzelwerk im Erdreich, das von einem scharfen Spaten mit wuchtigen Hieben durchtrennt wurde. Jedes Schrillen ein Hieb, unter dem Melzer zusammenzuckte. Es läutete lange. Der letzte Ton brach mittendrin ab, was hieß, dass auf Mailbox umgeschaltet wurde.

Melzer schlich zu dem stummen Gerät. Eine große Erleichterung durchrieselte ihn: er war frei. Plötzlich fühlte er, dass er das Handy eher am Boden zerstampft hätte, als den Anruf anzunehmen. Doch das war gar nicht mehr nötig. Vorsichtig schaltete er es gänzlich aus. Damit war Schluss ...

Die Endgültigkeit ballte sich in ihm zusammen und machte ihn regelrecht benommen. Melzer schwankte und konnte plötzlich kaum mehr die Augen aufhalten.

Er hatte gestern Nacht ausgiebig geschlafen. Doch diese Müdigkeit war überwältigend. Drüben stand die Couch. Ein kurzes Zögern, von wegen Missbrauch eines analytischen Dienstmöbels. Dann tappte er dorthin, schlenkerte seine Mokassins weg und ließ sich darauf fallen. Sein Kopf sank aufs Kissen. Im nächsten Moment war er weg.

Obwohl Herr Stäble längst keinen Kaffee mehr hatte, unterließ er es, nach dem Kellner zu winken. Sowas kam nicht gut, wenn die Kacke am Dampfen war. Gerade hatte sich der Professor bei seiner Frau zurückgemeldet und das mit schlechten Nachrichten, wenn er ihre unverheilverkündende Miene sah.

Frau Stäble beendete das Gespräch und steckte sich nicht mal eine Zigarette an, bevor sie verkündete:

»Der Professor hat es noch mal probiert. Da hatte der Doktor schon sein Handy abgestellt.«

Herr Stäble schabte mit der Gabel eine Tortenspur vom Teller und murmelte:

»Also ist er voll im Bund mit der Sekte. Was sagt der Laberheini dazu?«

Frau Stäble schnaubte wütend.

»Begeistert ist er!«, fauchte sie. »Für den Professor läuft alles nach Plan. Er ist sowieso dagegen, dass wir den Doktor beschatten. Das würde nur die Sektenleute mißtrauisch machen, sagt er.«

»Der spinnt doch. Willst du es wirklich einfach laufenlassen, Traudl?«

»Ich lass mir doch von einem Amateur nicht sagen, was ich tun soll. Wir haben immer noch den Wagen vom Doktor und sein Gepäck im Zimmer. Aber wenn er von der Rückseite ins Hotel kommt? Du mußt den Hinterhof überwachen.«

»Traudl, jetzt übertreibst du aber!«

»Willst du dem Oberst erzählen, dass wir den Doktor endgültig verloren haben? Also tu, was man dir sagt.«

»Auf dem Hof unauffällig bleiben, das ist gar nicht so einfach!«

Frau Stäble verdrehte ungeduldig die Augen.

»Setz dich in den Wagen, hör deine Helene-Fischer-CDs und pass auf!«

Bei diesem Wetter im Büro sitzen zu müssen, war eigentlich eine Strafe, aber nicht für Toni Sperl. Der Hotelier war in Hochstimmung. Er nutzte die Zeit für die Abrechnungen und fühlte sich dabei wie die Spinne im Netz. Seit gestern überschlugen sich die Ereignisse und er war mittendrin. Vorhin hatte er noch selbst in Ludwigs Zimmer dessen bescheidene Tasche gepackt und sie im Hinterhof an Amreis Vater übergeben, der damit in Ludwigs Wagen stieg und davonfuhr.

Das machte schon Laune. Zum Hauptspaß aber wurde es dadurch, wie die mit Blindheit geschlagenen Schleicher vorne am Marktplatz feierlich den Bau bewachten, aus dem der Fuchs längst verschwunden war. In der letzten Stunde hatte Herr Stäble, diese Karikatur des jovialen Schwaben, zweimal Ludwigs Zimmerschlüssel am Brett heimlich gecheckt und Toni, der das über den diskreten Spiegel vom Büro aus verfolgte, wand sich vor Vergnügen.

Toni war schon so lange ein *Ami* von Binabichl, dass er sich nicht mehr erinnern konnte, wann das begonnen hatte. Davor aber war er nicht nur *Ami*, sondern Bruder von Amrei gewesen, unzertrennlich mit ihr seit der ersten Klasse im Pieninger Gymnasium. Bis heute war ihm Amrei ungleich näher als seine beiden auswärts lebenden Schwestern. Als Heranwachsende hatte sie ihr heimliches Außenseitertum noch inniger verbunden: Amrei kam eben aus Binabichl, was offiziell gar nichts zu bedeuten hatte, insgeheim aber doch viele hauchfeine Unterschiede machte. Und Toni war schwul.

Er verehrte Amreis Vater, seitdem er eine Therapie bei ihm gemacht hatte. Für Franz, der ihm geholfen hatte, sich als Schwuler zu finden und im stockkonservativen Piening zu behaupten, hätte Toni vieles getan, für Amrei ohnehin alles. Doch seit seiner Heimkehr nach Piening vor drei Jahren erstreckte sich seine Loyalität immer deutlicher auch auf Binabichl selbst.

Mit seinen dreißig Jahren war Toni viel in der Welt herumgekommen, hatte in Hotelbetrieben auf mehreren Kontinenten, zuletzt in Kapstadt, gearbeitet. Doch auf etwas Ähnliches wie Binabichl war er nirgendwo gestoßen. Das gab es nur in seiner verschnarchten Heimat, der er damals schnellstmöglich in die weite Welt entflohen war. Seine Heimkehr war, nach dem plötzlichen Tod seines Vaters während des großen Umbau des Hotels, nur provisorisch gedacht gewesen. Doch die Unterstützung der Mutter erwies sich dann als nicht nur zeitweilig nötig, das Gastspiel begann, sich zur Dauerperspektive eines Provinzhoteliers zu verfestigen. In diesem plötzlich eng gewordenen Horizont gab die Nähe zu einem Phänomen wie Binabichl

Tonis Leben eine gewisse Tiefe. Und sorgte obendrein immer wieder auch für Spaß und Aufregung, wie jetzt, da er sich als Strippenzieher des Happy Ends für Amreis unglückliche Liebe betätigen durfte.

Im Spiegel sah Toni Herrn Stäble ins Foyer kommen. Diesmal ging es nicht zur Toilette, er bog durch den Hintereingang in den Hof ab. Tonis Herz hüpfte. Er stand auf und beobachtete durch das Hoffenster des Büros. Der Dicke steuerte auf seinen Wagen mit dem Stuttgarter Kennzeichen zu, er ließ den Blick über die anderen Wagen im Hof schweifen... er stutzte... es riß ihn... er ging tatsächlich noch hin und beäugte die Lücke, in der Ludwigs Wagen gestanden war!

Toni gluckste beglückt. Der Dicke machte sich eilig auf den Rückweg. Toni straffte sich. Gleich kam das Stichwort für ihn, in seiner Lieblingsrolle: vornehmer Butler, vollendet höflich pöbelhaften Eindringling abwimmelnd...

Die Thekenklingel erklang. Toni glitt aus dem Büro.

»Herr Stäble! Was kann ich für Sie tun?«

»Nur eine Frage. Ich suche den Doktor, Herrn Melzer.«

Toni zauberte seine Beileidsmiene hervor. »Das tut mir leid. Herr Doktor Melzer ist abgereist. Vor circa einer Stunde hat er ausgecheckt.«

Toni betrachtete das fleischige Gesicht vor sich. Es wurde blaß, auf der Oberlippe erschienen Schweißtropfen. Herr Stäble stammelte: »Abgereist? Gibts ja nicht! Wie hat er... äh, wohin denn?«

»Darüber wurde nichts gesagt. Ist es dringend, Herr Stäble?«

Tonis Gegenüber ruckte unruhig mit den Schultern.

»Naja, dringend... er, er hat mir was geliehen! Einen, einen Führer, einen Wanderführer der Region!«

Das war natürlich gelogen, aber Toni verstand, worum es ging. Der Schleicher wollte Ludwigs Rechnung sehen. Schwungvoll zog er sie aus einer Ablage hervor.

»Vielleicht können Sie ihm ja das Buch nachsenden... hier stehts, Dr. Ludwig Melzer, Max-Planck-Institut.. Soll ich für Sie das Buch an diese Adresse schicken?«

Herr Stäble sackte zusammen. »Ach, so wichtig ist es auch nicht. Dankeschön.«

»Gerne. Schönen Tag noch!«

Toni sah ihm nach, wie er geschlagen zum Eingang schlurfte. Jetzt mußte er seiner Frau die schlimme Nachricht überbringen... Nach den Eindrücken, die Toni vom Wesen dieser ehelichen Verbindung gewonnen hatte, standen dem Dickerchen ein paar böse Minuten bevor. Auf einmal tat Toni der Schleicher ein wenig leid.

Der Dr. Feininger sah auf den schlafenden Melzer hinab, der sich wie ein Embryo zusammengekrümmt hatte. Franz war erleichtert. Als er in die Praxis zurückkam, hatte er sich Sorgen gemacht. Dass Ludwig Zeit bekommen hatte, sich »in Ruhe zu entscheiden«, war umständehalber nicht anders zu machen gewesen. Aber eigentlich war es absurd. Man »entschied« sich nicht, mal eben aus seinem alten Leben zu springen, hinein ein unbekanntes neues. Man verweigerte, meistens schon mehrere Meter vor der Absprungkante. Wenn man schon wie Ludwig bis an die Kante gekommen war, dann sprang man auch.

Insofern hatte der Junge es ganz richtig gemacht. Einfach Wegpennen war noch die beste Reaktion auf die Wartezeit, fand Franz. Ein altes Zitat fiel ihm ein: »Nur schlafend gelangt Odysseus nach Ithaka«... Wer hatte das gesagt? Der Alte Sigmund oder eher C. G. Jung?

Bei Franz war dieser Satz hängengeblieben, da es um seine Lieblingsstelle in der Odyssee ging, so ziemlich die einzige, da er sich als Schüler sonst nicht viel aus ihr gemacht hatte. Aber an der Heimkehr von Odysseus hatte ihm imponiert, dass nach zehn Jahren der qualvollen Irrfahrt der Held seine endgültige Ankunft in der Heimat schlicht verpennt hatte. Schon an Bord des Schiffes, auf dem ihn die »ruderfrohen« Phäaken nach Ithaka brachten, war er auf einem Lager in tiefen Schlaf gesunken. Seine Begleiter trugen ihn mit Leintuch und Decke an Land, betteten ihn am Strand hin und stellten seine Gastgeschenke daneben, während Odysseus unerschütterlich schlief. Dann ruderten die Phäaken diskret, wenn auch ruderfroh davon ...

Die Erinnerung bewegte Franz so sehr, dass er jetzt den Kodex der Zurückhaltung außer Acht ließ. Er stimmte sich in Phase mit Ludwig und fühlte vor: da war heftige Bewegung, krampfartige Verschlingungen von Hoffnung und Angst, sehr viel Angst...

In Ludwigs Geist reagierte etwas auf das fremde Vordringen. Er drehte sich um auf der Couch und lag jetzt entspannter. Sein Atem ging ruhig. Trotzdem zog Franz sich lieber zurück. Es war besser, den Jungen ganz in Ruhe zu lassen.

Da er Amrei versprochen hatte, nur mehr in der Praxis zu rauchen, war das doch einmal eine schöne Gelegenheit. Er nahm sich einen Zigarillo aus der Praxisschachtel und ging auf den Balkon.

Franz gestand sich ein, wie bewegt und aufgeregt er war. Dass ein vierjähriges Unglück enden, ein quälender Missstand sich lösen und ins Lot kommen sollte, das war eine große Sache. Auch für ihn...

Mit Inbrunst zog Franz den würzigen Rauch ein und lehnte sich ans Geländer. Er sah Xari mit Muhackl die Straße herabkommen. Jetzt sah er Franz am Balkon. Sie nickten sich zu und traten in Rapport. Xari war zufrieden, zu hören, dass der alte Golf, den Franz vor der Haustür geparkt hatte, Ludwigs Wagen war. Und erheiterte sich darüber, dass Ludwig tatsächlich schlief.

»Keine schlechte Idee. Und sonst, wie schaut es aus bei ihm?«

»Ich glaube, er packt es. Wahrscheinlich musst du gar nicht raufkommen.«

»Na schön. Dann gehen wir noch in den Park. Der Muhackl braucht einen Baum.«

Franz ging ins Zimmer und fasste den Schläfer sanft am Fuß. *»Ludwig, wach auf.«*

Ludwigs Lider flatterten. Jetzt schlug er die Augen auf. Wieder war Franz ergriffen davon, wie sehr es Aggies Augen waren. Nur blickten sie verschattet und schlafverhangen, nicht blitzeblank wie bei seiner Enkelin.

»Schon wieder zurück?«, murmelte Ludwig.

»Schon ist gut! Du hast fast eine Stunde geschlafen.«

»Und geträumt hab ich!«, murmelte Ludwig und lächelte schmelzend.

»Ah? Was Schönes?«

Ludwig dehnte sich und gähnte herzhaft.

»Sehr schön. Aber seltsam. Ich hab geträumt, dass ich schlafe. Auf einem Boot, das mich nachhause bringt. Dann kamen wir an, aber ich bin nicht aufgewacht. Sie haben mich mit Leintuch und Decke an Land getragen, mich dort hingelegt, meine Geschenke dazugestellt und sind wieder davon gefahren. Und ich seh mir dabei zu, wie ich das alles verschlafe.«

Franz war fast erschrocken über das Ausmaß von Ludwigs Empfänglichkeit, mit der dieser seine eigenen Gedanken aufgenommen hatte. Amreis in der Nacht verabreichter *Schmoiz* müsste eigentlich längst abgeklungen sein. Doch bei Ludwig schien er tatsächlich das Erwachen seiner *Jadwiger*-Seite in Gang gebracht zu haben. Höchste Zeit, dass der Junge ins Dorf kam...

Ludwig setzte sich auf und fragte, wie es jetzt weitergehen würde. Franz teilte ihm mit, dass sein Wagen mit Gepäck abfahrbereit vorm Haus stände. Auch Xari würde schon unten warten.

»Worauf? Dass er mein Gedächtnis löschen muß?«, fragte Ludwig grinsend. Sehr ängstlich klang das nicht. Trotzdem hielt sich Franz ans Protokoll und sagte zurückhaltend:

»Wie gesagt, Ludwig, das hängt ganz allein von dir ab.« Ludwig schnellte von der Couch hoch und lächelte ihn strahlend an.

»Na, wenn das so ist... dann möchte ich jetzt gerne ins Dorf!«

26

Auf alles war Melzer gefaßt gewesen, aber nicht darauf, dass Franz und Xari in Piening blieben. Weil sie nämlich gepflegt zum Italiener essen gehen wollten! - »Ihr lasst mich allein nach Binabichl fahren?« – »Natürlich. Wir sehen uns dann im Dorf, Ludwig.« ...

Melzers Schock über die Kaltschnäuzigkeit seiner Betreuer legte sich auf der Straße nach Binabichl. Spätestens beim Abzweig zur Klinik, wo er geradeaus weiterfuhr. Auf der Anhöhe zur Rechten kamen deren Gebäude in Sicht. Vorgestern hatte er da oben noch sehnsüchtig spekuliert, wo Amreis Dorf wohl lag. Jetzt war er auf dem Weg dorthin, Amrei wartete auf ihn!...

Inzwischen leuchtete es ihm völlig ein, dass er alleine sein musste. Xari und Franz hatten ihn bis an die Kante geführt. Springen musste er schon selbst... Die tiefe, fraglose Entschlossenheit, mit der er in der Praxis aufgewacht war, kam wieder zurück. Melzer gab Gas.

Die Straße führte schnurgerade durch die Ebene auf die Hügel zu. Mit ihren Nadelwäldern bauten sie sich tatsächlich wie eine geschlossene Barriere vor ihm auf. Doch das war die letzte Erinnerung an die historische Unzugänglichkeit, die Melzer auf dem alten Stich noch ins Auge gestochen war. Denn die Straße stieg einfach an und führte in einer Kurve durch eine schmale Senke. Von da an ging sie durch dichten Hochwald, auf und ab in gut ausgebauten Kurven, die sich nicht verengten. Sie wand sich um steile Abhänge, überquerte Tobel und enge Bachschluchten. Nach einem längeren Anstieg kam sie in einer weiten Linkskurve aus dem Wald heraus und Melzer sah, dass er schon da war. Er hielt hinter dem Ortschild »BINABICHL Kreis Piening«. Er war gerade eine Viertelstunde gefahren.

Vor ihm öffnete sich das Tal. Es erschien ihm von seinem leicht erhöhten Standort überraschend breit und tief. Die Bina, die er in den Hügeln verloren hatte, glitzerte in der Sonne. Hier oben war sie eher ein großer Bach als ein Fluss. In mäßigen, offenbar begradigten

Windungen zog sie sich talaufwärts bis zu den Zwillingshügeln, zwischen denen sie hindurchfloss.

Melzer fuhr weiter, vorbei an den Fabrikanlagen des *Bina-Bräu*, wie das Logo an dem turmhohen Quader des Brauhauses besagte. Ein noch höherer Schornstein überragte den fensterlosen Bau. Dahinter lange Hallen, Lagergebäude, ein Fuhrpark mit Firmenlastwagen. Auf der anderen Straßenseite lag eine KFZ-Werkstatt mit einer Tankstelle. Danach wurde die breite Straße deutlich schmaler. Schotterwege gingen von ihr ab, die mit kleinen Brücken über die Bina zu den Einzelhöfen am Osthang des Tales führten.

Kurz vor den Hügelzwillingen gabelte sich die asphaltierte Straße. Ein Abzweig führte über die Bina zum linken Hügel, der niedriger als sein Gegenüber war. Beide Höhenrücken stiegen auf der Längsseite sanft an, nur zum Fluss brachen sie steil ab. Weiter oben sah Melzer eine luftige Fußgängerbrücke, die die Hügel auf halber Höhe verband.

Melzer blieb auf der Straße zum rechten Hügel, bestärkt von einem großen Schild »AGATH-WIRT 150 m«. Es ging erst steil an Bauernhäusern mit terrassierten Obstgärten vorbei. Doch oben wurde es wieder eben. Es ging sogar ein wenig abwärts in eine flache Senke, die den Hügel mit dem westlichen Talhang verband. So kam Melzer in den Ortskern mit engstehenden alten Häusern, die den Dorfplatz einrahmten.

Melzer kam zu seinem immer breiter werdenden Ende und begriff, warum er auf der ganzen Strecke keinen anderen Wagen gesehen hatte. Diese parkten alle hier, viele auch mit auswärtigen Kennzeichen. Er fand noch ein Plätzchen an der Friedhofsmauer und stieg aus. Die Kirche war unscheinbar und klein, der Turm nur ein Stummel mit einer dürftigen Zwiebel. Umso eindrucksvoller war der »Agath-Wirt« auf der anderen Platzseite, ein gravitätisches, zweistöckiges Haus mit Barockfassade und einem großen Biergarten.

Die Tische und Bänke standen leer, auch auf dem ganzen Platz war kein Mensch zu sehen. Das Dorf war wie ausgestorben. Melzer blinzelte in die Sonne, die noch voll über dem Platz stand, und spürte, wie ihm der Schweiß ausbrach. Er flüchtete hinüber in den Biergarten, in den Schatten seiner mächtigen Kastanien.

Die Eingangstür zum Wirtshaus stand offen. Melzer schlich in eine lange dämmrige Diele und öffnete die Tür, über der »Gaststube« stand. Er trat in einen hohen Raum mit altersdunkler Holzdecke, der sich über die ganze Breite des Hauses erstreckte. Mit seinen vielen Fenstern und der in lichten Farben gehaltenen Wandtäfelung, die verblasste Barockmotive zeigte, war er überraschend hell. An den Wänden zogen sich schwere, uralt wirkende Bänke entlang, vor denen wuchtigen Tische standen. Die kleineren Tische und Stühle in der Raummitte waren neueren Datums, ebenso die große Theke. Melzer hörte aus der Durchreiche zur Küche ein Klappern. Jemand pfiff dort vor sich hin. Er räusperte sich.

»Hallo!«

Das Pfeifen brach ab. Eine Baritonstimme rief in breitem Bayerisch: »Ge-schlo-ssen! Mir hamma no zua!«

»Ich hätte nur eine Frage!«, rief Melzer.

»I kumm scho!«

Im Küchengang erschien der Pfeifer. Es war ein dünner, großer Mann Mitte Vierzig, dessen volkstümliches Outfit mit kurzer Lederhose, bestickten Hosenträgern und den Wadlstutzen über den Haferlschuhen perfekt zu seiner bodenständigen Sprechweise passte. Da er aber Inder war oder, bei der fast schwarzen Hautfarbe, vielleicht auch Tamile, war Melzer trotzdem überrascht.

Doch das war nichts gegen die Überraschung seines Gegenübers. Er starrte Melzer wie eine Erscheinung an und es war fast ein Aufschrei, den Melzer in seinem Kopf hörte:

»Ja, Ludwig!«

Er zuckte zusammen. Der Mann war mit zwei Schritten bei ihm, schüttelte heftig seine Hand und sprudelte hervor:

»Mei, du hast es geschafft! Das freut mich ja wahnsinnig! Servus, Ludwig. Ich bin der Ranajith.«

»Servus, Raja-äh«, stotterte Melzer. Ranajith grinste.

»Sag einfach Rani. Also echt, dass du leibhaftig vor mir stehst, Ludwig... dadrauf trinken wir was! Was magst denn?«

»Ähm, eigentlich nichts, Rani. Tut mir leid, ich bin gerade erst angekommen und... sag mal, wo sind denn die ganzen Leute?«

»Hast dich schon gewundert, gell? Die sind alle unten am See, bei der Regatta!«

27

Melzer ließ die Häuser hinter sich, die den Dorfplatz abschlossen. Die Straße wurde wieder schmaler und zog sich weiter in dieser Höhe am Talhang entlang. Ein Wegweiser verriet, dass er in dieser Richtung in zwei Stunden auf den Bramkogel kommen konnte. Doch Melzer folgte einem kleineren, querstehenden Schild mit dem Hinweis »See« und bog auf einen schmalen Steig ab. Dieser führte im Zickzack einen steilen Abhang hinab, zu einem großen, eher länglichen Stauweiher mit einem begehbaren Wehr, das die Bina vor ihrem Eintritt zwischen die Hügeln regulierte. Talaufwärts gab es noch einen kleineren Weiher, der ebenfalls ein Wehr hatte.

»Highway to Hell« hatte Melzer zuvor schon als kurzen Break gehört, als er aus dem Gasthaus gekommen war. Während er zum See hinunterlief, schmetterte die Musik wieder los. Sie brach ab, eine Lautsprecherstimme dröhnte. Melzer sah unten am Ufer ein großes Zelt, das von einer ganzen Herde kleinerer Schirme umringt war. Eine dichte Menschenmenge stand um einen Steg herum, von dem sich jetzt zwei winzige Boote lösten.

Melzer sah, dass sie mit zwei Mann besetzt waren und auffallend tief im Wasser lagen. Spritzend und schäumend krochen sie über den Weiher, auf einen Pfosten zu, der vor dem anderen Ufer aus Wasser ragte. Das Anfeuerungsgeschrei der Zuschauer schlug um in Aufheulen und Gelächter, als das eine Boot sank.

Als Melzer unten am Ufer ankam, machte ein großes Transparent über dem Dach des Festzeltes klar, was Rani vornehm mit »Regatta« umschrieben hatte: hier wurde das »12. Binabichler Sautrog-Rennats« veranstaltet.

Melzer ging den Uferpfad entlang, vorbei an den urtümlichen Holztrögen mit den Handgriffen an beiden Enden, die aufgereiht an der Uferkante lagen und eindrucksvoll zeigten, was sich aus einem historischen Metzgergerät sonst noch alles machen ließ. Zwar war der Wikingerlook mit angeschraubten Drachenprofilen am »Bug« vorherrschend, doch sah Melzer auch einen Schwan als Galionsfigur; bei einem Trog hingen sogar Blumenkästen an den Bordwänden. Entsprechend bunt präsentierte sich das Outfit ihrer Besatzungen. Mit schrillen Perücken, Hornhelmen und wilder Körperbemalung über ihren Badehosen und Bikinis stachen sie auch aus der leicht bekleideten Zuschauermenge heraus.

Melzer kam zu dem ersten Biertisch, an dem eine Gruppe älterer Leute saß, alle mit Blick aufs Wasser. Gerade hatte der erste in der Reihe noch schallend gelacht. Jetzt brach er ab und starrte ihn an. Sein Mund klappte auf. Der Stimmenlärm schwoll gerade wieder an, trotzdem hörte Melzer in seinem Kopf den deutlichen Ausruf:

»Ja, der Ludwig!«

Melzer zuckte zusammen, nickte aber dem Mann tapfer zu. In der Reihe der Sitzenden fuhren vier Köpfe geradezu aufgescheucht zu ihm herum. Ein Pärchen in ihrer Mitte sah weiter gespannt aufs Wasser, wo der überlebende Sautrog nach der Umrundung des Pfostens sich dem Ziel näherte. Obwohl diese beiden sich äußerlich nicht von ihren Tischnachbarn unterschieden, wußte Melzer: das waren Auswärtige. Den anderen Binabichler nickte er zu, murmelte »Servus« und »Grüß Gott«, was im Beifallsgeschrei für die Sieger unterging. Genauso wie die Erwiderungen der Fünf auf der Bank, die grüßend zurücknickten, einer eher reserviert, die anderen mit freundlichem Lächeln. Melzer ging weiter und war froh, sich in der Menge verkriechen zu können, die sich um den Steg drängte.

»Das waren die „Untergeher" aus Piening mit der neuen Bestzeit von sechs Minuten und 25 Sekunden!«, dröhnte der Sprecher. »Dafür will ich einen Extraapplaus hören!«

Die Zuschauer legten sich ins Zeug. »Da-anke!«, schnurrte der Sprecher. »Bitte!«, grölte die Menge.

Der Ansager stand auf einem Podest, das mit Lautsprechern und einem Mischpult armiert war. Er war ein untersetzter, kleiner Mann um die Dreißig in grellem Hawaiihemd über den Shorts, der virtuos zwischen Ansagen und Musik hin und her jonglierte. Die Sonnenbrille und der Bluesbrothers-Hut unterstrich seine Ähnlichkeit mit John Belushi.

»Und jetzt gehen an den Start – die Binabichler »Wasserpfeifen« und die Ermendinger »Wuidsäi«! Lasst die Gladiatoren einziehen!«

Er spielte den Marsch aus Carmen ein. Über die Schulter seines Vordermannes sah Melzer, wie die Besatzungen ihre Tröge zu beiden Seite des Steges ins Wasser ließen und sich vorsichtig in die kippligen Gefährte hinabließen. Es endete damit, dass sowohl die »Wuidsäi« wie auch die »Wasserpfeifen« erstmal absoffen. Im Gelächter und Johlen der Zuschauer wandte sich der Mann vor ihm um und starrte Melzer an wie ein Weltwunder:

»Der Ludwig!«

Eine Viertelstunde später war Melzer mit den Nerven am Ende. Er hatte sich aus dem Gedränge am Steg in das nur halbvolle Zelt geflüchtet und dort in die Schlange eingereiht, die vor der eindrucksvollen Zapfanlage mit dem *Bina-Bräu*-Logo anstand. Er kam mit der älteren Dame hinter ihm ins Gespräch, die über eine freundliche Art und den unschätzbaren Vorzug verfügte, nur eine Touristin zu sein; übrigens auch in Piening logierend, wie sie erzählte. Bei ihr konnte Melzer sich ein wenig erholen. Als seine neue Bekannte hörte, dass er zum ersten Mal in Binabichl sei, begann sie von der ganz besonderen Atmosphäre dieses Dorfes zu schwärmen. Sie selbst würde ja liebend gerne direkt in Binabichl absteigen, aber es gäbe hier ja nichts, keine Pension, nicht mal ein Fremdenzimmer; was einerseits ziemlich merkwürdig, andererseits wohl auch ein Glück sei, weil Binabichl sonst seine Eigenart verlieren und sich in einen Fremdenverkehrsort wie überall verwandeln könnte…

Melzer hörte ihr dankbar zu. Störend war nur, dass er immer wieder gegrüßt wurde. Offenbar war seine Anwesenheit jetzt bei allen hier herum, die aus Binabichl waren. Zu den lautlosen Ausrufen in seinem Kopf, die Melzer durch und durch gegangen waren, kam es zwar nicht mehr. Dafür gab es nun alle Variationen von Fixieren,

Nicken und gemurmeltem »Servus«. Tapfer lächelnd gab Melzer Bescheid, ignorierte das wachsende Erstaunen seiner Gesprächspartnerin und rückte endlich bis zum Ausschank vor.

Der Mann am Zapfhahn war kein Unbekannter. Der vierschrötige Gemeinderat steckte heute in einem umfangreichen T-Shirt mit Firmenemblem und kurzen Lederhosen. Er musterte den schwitzenden Melzer nicht ohne Ironie und tönte herzhaft: »Ja, griaß di, Ludwig! Was magst denn?«

Sein Pompeius-Mündchen zog sich zu einem breiten Grinsen auseinander und Melzer hatte keinen Zweifel mehr daran, dass er tatsächlich den Sohn von Xari vor sich hatte. Es gab offenbar sowas wie familieneigenen Molinaro-Humor.

Er entkam schließlich den indignierten Blicken der Touristin und versuchte, an seine Radlerhalbe geklammert, nickend und lächelnd, herumzuschlendern, ganz zwanglos. Die ganze Zeit fühlte er, wie er eine gestaltlose Heckwelle von Aufmerksamkeit und Erstaunen hinter sich herzog. Das ließ erst nach, als er wie absichtslos dann aus dem Zelt schlenderte und sich draußen endgültig davonmachte.

Auf einem verwaisten Tragl am Uferpfad stellte er das halbleere Glas ab. Schweißgebadet machte er sich auf den Weg zurück ins Dorf.

28

Die Dorfkirche machte nicht viel her, aber der Friedhof, der sie umgab, war sehenswert, vor allem, als Melzer zur Rückseite der Kirche kam. Dort wurde die Anlage geradezu weitläufig. In sanften Terrassen zogen sich die Gräberzeilen, mit schönem Baumbestand durchsetzt, die Hügelkuppe hinab. Das irdische Andenken an ihre Toten schien den Binabichlern jedenfalls wichtiger zu sein als die Vorbereitung auf das Jenseits.

Melzer blieb im Schatten der Kirchenmauer stehen und genoß den Blick über das Tal und auf die Bergketten hinter dem Bramkogel. Die Stille tat gut. Er wurde ruhig. Auch die leise Scham, wie er da vor der geballten Dorfgemeinschaft einfach geflohen war, verlor sich.

Seine Neugier meldete sich zurück. Er hatte schon an mehreren alten Grabsteinen die bekannten Namen Molinaro und Perschagg gelesen. Jetzt fielen ihm die zwei fast mannshohen Steintafeln auf, die in die Kirchenmauer eingelassen waren. In verwittertem Sandstein ausgeführt, wirkten sie älter als die Kirche selbst, waren wahrscheinlich nachträglich dort angebracht. Auf einer erkannte Melzer das undeutliche Relief von drei Frauen, die Hauben trugen. Die Tafel daneben zeigte die Umrisse zweier Männer. In ausgewaschener, altertümlicher Schrift stand über ihren Köpfen »Père Jacques« und »Doctor Molinaro«.

Bei den Frauen entzifferte Melzer die Inschriften »Agatha Wozak«, »Libusa« und »Jadwiga«. Doch an der stark verwitterten Schriftzeile, die den oberen Rand der Tafel zierte, biss er sich die Zähne aus. Nur das erste Wort »Mitfüeln« war zu entschlüsseln.

»Da steht: Mitfühln oder Mitleiden – es gilt eins von beiden«, sagte eine helle Stimme.

Melzer fuhr herum. An der Ecke der Kirchenmauer stand eine Frau mit einer Gießkanne in der Hand. Sie trug eine Gartenschürze und einen großen Strohhut auf den kurzgeschnittenen weißen Haaren.

Kühle blaue Augen musterten Melzer mit einem forschenden Blick.

»Hallo... äh servus«, stotterte er. Ihr Mund verzog sich zu einem kleinen Lächeln. Sie kam heran und reichte ihm die Hand.

»Moin moin, Ludwig! Ich bin Ilse.«

Der Gruß war ungewöhnlich, ihr Händedruck kräftig. Sie hatte auf ihn erst jünger gewirkt. Jetzt schätzte Melzer sie auf Mitte Sechzig, mit dem schmalen, strengen Gesicht, in dem sich zwei bittere Falten bis zu einem wehen Mund abwärtszogen. Doch ihre Stimme, mit der sie sofort die Initiative übernahm, war mädchenhaft hell:

»Na, Ludwig, interessierst du dich für die Dorfgeschichte? Was weißt du denn davon?«

Auch ihre präzise, leicht singende Sprechweise klang so norddeutsch wie zuvor ihre Begrüßung.

»Ganz wenig«, gestand Melzer. »Franz hat mir vom Mitfühln erzählt und vom *Schmoiz*. Und noch was mit Libusern und *Jadwigern*. Mir ist alles noch ziemlich schleierhaft.«

Ein verschmitztes Lächeln erhellte Ilses herbe Züge.

»Wie schön!«, rief sie munter. »Unsere Dorfgeschichte ist nämlich ein Steckenpferd von mir. Nur find ich so gut wie nie einen Interessenten dafür. Also, wenn du willst, Ludwig –«

»Bitte, äh Ilse! Unbedingt!«, beteuerte Melzer.

»Wunderbar. Für den Anfang der Geschichte stehst du genau am richtigen Ort. Begonnen hat es nämlich mit diesen Menschen hier.« Ilse deutete auf die Tafeln vor ihnen. »Diese drei Frauen und zwei Männer haben in Binabichl das Mitfühln begründet, mitten im Dreißigjährigen Krieg.«

Fasziniert hörte Melzer vom Winter des Pestjahres 1635, in dem die Schweden Piening dem Erdboden gleichgemacht hatten. Auf der Flucht vor der streifenden Soldateska war eine Gruppe von »Landstörzern« in die Wälder geflohen und hatte sich dort verirrt. Schließlich waren sie auf ein abgelegenes Bergdorf gestoßen, das von der Pest halb entvölkert war. Die Neuankömmlinge, eine multinationale, vom Leben auf der Flucht zusammengeschweißte Schicksalsgemeinschaft von 12 Menschen, vermischten sich mit den überlebenden Einheimischen und übernahmen die Führung. Draußen vor den Hügeln ging mit endlosen Verheerungen und Seuchen die Welt unter. In der Abgeschlossenheit von Binabichl machten die fünf Gründer die ersten Schritte ins Mitfühln.

Sie waren eine einzigartige Konstellation von Menschen mit unterschiedlichen Fähigkeiten, die sie zu Ketzern und Hexen gestempelt hatten. Sie alle waren vor Folter und Tod geflohen. Der Doctor Molinaro, ein italienischer Alchimist, hatte auf die Flucht einige kostbare Kulturen seiner ekstatischen Pilzdroge gerettet, die ihn beinahe auf den Scheiterhaufen gebracht hätte. Ähnlich wie den französischen Franziskanermönch Pére Jáques, der die unmittelbare Gotteskindschaft des Menschen und die Absage an alle Glaubenssysteme predigte. Die Leitfigur der Gruppe aber war Agatha Wozak aus Böhmen, eine aurasichtige Hebamme und Heilerin, die wie ihre Töchter Libusa und Jadwiga als Hexen verdächtigt worden waren.

Diesen Menschen war es nicht genug, dass sie sich nur in den Schutz von Binabichl gerettet hatten. Wie manche andere Gruppierung in dieser Endzeit wollten sie auf den totalen Bankrott des bisherigen Menschenbilds reagieren und suchten nach Wegen zum »neuen Menschen«. Doch im Gegensatz zu den Baptisten, Quäkern und anderen suchten sie ihn nicht mehr in der Religion. Pére Jáques lehrte sie, dass sie das Göttliche nur in sich selbst finden würden. So ging ihr Weg direkt über die Ich-Entgrenzung, im Selbstversuch mit der bewusstseinsverändernden Droge des Doctor Molinaro, die später *Schmoiz* genannt wurde.

So entstanden die Grundtypen des Mitfühlns, benannt nach den drei Wozak-Frauen, bei denen sich die Gaben zum ersten Mal gezeigt hatten: die Mehrheit der *Jadwiger* mit der Gabe des Empfangens und die selteneren Libuser mit der Gabe des Befehlens. Ein Sonderfall war die Gabe des Sehens, die sich aus Agathe Wozaks angeborener Aurasichtigkeit entwickelt hatte. Die Gabe trat sehr selten und nur bei Frauen auf. Aus dieser kleinen Gruppe gingen, in einer durchlaufenden Nachfolge, immer die *Agath-Mams* hervor. So wie Hanni, die die fünfzehnte *Agath-Mam* seit Agathe war.

»Ach, d a s ist die Hanni?«, staunte Melzer.

»Du hast es doch erlebt mit ihr«, sagte Ilse. »Hanni sieht dich auf einen Schlag, mit allem, was in dir ist. Komm, ich zeig dir noch was.«

Ilse führte ihn einige Schritte weiter zu einer kleineren Gedenktafel in der Mauer. Sie war aus Bronze. Die Schrift war gut lesbar.

In ewigem Gedenken an Kreszenz Molinaro

1776 – 1820

»Kreszenz ist mein Vorbild«, sagte Ilse feierlich. »Sie war die neunte *Agath-Mam* in Binabichl und hat ganz früh begriffen, dass wir uns nicht mehr nur verstecken konnten. Die Säkularisation hatte zwar die Macht der Kirche gebrochen, dafür griff der Staat zunehmend nach uns. Die *Draußenwelt* kam immer näher und wir waren nicht gerüstet, vor allem unsere *Jadwiger.* Also hat Kreszenz damit experimentiert, wie man die Wirkung vom *Schmoiz* gezielt abschwächen könnte. So sind die *Dämpfer* entstanden.«

Melzer fiel das Sterbedatum auf der Tafel auf. »Sie ist nicht sehr alt geworden«, murmelte er. Ilse nickte.

»Weißt du, experimentieren hieß damals immer Selbstversuch. Und ihren letzten hat Kreszenz nicht überlebt. Es war ein langer harter Weg, Ludwig. Heute synthetisieren wir die *Dämpfer* im Dorflabor, die sehen wie normale Pillen aus. Ich zum Beispiel bin reine *Jadwiga*, ich muß sie schon nehmen, wenn ich nur nach Piening fahre.«

Melzer fiel plötzlich die kleine Pillenschachtel ein, die Amrei immer bei sich gehabt hatte.

»Heißt das, Amrei hat in München auch –?«, rief er bestürzt.

»Natürlich. Sie ist zwar mehr *libusisch* als ich. Aber ohne Dämpfer in der Großstadt, das geht überhaupt nicht.«

»Sie hat behauptet, das ist ein Schilddrüsenpräparat«, flüsterte er und dachte an das, was sie bei ihrem Streit über ihre »Pillen« gesagt hatte.

»Irgendwas musste sie ja sagen«, meinte Ilse. Taktvoll fuhr sie fort:

»Jedenfalls sind die Dämpfer, die uns für die Draußenwelt fit gemacht haben, das Verdienst von Kreszenz.«

»Und deshalb ist sie dein Vorbild?«, ließ Melzer sich dann ablenken.

»Das auch. Aber eigentlich weil sie Biochemikerin war, genau wie ihr Vorfahr, der Doctor Molinaro. Und wie ich.«

»Echt? Ich hab dich für eine Lehrerin gehalten,« entfuhr es Melzer.

»Ist nur meine lehrhafte Art«, sagte Ilse mit überraschender Selbstironie. »Vom Beruf bin ich Biochemikerin. In meinem früheren Leben hatte ich sogar mal nen Job in der Pharmaindustrie.«

»Wo war das?«

»In Bremen, min Schung. Dann haute ich ab, ging für ein paar Jahre nach Indien und danach blieb ich in Binabichl hängen. Das ist über 30 Jahre her.«

»Ach, du warst auch Außenseiterin wie Franz?«, vergewisserte sich Melzer erfreut.

»Genau. Franz kam mit der kleinen Amrei kurz nach mir ins Dorf.«

»Franz sagt, dass Not und Liebe einen nach Binabichl bringen«, tastete Melzer vor. »War das bei dir auch so?«

Ilses herbes Gesicht wurde weich. »Bei mir war die Not eher diffus«, sagte sie, »dafür war die Liebe umso stärker. So wie bei dir, Ludwig.«

Melzer fühlte, wie er knallrot wurde. »Wirklich?.... Erzähl bitte!«

Ilse schüttelte den Kopf. »Das ist eine eigene Geschichte«, sagte sie streng. »Jetzt gehts um Biochemie. Und die ist heute noch mein Beruf. Bis zur Rente habe ich im *Bina-Bräu* gearbeitet und bin immer noch in unserem Labor zugange.«

»Wo der *Schmoiz* hergestellt wird? Wo ist das denn?«

»Da drüben.«

Sie deutete zum Bramkogel hinüber. Melzer konnte an seinem steilen Abhang zum Tal nur ein paar alte Stadel ausmachen, doch hatte er eine dringlichere Frage.

»Ilse, sag mir bitte, was ist der *Schmoiz* eigentlich?«

»Oh oh, Ludwig, gleich die Kardinalfrage!«, sagte Ilse amüsiert. »Unsere eigenen Namen helfen dir ja nichts... Ich probiers mal andersrum: die Lysergsäure, die im Getreidepilz Mutterkorn vorkommt, die sagt dir was? Und dass Albert Hofmann daraus 1943 das LSD synthetisiert hat?«

Melzer nickte beflissen und Ilse fuhr in dozierendem Ton fort: »Dabei ist wichtig, dass Hofmann natürlich mit dem Mutterkorn von modernem Getreide gearbeitet hat, das über die Jahrhunderte immer weitergezüchtet worden war. Diese Verbesserungen haben natürlich auch seinen Parasiten verändert. Der *Schmoiz* stammt aber vom Mutterkorn zur Zeit von Doctor Molinaro. Das Getreide war damals weniger robust, viel anfälliger gegen den Pilz, der entsprechend stärker war, mit dem heutigen Mutterkorn nicht zu vergleichen. Damals konnte er sich seuchenartig über ganze Landstriche ausbreiten. Man nannte ihn »Muttergottesbrand«, »Misericordia-Korn« oder »St.-Petri-Schnee«.«

Ilse brachte diese poetischen Namen mit sichtlichem Genuss vor. Mit glänzenden Augen sprach sie über Molinaros Überzeugung, dass diese durch Europa wandernden Getreideseuchen im Mittelalter die Auslöser einiger ekstatischer Glaubensbewegungen gewesen wären. Die Pilzdroge, die Molinaro noch als Hofalchimist der Katholischen Allianz entwickelt hatte, sollte ursprünglich für die Massenbekehrung verstockter Protestanten eingesetzt werden.

»Entschuldige, aber können wir erstmal nur beim *Schmoiz* bleiben?«, unterbrach Melzer, dem der Kopf zu schwirren begann. »Er ist also sowas wie der Vorläufer des LSD, hat aber ganz andere Wirkungen, richtig?«

»Richtig, Ludwig«, sagte Ilse mit leisem Lächeln. »Die Wirkung ist nicht nur vorübergehend wie bei LSD. Bei entsprechend hoher Dosierung evoziert der *Schmoiz* die bleibenden Eigenschaften, die das Mitfühln tragen. Noch wichtiger aber: er löst keine Egotrips aus wie LSD. Der *Schmoiz* wirkt nicht dissoziativ, er verbindet. Er öffnet dich in die Gemeinschaft, zum Einssein mit den anderen. Das wirst du in der *Amori* erleben.«

»Ist das die Initiation, von der Franz gesprochen hat?«

»Die *Inizio* ist nochmal was anderes. *Amoris* sind sowas wie Liebesfeiern, die du in der Gemeinschaft begehst.«

»Du hast vorhin vom Göttlichen gesprochen ... sind die, äh, religiös?«, fragte Melzer unbehaglich. Ilse musterte ihn amüsiert.

»Keine Bange, Ludwig. Die *Amori*s sind kein Gottesdienst. Es geht dabei nur um Liebe, für uns die einzig erfahrbare Präsenz des Göttlichen.«

»Liebe in welcher Hinsicht?«

»In jeder, Ludwig. Körperlich, geistig, seelisch. Du hast doch mit den Mahdegg-Jugendlichen gesprochen. Die armen Kinder haben eine wilde *Amori* erlebt, ohne Vorbereitung und Führung. Deshalb ging ja auch soviel schief dabei.«

»Der Schmaischwammerl, den sie eingenommen haben, hat also mit dem *Schmoiz* zu tun?«

»Oh ja. Leider. Im 19. Jahrhundert haben wir den *Schmoiz* mit einem Waldpilz gekreuzt. Das stellte sich aber als Irrweg heraus.«

Melzer hörte, dass sich damals die neue Kreuzung in den Wäldern unkontrolliert ausgebreitet hatte und bis heute nicht völlig auszurotten war. Manchmal war der Schmaischwammerl für Jahre verschwunden. Dann tauchte er unerwartet wieder auf, vor allem um den Bramkogel herum, wo Hannes ihn gefunden hatte.

»Pilze sind unglaublich geheimnisvoll!«, rief Ilse begeistert. »Seit dreißig Jahre arbeite ich mit ihnen. Wir können den *Schmoiz* längst synthetisieren, aber was wissen wir wirklich über ihn?«

Es war eine rhetorische Frage. Melzer nahm das zum Anlass, das Thema zu wechseln.

»Und was wurde eigentlich aus dem Neuen Menschen?«

«Vergiss es«, war ihre lakonische Antwort. »Das war nur der Ansatz von Agatha und den anderen. Das war zeitbedingt und führte immerhin zum Mitfühln. Inzwischen ist aber raus, es macht keine besseren Menschen aus uns. Es bringt uns nur dazu, dass wir uns besser benehmen.«

»Find ich erleichternd, ehrlich gesagt«, meinte Melzer.

Ilse hörte nicht zu. Ihre Miene hatte sich verdüstert.

»Manchmal klappt das aber auch nicht«, sagte sie hart. Die tragischen Falten in ihrem Gesicht vertieften sich.

»Wie meinst du das?«

Ilse zögerte. »Naja, du musst es ja doch wissen«, seufzte sie. »Komm mit, Ludwig!«

Melzer stellte die Gießkanne, die er für Ilse getragen hatte, am Rand des Grabes ab. An dem Blumenschmuck des Beetes wurde offenbar gerade gearbeitet, eine Gartenschaufel lag neben frisch eingegrabenen Blumenstöcken. Der Grabstein aus schwarzem Marmor war uralt und mit »Familie Wozak« überschrieben. Die Daten der Verstorbenen darunter reichten zurück bis 1850, eine lange Reihe, die unten mit der Inschrift endete: Simon Wozak / Geliebter Ehemann und Vater.

»Das ist mein Simon. Wegen ihm kam ich damals nach Binabichl«, sagte Ilse leise, die neben ihm stand.

Ilse hatte also direkt in eine Gründerfamilie eingeheiratet... Melzer sah, dass der Todestag gerade fünf Jahre her war. Dann entdeckte er eine noch viel neuer wirkende Applikation am Sockel des Grabsteins, ein aufgeschlagenes Buch aus Porzellan. Auf der rechten Seite stand Innig geliebter Sohn Valentin Wozak, links das Geburts- und das Todesdatum. Melzer realisierte, dass letzteres kaum ein halbes Jahr her war. Erschrocken sah er seine Führerin an, die in so kurzem Zeitraum Mann und Kind verloren hatte. Valentin war jünger als er selbst gewesen!

»Ilse, das tut mir so leid«, flüsterte er. »War es ein Unfall?«

Ilse schüttelt steif den Kopf. »Suizid. *Verdammt, was mach ich hier? Warum belaste ich ihn damit?*«

»Nein, das ist in Ordnung. Ich find es gut, dass du es mir erzählst«, protestierte Melzer. Ilse starrte ihn überrascht an.

»Du empfängst ja schon!«

»Ich weiß nicht recht, vielleicht ein bisschen«, sagte Melzer verschämt. Ilse schüttelte stirnrunzelnd den Kopf.

»Na schön, jetzt hab ich schon damit angefangen. Du wirst noch viel über Valentin hören, aber mir ist es ganz recht, wenn du das Erste von mir erfährst«, meinte Ilse und straffte sich.

Nach einer Pause sagte sie, langsam und präzise artikulierend:

»Mein Sohn beging den schlimmsten Verrat, den es für uns gibt. Er hat das *Geheimnis* gefährdet, weil er den *Schmoiz* an Außenseiter weitergegeben hat. Und ich habe ihm dabei geholfen.«

So beherrscht sie sprach, ihre Miene verzerrte sich dabei immer mehr. Ilse schwieg, trotzdem hörte Melzer im Kopf ihren verzweifelten Klageschrei: *»Ich habe alles verraten, was mir heilig ist, und hab ihn trotzdem verloren!«*

Melzer sah sie erschüttert an. Ilse liefen die Tränen übers Gesicht, still, ohne Schluchzen. Impulsiv streckte er die Hand nach ihr aus, doch sie schüttelte den Kopf. Während die Tränen unaufhaltsam flossen, flüsterte sie:

»Schon gut, Ludwig. Ich muss jetzt doch allein sein.«

Melzer nickte und ging. Er war schon an der Gittertür in der Friedhofsmauer, als er hörte: *»Ludwig!«*

Ilse stand am Grab und blickte ihm hinterher.

»Na, und wie du schon empfängst!... Ludwig, ich bin froh, dass du es geschafft hast! Sowas brauchen wir, nach all dem Unglück. Dass bei uns wieder etwas gelingt!«

29

Es war ein altes Haus mit breiter, behäbiger Front, ähnlich wie die anderen Häusern, die den unteren Teil des Marktplatzes umrahmten. Ein Schild »Elektro Sonnleitner« ragte über dem Eingang hervor, daneben ein schmales Schaufenster mit Haushaltsgeräten. Melzer fand den Laden daneben interessanter.

Über der großen Markise stand auf hellem Putz der altmodische Schriftzug »Viktualien Sonnleitner«. Daneben war ein modernes Postschild. Unter der Markise standen leere Gemüsestellagen und gestapelte Stühle für drei Cafétische. Melzer trat an die großen Schaufenster. Das eine war mit Gartengerät und Spielzeug dekoriert. Das andere prangte mit kunstvollen Gläserpyramiden mit Honig und Eingemachtem, Arrangements von Dauerwürsten und Flaschen und antiken Blechschildern im Stil der Fünfziger Jahre, die für *Bina-Bräu* Reklame machten.

An der gläsernen Eingangstür verhinderten angeklebte Aushänge den Blick nach drinnen. Der Laden wirkte eindeutig geschlossen, trotzdem probierte Melzer die Klinke.

Die Tür ging auf. Melzer sah sich um. Nichts rührte sich, der Platz war immer noch völlig verlassen. Vorsichtig öffnete er die Tür weiter, eine Glocke oben am Türrahmen kratzte schwach. Er trat ein und empfing einen Geruch, der ihm wie ein komplexer Akkord in die Nase stieg und unklare Kindheitserinnerungen auslöste. Altmodische Vorratsregale mit Stehleitern reichten bis unter die Gewölbedecke. Die modernen Theken mit ihren Auslagen und Geräten glänzten blankgeputzt. Drei Stufen führten in die »Eisenwarenabteilung« hinab, einen noch größeren Raum, den lange Regalreihen unterteilten.

Melzer fand, er sollte sich vielleicht doch bemerkbar machen, und rief: »Hallo! Grüß Gott!«

»Ich bin hinten!«, hörte er entfernt eine Frauenstimme rufen. Melzer ging ihr nach in einen Durchgang und zu einer offenen Hintertür. Er kam in einen kleinen Innenhof, der nur nach einer Seite mit einer niedrigen Steinmauer offen war. Im Schatten einer Laube aus wildem Wein standen ein Gartentisch, Stühle und eine Bank mit Polstern. Auf ihr saß eine junge Frau, die bei seinem Anblick hochfuhr. Sie schlug sich die Hand vor den Mund. Trotzdem tönte der Aufschrei »Ludwig!« in seinem Kopf, aber das war Melzer inzwischen gewohnt.

Die Frau kam ihm entgegen und rief:

»Du bist da! Gottseidank! Servus Ludwig!«

Sie sah ganz wie eine Vietnamesin aus, klein, zierlich, mit Mandelaugen und niedlichem Näschen. Doch ihre Stimme war überraschend tief und der Druck ihrer schmalen Hand so herzhaft wie ihr Bayerisch.

»Mei, ist das schön! Ich bin die Minh, die Ladnerin hier. Und das ist der Thaddäus.«

Sie hob das schattenspendende Tuch von der Kinderschale, die auf der Bank stand. Melzer betrachtete achtungsvoll den dicken, zart olivfarbenen Buddha in Windelhose, der in hoheitsvollem Schlaf lag.

»Er kriegt Zähne und hat bissl Fieber. Deshalb sind wir nicht am See. Aber hock dich nieder, Ludwig, und trink was!«

Melzer bekam ein Glas Fruchtsaft aus einer Karaffe mit Eiswürfeln. Minh fragte nach seiner Ankunft im Dorf. Melzer erwähnte sein öffentliches Defilee am See, seine Begegnungen mit Ranajith und Ilse. Und merkte, dass sie nicht zuhörte, obwohl sie ihn mit ihren Blicken verschlang.

»Tschuldige, aber ich kanns noch gar nicht glauben«, platzte sie heraus. In die Mandelaugen traten plötzlich Tränen. »Dass du jetzt vor mir sitzt, Ludwig! Mein Gott, war das eine Zitterpartie!«

»Ähm, was meinst du?«

»Was der Schorsch gestern mit dir angestellt hat! Das war ja das Allerletzte«, rief Minh entrüstet. Melzer verstand nichts und schwieg aufnahmebereit.

»Weißt du, ich mag den Schorsch«, sagte sie einlenkend, »er ist eigentlich ein guter Kerl, ein echter Libuser mit Demut. Aber nicht, wenns um die Amrei geht! Mei Ludwig, jetzt verstehst wieder nur Bahnhof, gell? Das muß dir die Amrei erklären. Das ist echt ein Kreuz mit ihrer Geheimnistuerei!«

Melzer beließ es dabei. Und wagte stattdessen, zu fragen, wo Amrei jetzt sei. Minh schnaubte.

»Mit der Aggie beim Baden ist sie. Aber nicht am See, sondern oben in der Bina-Gumpen! Damit du ja nicht beeinflußt wirst von ihr. Sie ist eine derartige Prinzipienreiterin! So um Fünf will sie zurückkommen. Bis dahin mußt du hier halt allein herumharpfen, Ludwig.«

Um Fünf Uhr... Melzer mußte tief Atem holen. Vom »See« wehte Beifallsgeschrei herauf, verstärkt von einem Musiktusch. Dann dröhnte wieder die Stimme des Ansagers. Minh kicherte.

»Plärr doch nicht so!... Das ist mein Hubsi«, erklärte sie, »bei sowas ist er in seinem Element.«

Aus der Schale ertönte leises Quarren. Minh beugte sich darüber. »Gell Schneckerl, hast den Babba gehört?«

Unterm Tuch wurde es wieder ruhig. Melzer erzählte, wie Rani ihm das Sautrog-Rennats als Regatta avisiert hatte.

»Hast du den Rani in vollem Ornat erlebt?«, kicherte Minh. »Zum Schreien, gell, aber er ist halt fanatischer Trachtler. Der Rani leitet unsere Jugendgruppe, die war letztes Jahr Gausieger im Trachtentanz. Du mußt den Rani mal platteln sehen, das ist der Hammer! Wir zwei sind eben die exotischen Farbkleckse.«

Minh erzählte, dass Rani als Waise aus dem Bürgerkrieg in Sri Lanka nach Europa gekommen war. Er war im SOS-Kinderdorf auf der anderen Talseite aufgewachsen. Ähnlich wie Minh selbst, deren Eltern in der DDR noch »Staatsvietnamesen« gewesen waren. Nach deren Tod bei einem Autounfall war die fünfjährige Minh nach Binabichl gekommen. Und hatte sich als Erwachsene, wie viele der SOS-Kinder, fürs Bleiben und das Leben im Mitfühln entschieden.

»Na, und so weiter! Erzähl ich dir ein anderes Mal«, unterbrach sich

Minh und rutschte näher heran. »Wichtig ist, dass du jetzt da bist, Ludwig.«

Sie lächelte ihn an und nahm seine Hand. Sie legte sie an ihre Wange. Sehr weich, seidig glatt... Melzer empfand eine Wärme, die, gemessen an Minhs lebhafter Art, überraschend sanft war. Eine milde Glut, die aus einer tiefen Seelenruhe kam, teilte sich über seine Hand ihm mit. Gerade noch hatte er Herzklopfen gehabt, weil er Amrei in nicht mal zwei Stunden sehen würde. Jetzt wurde er ruhig.

Etwas in ihm löste sich, begann zu fließen. Jetzt den Kopf auf Minhs nackte Schulter legen, die unter dem Spaghettiträger so zart und rund war, das Gesicht in ihrem glänzenden, schwarzen Haar vergraben... Melzer errötete, wollte zurückziehen. Minhs Lächeln vertiefte sich, ihre Augen glänzten. Sie hielt seine Hand an ihrer Wange fest.

»Geh, Ludwig, das macht mich doch glücklich«, murmelte sie, »ich steh ja schon so lang auf dich.«

Sie führte seine Hand an ihre Lippen und gab sie frei. Mit einem Seufzer griff sie nach ihrem Glas und prostete ihm zu. Sie tranken.

»Weißt du, Amrei und ich waren schon im Kindergarten ganz eng« sagte Minh im Gesprächston, »und das ging später immer so weiter. Auch als wir mit den Männern anfingen. Uns haben immer dieselben Typen gefallen. Die Amrei ist auch die *Geschpanin* vom Hubsi. So heißt das bei uns, wenn man sich in der *Amori* verbindet.«

Melzer schluckte. Amrei und der Blues Brother unten am See? An sowas hatte er gar nicht gedacht, als ihm Ilse die *Amoris* erklärt hatte...

Betont sachlich fragte er: »Aber führt das nicht auch zu Spannungen? Es gibt doch immer auch Eifersucht, Verlustängste und Aggressionen.«

»Eben nicht! Gerade dafür sind die *Amori*s ja da«, beteuerte Minh. »Weißt du, mit Unterdrücken und Verdrängen brauchst du im Mitfühln gar nicht anzufangen. In der *Amori* werden diese Spannungen quasi kanalisiert und münden wieder ins Mitfühln zurück. Deshalb hat Amrei ja das Problem mit dem Schorsch. Weil der sich weigert, mit ihr eine *Amori* zu machen!«

Jetzt auch noch Amrei und dieser irritierende Polizist! Was war das, was dieser mit ihm »angestellt« haben sollte?.... Melzers Verwirrung steigerte sich noch, als Minh sich zu ihm beugte. Weich und warm spürte er ihren Kuss auf der Wange.

»Uns beiden wird das nicht passieren. Ludwig. Deine erste Amori machst du mit mir!«

Melzer fühlte, wie die Hitze in ihm hochstieg. »Wirklich, Minh?«, flüsterte er, »Amrei hat da nichts dagegen?«

Minh fuhr zurück.

»Jessas, bist du noch im *Schmoiz*? Du empfängst ja schon!«

Melzer zuckte unsicher die Achseln. Minh begann zu lachen: »Und so warst du bei allen am See? Du Armer, das war ja der Oberstress für dich!«

Melzer gestand, wie schnell er geflohen war. Er kam auf seine Begegnung mit Ilse, schilderte ihre Trauer um Valentin und fragte, worin ihr »Verrat« eigentlich bestanden hätte.

Minh hatte den Kopf über den Tisch gesenkt und zerrieb mit dem Finger die Wasserspuren auf dem Wachstuch.

»Das ist so furchtbar mit der Ilse«, murmelte sie. »Weißt du, dass sie seit x Jahren die Leiterin vom Dorflabor ist? Sie hat soviel für den *Schmoiz* geleistet. Die Ilse ist eine Institution im Dorf. Und da zwingt ihr eigener Sohn als Libuser sie dazu, ihm heimlich den *Schmoiz* herauszugeben und das ganze Dorf anzulügen!«

»Was hat der Valentin eigentlich gewollt?«

»Einen heillosen Schmarrn wollte er!«, schnaubte Minh. »Als er aus Indien zurückkam, hat er ein Riesentrara gemacht, dass man das Mitfühln aus dem Dorf hinausbringen sollte. Raus aus unserem egoistischen Versteck, hat er das genannt. Dass wir es teilen müssten mit den anderen spirituellen Kräften in der Welt und was er noch alles verzapft hat. Für mich war er nur ein überdrehter Libuser, der die

Demut nicht hatte. Und so einer ist richtig gefährlich, Ludwig!«, sagte Minh und sah Melzer beschwörend an.

»Allmählich kann ich mir das vorstellen«, bestätigte er. »Und dann hat Valentin es auf eigene Faust durchgezogen?«

»Er sprach immer von einer Vision, die er in Indien gekriegt hätte. Aber für mich hatte er keine Vision, er hatte nur das Problem, dass er im Dorf nichts Besonderes war. Also ist er abgehaut und hat sich bei den *Hirntauben* draußen zum Häuptling aufgemandelt. Er hat sich in so einer esoterischen Gemeinde als Oberguru aufgespielt und das ging dann auch noch total schief. Der Valentin hat uns alle in Gefahr gebracht, aber das Schlimmste war, was er seiner armen Mutter angetan hat!«

Minh hatte sich in Rage geredet. Wahrscheinlich lag es daran, dass sich unter dem Tuchschatten etwas rührte. Thaddäus wachte auf und begann zu weinen. Minh hob ihn aus der Schale und nahm ihn auf den Arm. Es half wenig gegen die schlechte Laune ihres Sohnes.

Melzer verfolgte beeindruckt, wie sich dieser majestätische Buddha binnen Sekunden in ein brüllendes Kleinkind verwandelte. Minh befand, dass Thaddäus Hunger hatte und sein Fläschchen brauchte. Sie drehte ihn herum und roch an seinem Hintern.

»Boh, eine neue Windel braucht er auch!«

30

Auf ihrem Weg um die Ostflanke des Bramkogels herum hatte die Bina einige Felsverblockungen und steile Abstürze zu überwinden, ehe sie den Talboden erreichte. Wenn es früh im Jahr war, vor allem nach der Schneeschmelze, schäumte sie über diese Hindernisse nur so hinweg. Anfang Juli war das ganz anders. Die Bina war zum Bächlein geschrumpft und ergoss sich an einem dieser Abstürze mit sittsamem Plätschern in eine Gumpe. Diese schimmerte wunderschön türkis, ihr auch bei größter Hitze kühles Wasser war an der tiefsten Stelle gerade hüfthoch und am »Ufer« waren sogar ein paar Meter Strand aus feinstem Schwemmsand geboten.

Es war ein idealer Badeplatz für Kinder, die noch nicht schwimmen können, der Lieblingsort von Amrei in ihrer Kindheit und mittlerweile auch für ihre Tochter. Amrei hatte heute keine Probleme gehabt, Aggie und ihren Busenfreund Rudi hierher zu lotsen und damit dem anstehenden Großereignis des Sautrog-Rennats auszuweichen. Für die Kleinen wäre der unübersichtliche Rummel am Dorfsee mit dessen steilen Ufern ohnehin nicht das Richtige gewesen.

Damit entschuldigte Amrei bei sich, dass sie selbst auf keinen Fall anwesend sein wollte, wenn Ludwig *im Dorf* ankam. Die Möglichkeit, ihn vielleicht unter aller Augen (und sämtlichen *mitfühlenden* Ohren) begrüßen zu müssen, machte ihr Alpdrücken.

Sie lag im Schatten eines Felsen auf der Decke und sah den Kindern zu, die mit Feuereifer einen großen Ast zum Abfloss der Gumpe schleppten, um ihn abzusperren. Beide trugen nur ihre Kappen und Sonnencreme, ihre nackten Körper glänzten in der Sonne. Sie waren so braun, fest und knackig, dass Amrei unwillkürlich ihren eigenen blassen Körper im Bikini als ein weiches, schattiges Geheimnis empfand.

Das war einer der Momente, wo der Glutherd der Vornacht, den sie tief in sich unter Verschluss hielt, plötzlich eine heiße Welle aussandte. Ihr Herz setzte einen Schlag aus und sie mußte zittrig Atem holen.

Ansonsten versuchte sie, so wenig wie möglich daran zu denken, wie sie mit Ludwig in die Sonne geflogen war. Sie war danach früher ins Bewußtsein zurückgekehrt, hatte sich gelöst von Ludwig, der noch in tiefer Absenz lag, war in die Kleider gefahren und verschwunden. Auch heute wollte sie nicht, dass sich das in ihr ausbreitete, sie wollte es an einem Punkt in sich geschlossen halten. Warum eigentlich?

Sie merkte, dass es ihr wohl um eine Art von Gleichstand mit Ludwig ging. Sie wollte keinen Wissensvorsprung vor ihm haben, sie wollte ihm nicht überlegen sein und so ahmte sie sogar seine blockierte Erinnerung nach...

Daran wurde aber klar, dass sie über die Frage, wie sich Ludwig entscheiden würde, eigentlich schon hinaus war. Egal, wie erfolgreich der Babb bei seiner Aufklärungsmission war, für sie selbst war es schon entschieden: Ludwig sollte und musste ins Dorf kommen. Es war für sie geradezu unvorstellbar, dass er es vielleicht nicht tun würde.

Das bedeutete, sie war wieder völlig abhängig davon, dass er einwilligte. Seine Weigerung, auch wenn sie diesmal viel unwahrscheinlicher war, würde sie wieder so schutzlos treffen wie vor vier Jahren.

Amrei dachte das unaufgeregt, eher träumerisch, getragen von einer zuversichtlichen Ergebenheit, die sie selbst erstaunte. Lag es daran, dass sich der Babb Ludwigs angenommen hatte? Weil, wenn ihr Vater an etwas beteiligt war, das für sie die Garantie von Gelingen bedeutete?

Ganz schwach wehten Geräusche aus dem Tal hier herauf. Amrei hörte Fetzen von Musik und das Schreien einer großen Menschenmenge, die ihr sagten, dass das Rennats noch in vollem Gange war. Ob Ludwig gerade dort am See war?

Sie erhob sich und stieg den kleinen Felsenabsatz hinauf, unter dem sie lag. Von hier ging der Blick weiter ins Tal hinab, man sah zwar nicht den Dorfsee, aber zu den Hügeln hinüber. Amrei schloss die Augen und versuchte Minh zu erreichen. Allein, ohne Hanni, war sie natürlich nicht imstande, die reguläre Hut zu aktivieren, aber Minh und sie hatten ihre eigenen Verbindungsmöglichkeiten. Nach kurzer Zeit glaubte Amrei tatsächlich eine Reaktion von Minh in ihrem Geist zu spüren, schwach und undeutlich, trotzdem unmissverständlich.

»Er ist da... komm!«

31

Melzer sah den Wegweiser »Schule« an der Hauswand und bog in die Seitenstraße, die vom Dorfplatz abging. Sie führte mit einer Kurve auf ein Gebäude zu, das auf den ersten Blick klarmachte, dass man in Binabichl die Schule viel wichtiger nahm als die Dorfkirche. Diese hätte leicht zweimal in diesen stattlichen Bau aus der Gründerzeit gepasst. Die Reihen der großen Fenster im Erdgeschoß lockerten den wuchtigen Gesamteindruck auf. Eine moderne Turnhalle begrenzte den Schulhof auf der einen Seite. Nach Westen gab es einen großen Spielplatz mit allen Schikanen.

Melzer stand an dem Gittertor der niedrigen Steinmauer, die den Hof umschloss. Mit Herzklopfen sah er auf die zwei Briefkästen am Torpfosten mit den Aufschriften »Grundschule« und daneben »A. Feininger«. Ihm fiel ein, was Amrei einmal erzählt hatte, dass bei ihnen der Lehrer über den Schulräumen wohnen würde. Er hatte das ziemlich archaisch gefunden... Hinter diesen Fenstern im ersten Stock lebte sie also, wenn sie nicht unten arbeitete.

Jemand trat aus dem Schatten des Kletterturmes am Spielplatz. Gegen die Sonne konnte ihn Melzer zunächst nicht erkennen. Im Näherkommen entpuppte er sich als Perschagg. Melzer spürte tatsächlich etwas wie Panik. Am liebsten wäre er weggerannt. Doch Perschagg rief schon aus der Entfernung:

»Ja, der Herr Melzer! Ich grüße Sie!«

Breit lächelnd kam er heran. »Sie in Binabichl! Wer hätte das gedacht? Und natürlich gleich zur Schule, gell, wie die Maus zum Speck!«

Er trat durchs Tor und streckte die Handschaufel aus. Melzer blieb nichts übrig, als sie zu schütteln. Er brachte kein Wort heraus, nicht mal ein Murmeln. Das lag an der Stimme, die leise und schneidend in seinem Kopf sagte:

»So, Ludwig, du bist jetzt einfach ruhig!«

Perschagg musterte ihn lächelnd mit einem Blick, der alles andere als schläfrig war.

In freundlichem Plauderton sagte er: »Wenn Sie schon mal hier sind, dann muss ich Ihnen was zeigen. Kommen Sie, Herr Melzer.«

Er machte eine einladende Geste. Melzer wollte nicht. Die Stimme sagte so scharf, dass es schmerzte:

»Tu, was man dir sagt, Ludwig!«

Perschagg ging locker und schlaksig voraus. Melzer folgte ihm. Auf der kurzen Straße zum Dorfplatz schloss er zu ihm auf.

»Genau so, sehr gut!«

Perschagg sagte hin und wieder etwas zu ihm, das Melzer nicht verstand. Seine Ohren rauschten, in seinem Kopf war nur ein Dröhnen und die zitternde Angst vor der Stimme.

Der Dorfplatz lag verwaist wie zuvor. Sie gingen locker nebeneinander zu den Parkplätzen hinauf. Melzer begriff verzweifelt, wie einträchtig das wirken musste.

Im vorderen Teil des Biergartens erschien ein dunkler Mann in Tracht, der einen Stapel Tischdecken trug. Ranajith deckte für den Abendbetrieb ein. In Melzer formte sich ein Hilfeschrei, doch aus seinem Mund kam kein Laut.

Immerhin ließ Rani die Decken sinken und sah zu ihnen hinüber. Perschagg winkte ihm lässig zu. Rani grüßte zurück.

»Mach das bloß nicht wieder!«

Sie kamen zu dem Parkplatz von Melzers Wagen. Perschagg blieb stehen, sagte Unverständliches und schüttelte lächelnd Melzers Hand.

»So, Ludwig, du steigst ein und fährst nachhause. Du vergisst alles, was seit gestern war. Du weißt nur, Amrei siehst du nie wieder.«

Gegen die kalte, leise Stimme, die wie ein Skalpell durch sein Bewußtsein schnitt, gab es keinen Widerstand. Doch jetzt wurde sie zu eifrig.

»Du willst nie wieder etwas von Binabichl wissen«, betonte sie und dann wurde ihre Gewalttätigkeit vollends unverhüllt: *»Wenn du den Namen nur hörst, kriegst du Angst vor ... d e m !«*

Der Schmerz war reißend, unerträglich. Irgendjemand schrie, vielleicht war es er selbst, als er zusammenbrach. Melzer sah den Boden auf sein Gesicht zukommen, er hörte aus der Ferne eine sonore Baritonstimme. Sie rief etwas. Doch er versank in Schwärze, die Erlösung war.

32

Etwas kitzelte. Es wanderte sachte von seiner Fußsohle zu seinen Zehen und dort war Melzer ziemlich kitzlig. Er zuckte und wurde wach. Ein Glucksen war zu hören. Melzer hob den Kopf.

Ein kleines Mädchen stand am Fußende der Couch. Mit seinen Patschfingern berührte es vorsichtig seine nackten Zehen. Melzer zuckte erneut, es kicherte.

»He du«, flüsterte er.

Es sah ihn an. Es war vielleicht drei Jahre alt, rundlich und fest. Weißblonde Zöpfchen, die mit seinem brünetten Teint kontrastierten, blanke Beerenaugen voll überquellender Erheiterung über sein Zucken. Lachend rannte es zu der offenen Tür und schrie schrill:

»Mamma! Opa! Der Ludmig is aufgwacht!«

Melzer hörte es davon trappeln. Er fühlte sich sehr matt, aber nicht unwohl. Er stützte den Kopf auf die Couchlehne und sah sich um. Das Zimmer, in dem er lag, war groß und niedrig. Mit der geweißten Balkendecke, schweren Bohlen und vielen kleinen Fenstern an der Rückseite war es eine Mischung aus bäuerlicher Stube und moderner Einrichtung. Zur Flußseite waren die Fenster neu und groß, eine Glastür ging auf eine Terrasse aus Holz. Über die niedrigeren Dächer des Gegenhügels hinweg sah man bis zur anderen Talseite.

Das Trappeln kam zurück. Das Mädchen schoss ins Zimmer. Hinter ihm kam jemand, dessen Anblick in Melzer eine Welle der Erleichterung auslöste.

»Franz! Das ist schön!«

Franz ergriff Melzers ausgestreckte Hand und setzte sich zu ihm auf die Couch. Er wirkte müde und besorgt.

»Willkommen im Dorf, Ludwig«, sagte er leise, »trotz allem! Es tut uns so leid. Mir, dem Xari, uns allen. Das war nicht gemeint mit »ins kalte Wasser springen«. Den Schorsch hatten wir nicht auf der Rechnung. Wie fühlst du dich?«

»Ganz gut. Nur ziemlich klapprig. Da war etwas... Furchtbares. Mit dem Perschagg. Er... ich weiß es nicht mehr!«, sagte Melzer erstaunt. Franz tätschelte seine Hand.

»Sehr gut. Lass es dabei. Wir haben alle zusammengeholfen, um es rückgängig zu machen. Die Hanni und auch der Schorsch. Dieser Idiot! Er hat nicht gewußt, wie sehr du schon auf der Jadwiger-Seite bist. Jedenfalls ist der Befehl aufgehoben. Aber du spürst halt noch den Schock.«

Er legte Melzer leicht die Hand auf die Stirn. Das Mädchen hing mit blitzenden braunen Augen an Melzer. Ungeduldig fragte es:

»Wann steht er endlich auf, der Ludmig?«

»Noch gar nicht«, beschied Franz ihm. »Vielleicht nachher zum Essen. Jetzt lassen wir den Ludwig in Ruh und du hilfst mir beim Kochen. Du darfst die Karotten schneiden.«

»In echt, mit dem Messer?«, rief das Mädchen strahlend. Franz nickte feierlich.

»Dann komm aber, Opa!«

Sie rannte hinaus. Franz zwinkerte Melzer zu.

»Und das ist unsere Aggie!«

»Ach, Aggie«, flüsterte Melzer.

»Kommt von Agathe... sie ist übrigens Drittens«, bemerkte Franz beiläufig und stand auf. Er ging zur Tür.

»Was meinst du?«

Franz drehte sich mit einem listigem Lächeln zu ihm.

»Der dritte Grund, warum du hierher gehörst, Ludwig.«

Er ging hinaus. Melzer lauschte seinen Schritten und grübelte, was damit wohl wieder gemeint war. In seinem verlangsamten Zustand fand er es rätselhaft.

Durch die offene Tür kam noch jemand. Sie schob sich ins Zimmer und blieb zögernd stehen.

»He, Ludwig«, sagte sie leise.

Melzer starrte sie an. Sie trug ein leichtes Sommerkleid und Sandalen, das blonde Haar war, offenbar vom Baden, hochgesteckt. Die

Augen waren gerötet, mit einer leichten Schwellung der Lider. Das kannte er von früher, wenn sie müde gewesen war.

Melzer fand sie schön. Eine schöne, große Frau stand im Zimmer und sah ihn müde an, müde und unsicher. Melzer fühlte nur, wie fremd sie war. So einschüchternd fremd, dass es ihm peinlich war, liegenzubleiben. Er wollte sich hochrappeln. Sie winkte inständig.

»Bleib bloß liegen!« Sie lächelte vorsichtig. »Bleib liegen – das hab ich schon gestern Nacht zu dir gesagt, weißt du noch?«

Melzer sah sie verständnislos an.

»Klar, weißt du nicht«, murmelte sie. Sie kam heran und blieb vor der Couch stehen. Mit einem gewissen Nachdruck sagte sie:

»Okay, Ludwig. Gestern Nacht hab ich zu dir gesagt, wenn du mich liebst, vergiss es ... Jetzt sag ich dir, bitte erinnere dich daran!«

Melzer verstand zwar kein Wort. Doch plötzlich war da ein Bild in seinem Kopf. Er sah, wie Amrei nackt hinter der Badecke hervorkam. Ihr schimmernder Körper, als sie am Bett saß und über ihn etwas versprühte. Die unglaubliche Welle, in der sie über ihn kam ...

Er sank zurück. Die Bilder, die in sein Bewusstsein explodierten, ließen ihn zucken und sich krümmen. Sie setzte sich zu ihm und wartete, bis sein Atem ruhiger wurde. Melzer lag still und sah sie, wie erwachend, an.

»Amrei«, flüsterte er.

»Ja, Liebster.«

»Amrei.«

»Ja.... sag bitte noch was.«

»Was denn? Ähm, glaubst du, ich werde mich nochmal von meinem Staunen erholen?«

Sie griff nach seinen Händen, die er noch am Bauch zusammenpresste. Dabei stieß ihr Ellbogen an die Erektion, die seine Hose ausbeulte. Er hörte einen amüsierten Kehllaut.

»Na, e r hat sich ja schon erholt. Und alles andere, das geht schnell, Ludwig.«

Sie erkundete seine Hand mit ihren Fingern. Verzaubert murmelte er: »Und Aggie ist wirklich...?«

»Oh ja. Deine Tochter. Ich hab damals keinen Ausweg gesehen. Ich mußte die *Dämpfer* absetzen, sofort und weg aus der Stadt. Und überhaupt, mein blöder Stolz. Landpomeranze fängt unwilligen Geliebten mit Schwangerschaft ein... das hab ich einfach nicht gebracht. Es tut mir leid.«

Sie schnitt eine kleine Grimasse. »Das werde ich in der nächsten Zeit noch öfter sagen müssen. Wie leid es mir tut. Was ich dir alles angetan habe...«

»Und ich dir! Wenn ich nur dran denke –«

Sie sah bestürzt, wie sich sein Gesicht verzerrte.

»Ja, Ludwig?«

Jetzt begann es, ihn zu schütteln, er hielt sich die Hand vor den Mund. Amrei murmelte besänftigend:

»Ach, mein Liebster. Lass es einfach raus.«

Melzer schüttelte sich und winkte ab. Es war kein Schluchzen. Ihn beutelte ein krampfartiges Gelächter, das er verzweifelt zu unterdrücken suchte.

»Was ist denn?«, rief Amrei, »jetzt sag schon.«

»Nein... zu blöd!«, japste Melzer und wand sich winselnd.

»Lass mich mitlachen, Ludwig!«, forderte Amrei lächelnd. Melzer schüttelte den Kopf und winselte. Plötzlich spürte er den *Modus*. Sie nahm Kontakt auf, sie fühlte vor. Und ihr Lächeln verschwand: *»Spinnst du?«*

»Was ist das für ein Ausdruck? Du hast mich nicht d e r a r t i g geschwängert!«, rief sie empört. Melzer war ertappt. Und plötzlich war es ihm auch egal.

»Zum Glück!«, schrie er, »sonst hättest du ahaaa... hättest du... hättest du ja Zwillinge gekriegt! Haaa-aa...«

Er brüllte vor Lachen, er japste, er wälzte sich und trompetete. So hätte das durchaus auch vom Taschner-Babba kommen können.

33

Buhlmann hatte früher die Telefonate mit dem Oberst immer als aufregend und romantisch erlebt. Damals waren sie aber auch sehr selten gewesen. Dass er nun aber jeden Abend mit ihm zu telefonieren hatte, das schlug sich allmählich auf die gute Laune des Professors.

Sein unerschütterlicher Optimismus war dadurch nur bestätigt worden, dass der Melzerich am Sonntag spurlos aus Piening verschwunden war. Auch dass er sich jetzt schon seit drei Tagen nicht mehr bei ihm gemeldet hatte, fand Buhlmann überhaupt nicht beunruhigend. Im Gegenteil. Für ihn war es das hoffnungsvolle Signal, dass sich sein Assistent tatsächlich in Binabichl festgesetzt hatte. Das einzige Problem war, wie man das einem professionellen Schwarzseher wie dem Oberst begreiflich machen sollte.

Auch an diesem Mittwochabend hatte Buhlmann wie gewohnt auf dem Heimweg vom Institut auf dem Autobahnparkplatz geparkt. Er saß wie gewohnt (und mit dem wachsenden Gefühl von schlechter Gewohnheit), das Handy am Ohr, im Wagen und versuchte, den alten Miesmacher davon zu überzeugen, dass alles nach Plan lief.

Bewegt sprach der Professor von Melzers erstem Liebesrausch mit seiner Angebeteten, von der Kontrolle durch die sicher noch misstrauischen Einheimischen, von dem jedes Handy mattsetzenden Funkloch in diesem Kaff...

... »um Himmelswillen, Oberst, wie soll Melzer es jetzt schon schaffen, mich heimlich anzurufen?«

»Und wenn er das gar nicht will?«, fragte die trockene Stimme.

»Wie nicht will?«

»Der Mann ist mit der Frau zusammen, die er liebt. Die Sekte findet er in Ordnung, sonst hätte er sich nicht auf sie eingelassen. Was ist, wenn er am Ziel seiner Wünsche ist?«

Buhlmann erlebte einen ungewohnten Moment der Sprachlosigkeit.

»Tristan ruft nicht an, weil Tristan glücklich ist«, feilte die Stimme weiter.

»Absurd!«, dröhnte Buhlmann. Die Entrüstung ließ ihn seinen Pianozwang vergessen. »Melzer ist Wissenschaftler! Er brennt vor Ehrgeiz. Mit so einer sensationellen Entdeckung vor seiner Nase kann er gar nicht anders. Da ist er wie ich!«

»Bitte leiser, ja!«, monierte die Stimme unbeeindruckt. »Als Wissenschaftler kann ich Sie nicht beurteilen, Professor. Aber mir wird immer klarer, als Psychologe sind Sie eine Niete.«

»Wie bitte?« Buhlmann zügelte sich und raunte: »Natürlich ist Melzer jung, verliebt und so weiter. Aber irgendwann schlägt der Wissenschaftler bei ihm durch. Da können Sie Gift drauf nehmen!«

»Lieber nicht. Sie gehen nur von sich selbst aus, Professor. Aber wenn er zufällig nicht so ein eiskaltes Arschloch ist, was dann?«

Nach diesem Gespräch schaffte Professor Buhlmann es nicht mehr, sein Geheimhandy ins Etui zu fingern. Seine Hände zitterten vor Wut. Er hatte den Eklat mit dem Oberst zwar noch vermieden, er hatte sogar die Unverschämtheit hinuntergewürgt, er solle sich ab jetzt nur mehr melden, falls Melzer doch noch von sich hören ließe...

Er stieß die Tür auf und fuhr aus seinem *Z4*, um nicht zu platzen. Armfuchtelnd ruderte er auf dem Parkplatz auf und ab. Da versuchte man den Unterschied zwischen hundsnormalen Gefühlen und dem Impetus des wahren Wissenschaftlers begreiflich zu machen. Und dann kam ihm diese Geheimdienstratte auch noch moralisch! Mit solchen Leuten konnte man doch nicht arbeiten!...

Buhlmann versuchte, sich zu beruhigen. Hatte er das nicht von vornherein gewusst? Die Sollbruchstelle in seinem fragilen Bündnis mit dem Oberst war nur früher als erwartet eingetreten. Unvermeidlich war sie ohnehin, bei ihren höchst gegensätzlichen Vorstellungen, was mit dem Geheimnis von Binabichl anzustellen wäre, wenn man es erst einmal in die Hand bekommen hätte.

Doch das Geschoss des Oberst hatte sich verhakt im Professor. Er hielt sich sehr wohl für einen Menschenkenner. Ihm konnte keiner vormachen, dass er nicht genauso tickte wie er, Bodo Buhlmann, selbst; das natürlich unterhalb von dem ganzen emotionalen »Gedöns«, mit dem die Menschen so gerne Aufhebens machten, während er, Bodo Buhlmann, zum Glück frei von diesem Ballast war. Nur ganz selten stieß Buhlmann auf etwas, das mit diesem Raster nicht erklärbar war. Dann konnte der beunruhigende Verdacht aufsteigen, dass manche Menschen vielleicht doch a n d e r s tickten. Undurchschaubar anders als Prof. Dr. Dr. Buhlmann...

Konnte es sein, dass er sich tatsächlich in seinem Assistenten getäuscht hatte? Dass auch der verklemmte Melzerich Derartiges in sich verbarg? Und seinen alten Professor an diesen unerklärlichen Rest verraten würde?...

Sein Autotelefon klingelte, doch Buhlmann war jetzt nicht nach Telefonieren. Er wollte an der offenen Wagentür vorbeimarschieren, konnte dann aber nicht anders. Er tauchte in den Wagen, nahm ab und dröhnte wütend:

»Was ist denn?«

»Hier Melzer. Können Sie nicht reden, Chef?«

»Melzerich! Das ist ja schön!«, sang der Professor zärtlich. »Sie sind dort, ja? Und? Wie ist es?«

»Es ist... unglaublich, Chef. Aber nicht jetzt. Ich kann nur ganz kurz. Man darf mich nicht am Telefon sehen«, flüsterte Melzers Stimme. Sie klang gehetzt.

»Kann ich Sie treffen, Chef?«

»Natürlich! Wann und wo?«

»Morgen Nachmittag kann ich aus dem Dorf raus. Zum ersten Mal ganz allein!«

»Das ist großartig!«

»Genau. Können Sie um 17 Uhr im »Landhotel Schweiger« sein? Das liegt an der Bundesstraße, kurz vor Piening. Dort sind wir ungestört.«

»Ich werde da sein. Mensch, Melzer –«

»Da kommt wer. Bis morgen!«

Die Verbindung brach ab. Buhlmann lauschte andächtig dem Tuten aus dem Lautsprecher, bis er abstellte. Ein letzter Gedanke noch an den nervenden Oberst: aha, »eine Niete«, was?...

Doch derlei ließ er hinter sich. Ein großer Friede breitete sich in ihm aus. Buhlmann legte den Kopf an die Nackenstütze und schloss die Augen, was sein fleischiges Gesicht dem eines satten Säuglings erstaunlich ähnlich werden ließ. In diesen Momenten reinen Glücks schwebten Assoziationen und Bilder durch sein Bewußtsein, verschwommen, aber köstlich:

Bilder von den Untersuchungsreihen mit Probanden aus Binabichl; alles brave Leutchen, die sich nach erster, typisch bäuerlicher Skepsis dann begeistert in den Dienst der Wissenschaft stellten; dann die ersten Veröffentlichungen in Fachzeitschriften, streng zurückgenommen, asketisch zweifelnd und natürlich nichts von ordinärer »Telepathie«, bewahre; wie wärs mit »Extrasensorischer Kommunikation«, entdeckt und ausgewertet von dem Forscherteam Melzer und Buhlmann, bald nur mehr als »Buhlmann-Melzer-Phänomen« bezeichnet; Zündung der Rakete im Kernbereich der kapitulierenden Fachwelt, dann deren stufenweiser Aufstieg in eine immer größere Öffentlichkeit; eine strategisch raffinierte Ausbreitung d e r wissenschaftlichen Sensation dieses Jahrhunderts...

Das tanzte bunt und erregend in Buhlmanns Phantasie, verlängerte sich auf den weltweit ersten Lehrstuhl für »Extrasensorische Kommunikation«, und dessen Ordinarius Prof. Dr. Dr. Buhlmann, dem Begründer der ESK. Als dann noch die Schlagzeile »Nobel-Preis für Neurobiologie nach Deutschland« heranwehte, riss sich Buhlmann mit klopfendem Herzen doch zusammen. Also bitte, mit sowas keine Scherze!...

Er stieg aus dem Wagen und schlenderte verträumt zur Wiese am Rande des Parkplatzes. Es wurde ihm bewusst, was er in der Hand hielt. Aus irgendeinem Grund hatte er das doofe Handy des Obersten mitgenommen. Lächelnd wog er das lästige Teil in der Hand. Zertreten? In die Wiese werfen?...

Er hatte eine bessere Idee und ging zum nächsten Müllkorb. Man war zwar der künftige Begründer der neuen Leitwissenschaft dieses jungen Jahrtausends, aber man war auch Mensch. Und als solcher auch ein alter Scherzkeks!

Kichernd deponierte Buhlmann das Handy auf dem Deckel, für den zufälligen Finder.

34

Das »Landhotel Schwaiger« stand in einiger Entfernung von der Bundesstraße nach Piening, in Alleinlage mitten in üppigen Wiesen. Es war ein großer, von Erkern und Balkonen starrender Neubau in modernstem Jodlerbarock. Die breite Caféterrasse ging nach Süden. Die beschirmten Tische waren jetzt, am späten Nachmittag, mit Hotelgästen zahlreich besetzt. Eine Hecke mit Durchgängen trennte den Parkplatz von der Terrasse.

Melzer hatte seinen Golf direkt hinter der Hecke geparkt. Er hatte Hanni und Xari zunächst an den Ort begleitet, der dann der Treffpunkt werden sollte. Danach blieb ihm nur, bei seinem Wagen am Parkplatz zu warten. Da war er froh, dass die Hecke einen Blickschutz gegen die Terrasse bot.

Immerhin lungerte er schon eine Viertelstunde müßig bei seinem Wagen herum. Er sah wieder auf die Uhr, Zehn nach Fünf, und steckte sich eine Zigarette an. Schon die zweite. Die letzten Tage in Binabichl hatte er an Rauchen nicht mal gedacht, aber jetzt wurde er langsam nervös.

Er zog das würzige Gift ein und mußte kichern, als ihm das »Gift« von Aggie einfiel, die er heute vom Kindergarten abgeholt hatte. Auf dem Heimweg hatten sie einige »voll gefährliche« Pflanzen gesammelt, aus denen Aggie zuhause Gift kochen wollte. Dabei hatte sie den »Ludmig« gefragt, wann er wieder wegfahren würde. Melzer hatte vorsichtig gesagt, dass er eigentlich sehr gerne länger bei ihnen bleiben würde. Falls Aggie das auch recht wäre...

»Das geht schon. Von mir aus darfst du bleiben«, hatte Aggie gemeint, was er zuhause voll Stolz Amrei erzählte. Sie lächelte wenig überrascht und gähnte. Von ihrem Mittagsschlaf, den Amrei nach fünf Stunden Unterricht unbedingt brauchte, war sie noch so warm und daunig, dass Melzer sie einfach küssen mußte. Davor hatte er noch etwas gefremdelt, in einem diffusen schlechtem Gewissen wegen seiner *Amori*, die er am Vorabend erlebt hatte. Dafür wurde er nun liebevoll geschimpft. Als er dann noch pflichtschuldig Einzelnes erzählen wollte, legte Amrei ihm nur den Finger auf den Mund: seine *Amori* würde nur ihm gehören. Ihm allein und natürlich den Menschen, mit denen er sie geteilt hatte...

Dass Minh eine dieser Menschen gewesen war, verstand sich von selbst. Viel ungewöhnlicher war, dass Xari und Ilse daran teilnehmen wollten. Gestern hatte Amrei Melzer noch erklärt, welche Ehre das war. Besonders bei Ilse, die zum ersten Mal seit Valentins Tod wieder eine *Amori* begehen würde. Dass auch der Schorsch mit von der Partie sein würde, war keine Ehre, aber unumgänglich, versicherte Amrei. Was zwischen Schorsch und Ludwig vorgefallen war, könnte endgültig nur durch ihre Vereinigung im *Schmoiz* aufgelöst werden.

Melzer fand das äußerst beunruhigend und wünschte sich zumindest Franz als Rückenstärkung in die Gruppe. Er wurde belehrt, dass eine *Amori* immer nur mit Personen gefeiert wurde, die keine direkten Familienangehörigen waren. Gerade in einer ersten *Amori* wie bei Ludwig würde eine Art Parallelfamilie entstehen und die sei im Mitfühln ein notwendiges Gegengewicht zu den Blutsverwandschaften....

Melzer war das Herz in die Hosen gefallen, als dann abends im Gmoasaal tatsächlich die lange Gestalt von Perschagg durch die Tür kam. Der hatte übrigens auch sehr nervös gewirkt.

Heute konnte Melzer über seine Ängste nur lächeln. Schorsch hatte sie bei der Abfahrt an den Wagen gebracht. Als Hanni und Xari schon eingestiegen waren, hatte Schorsch ihn umarmt und versichert: »Sei ganz ruhig, Ludwig. Die zwei machen das nicht zum ersten Mal!«

Melzer trat die Zigarette aus. Schorsch hatte natürlich recht. Während der Fahrt zum Hotel, in der wortkargen Eintracht mit Hanni und Xari, war Melzer auch ganz unbesorgt gewesen. Doch jetzt wartete er hier schon 20 Minuten, ganz allein, ohne die beiden. Und die

Frage, was wäre, wenn sich der Professor doch nicht in die Falle locken lassen würde, wurde in ihm immer lauter.

Melzer sah wieder auf die Uhr. Im selben Moment bog ein grasgrüner Sportwagen auf den Parkplatz ein. Melzer stieß erleichtert Luft aus. Der *Z4* rollte langsam an ihm vorbei und parkte in einigem Abstand von seinem Golf.

Buhlmann stieg aus dem Wagen, dehnte sich und sah sich um. Er war sportlich gekleidet. Mit einer Baseballkappe und einer riesigen Sonnenbrille war er nahezu unkenntlich. Jetzt gab er Melzer ein verstohlenes Zeichen mit der Hand. Der machte tatsächlich auf Geheimdienst!... Melzer unterdrückte ein Kichern.

Er deutete ähnlich verstohlen zu dem schmalen Pfad, der durch die Buschbegrenzung auf die Wiesen hinausführte. Melzer ging darauf zu und sah aus dem Augenwinkel, dass der Professor ihm folgte. Erst hinter den Büschen hielt Melzer an. Der Professor kam strahlend heran und streckte ihm die Hand entgegen.

»Melzerich! Sie Goldjunge!«, dröhnte er. Melzer legte die Linke an die Lippen. Buhlmann stutzte.

»Sie sind echt ein As!«, raunte er und pumpte heftig an seiner Rechten. »Wie geht es Ihnen? Wie ist es in Binabichl?«

»Gleich, Chef. Dort drüben ist eine Bank.«

»Sicher ist sicher, was?«, wisperte der Professor begeistert. Seine Wangen glühten vor Aufregung und bissen sich mit dem rostroten Bärtchen.

Melzer ging voran zu den zwei Ahornbäumen, die in der Wiese standen. Dichtes Buschwerk verdeckte die Bank darunter. Buhlmann schnaufte hinter ihm drein. Und Melzer wunderte sich über seine Gefühle gegenüber dem Mann, der ihn als ferngesteuerte Liebesdrohne benutzen wollte. Das war nicht einmal mehr Wut. Der Mensch war ihm einfach nur unangenehm. Und er staunte über sich selbst: Auf so jemanden hatte er sich tatsächlich eingelassen! Sich mit seiner Lebensperspektive abhängig gemacht! Von dieser Knallcharge?...

Er konnte es kaum erwarten, ihn endgültig loszuwerden. Unwillkürlich ging er schneller. Sie kamen zu den Bäumen. Durch das Blattwerk der Büsche wurden zwei Köpfe sichtbar.

»Achtung! Da ist jemand!«, zischelte Buhlmann nah hinter ihm. Melzer nickte und bog zügig um die Ecke. Als er plötzlich vor der Bank stehen blieb, lief Buhlmann fast auf ihn auf. Auf der Bank saßen Hanni und Xari und sagten freundlich »Grüß Gott!«

Der Professor erstarrte und zischte aus dem Mundwinkel: »Melzer! Was soll das?«

Melzer machte eine verbindende Handbewegung. »Chef, ich möchte Sie mit zwei lieben Menschen aus Binabichl bekanntmachen. Sie können Ihnen das viel besser erklären.«

»Ist gut, Ludwig. Jetzt mach ich weiter«, hörte er Xari im seinem Kopf, der aufgestanden war. Er kam auf Buhlmann zu. Melzer sah von der Seite, wie die blauen Augen die Sonnenbrille des Professors fixierten. Xaris *Wahrstimm*, die sich nur auf den Professor richtete, konnte er zwar nicht mithören. Doch es war faszinierend, von außen zu sehen, wie ein *Hirntauber* auf einen Libuser in Aktion reagierte. Xari streckte die Hand aus.

»Griaß di, Professor, ich bin der Xari. Und du bist der–?«

»Bodo«, flüsterte Buhlmann und schüttelte die Hand.

»Der Bodo!«, sagte Xari herzlich. »Und das ist die Hanni.«

»Servus, Bodo«, sagte Hanni, »setz dich doch zu uns.«

Sie klopfte einladend auf die Bank neben sich. Buhlmann zögerte. Xari kicherte.

»Nicht so schüchtern, Bodo. Der Ludwig möchte, dass wir dir erklären, was er aufm Herzen hat. Er traut sich selber nicht so recht. Deshalb geht er jetzt drüben einen Kaffee trinken und wir drei plaudern hier in Ruhe über alles, gell?«

Buhlmann nickte und ließ sich neben Hanni auf der Bank nieder. Sie lächelte ihn an.

»Ist doch angenehm im Schatten, gell Bodo? Da brauchst du die Sonnenbrille nicht mehr.«

Gebannt sah Melzer, wie der Professor die Brille abnahm und sie mit unbewehrten Augen ansah. Hanni ruckte ein wenig vor und zurück, während Buhlmanns Blick unverwandt an ihrem hing. Seine Züge erschlafften, wurden weich...

Melzer wußte, was jetzt mit ihm geschah. Er hätte gerne weiter zugesehen, doch er hörte jetzt Xaris Stimme:

»Zisch ab, Ludwig. Wir brauchen eine halbe Stunde oder so.«

Xari setzte sich neben den Professor. Buhlmann sah nur Hanni an. Er nahm auch keine Notiz davon, dass Melzer still davonging.

35

»Bittschön!«

Die pummelige Kellnerin im Dirndl stellte den Cappuccino auf den Tisch. Sie war nicht hübsch, aber ihr Lächeln war besonders herzlich. Melzer lächelte zurück und griff nach dem Zucker.

Er saß im vorderen Bereich der Terrasse, wo er bequem zu den Ahornbäumen hinübersah. Um ihn klangen Löffel an Kaffeetassen, es gab Gespräche und Gelächter, doch alles eher gedämpft. Das Landhotel wurde von einer älteren Klientel bevorzugt. Die Gäste, die an den Tischen saßen, steckten zwar in Wanderkleidung, doch die einzigen Personen unter Fünfzig waren Melzer und die Kellnerin.

Während er den ersten Schluck nahm, dachte er, dass die Kellnerin seit Tagen sein erster Kontakt mit einem *Außenseiter* war. Eigentlich sein zweiter, fiel ihm ein. Aber der Professor galt irgendwie nicht. Nicht mehr. Seit Xari an der Bank von Melzer übernommen hatte, war sein Exchef und der ganze Rattenschwanz, der an ihm hing, nur mehr wie abklingender Zahnschmerz. Manchmal klopfte es eben noch ein wenig...

Melzer blinzelte in die sinkende Sonne und genoss, wie der Schmerz dann wieder abzog. Automatisch holte er Katjas Päckchen aus der Tasche, musterte die drei restlichen Zigaretten und merkte, dass er keine Lust hatte. Er legte die Packung in den Aschenbecher am Tisch. Umso besser schmeckte ihm der Kaffee.

Natürlich war er nicht zu vergleichen mit dem Cappuccino aus Minhs edler *Gaccia*, den er morgens draußen vor dem Laden trank und dabei mit Minh ratschte. Das hatte sich so eingebürgert, wenn er Aggie morgens zum Kindergarten gebracht hatte. Nur heute morgen aber hatte Amrei das wieder übernommen, da Melzer wie ein Stein bis Mittag schlief. Das sei ganz normal, hatte sie ihm erklärt. Manche würden nach ihrer ersten *Amori* 24 Stunden durchschlafen.

Melzer löffelte den Schaum aus der Tasse und lehnte sich aufseufzend zurück. Die Anspannung ließ endgültig nach und gab die Erinnerung an den gestrigen Abend frei. Das faltete sich wie ein Fächer auf…

Der nüchtern eingerichtete *Gmoasaal* mit locker verteilten Bänken, Sesseln, niedrigen Liegen und einer großen Bodenmatte, die eher an eine Turnhalle erinnerte; der offene Kreis, zu dem sie zusammentraten; Melzers Beklemmung über die große Handschaufel von Schorsch in seiner Rechten, die ähnlich feucht und unsicher war die seine; die beruhigende Hand von Minh in seiner Linken, winzig und warm wie ein kleiner Vogel; sein Staunen über Hanni, die mit einem schlichten Messingkelch in beiden Händen in ihre Mitte kam…

Sie war nicht mehr die fahrige, kleine Oma, wie Melzer sie kannte. Sie war die lebende *Agath-Mam*, die letzte in einer durch die Jahrhunderte reichenden Reihe, die mit Agathe Wozak begonnen hatte. Hanni ging von einem zum anderen und reichte jedem den Kelch mit dem *Schmoiz*. Melzer trank von der klaren Flüssigkeit, die ganz unbestimmbar schmeckte.

Dann stimmte Hanni die uralte, von Agathe selbst verfasste Hymne an.

»Mitfühln oder Mitleiden
es gilt eins von beiden«…

Die anderen fielen ein:

»Wir han uns hienieden
fürs Mitfühln entschieden
und dieser Weg, den wir gewählt
trennt ab uns von der Draußenwelt/
er schützt uns Draußen vor dem Tod
und schenkt uns Drinnen wahres Leben.«

Während sie die irgendwie gregorianisch anmutende Melodie sangen, glaubte Melzer hinter Hanni, die mit dem Kelch vor ihnen stand, jemand anderen sehen zu können, eine große Frau mit kühnen Gesichtszügen und leuchtenden Augen, und war sicher: das konnte nur die erste Agath-Mam sein.

Das Lied verklang, Hanni, die nicht getrunken hatte, trug den Kelch beiseite. Die anderen verteilten sich im Raum. Damit schien der liturgische Teil vorbei zu sein. Auch Melzer legte sich auf eine Liege und wartete. Bis auf die Agathe-Erscheinung spürte er nichts. Flüssig schien der *Schmoiz* langsamer zu wirken als gesprüht.

Melzer sah, wie Hanni sich in einen Sessel vor der Wand setzte, mit dem Rücken zu ihnen. Seltsame Art, die Aufsicht zu führen, dachte er noch. Und dann war der *Schmoiz* in seinem Kopf angekommen. Sein Denken hörte auf, weil die Zeit aufhörte. Es gab kein Nacheinander mehr. Alles war zugleich, überlagerte sich, floss ineinander...

Alles war auf einmal da. Melzers Erinnerung konnte daran nur zupfen und ziehen, wie eine Katze an einem riesigen Knäuel aus bunten Fäden. Fäden aus Empfindungen, Klängen und vor allem Farben...

Minhs schmelzende Süße etwa war wie eine goldene Honigspur, die immer wiederkehrte. Sie kreuzte sich mit dem rotlodernden Schmerz von Schorsch, der sich an ihn klammerte und seine Trauer um Amrei in harten Schluchzern hinausstieß. Melzer heulte hemmungslos mit, hielt ihn fest, um ihn zu beruhigen, und war ganz erlöst, als Minh neben sie glitt und Schorsch in ihre tröstenden Arme zog...

Lichtgrün war die Kuppel der Bäume, unter denen er mit Xari dahinging. Warm und schwer lag Xaris Hand auf seiner Schulter. Jetzt drückte sie ihn warnend. Sie blieben stehen, der kleine Ludwig sah fragend zu Xari hoch. Der wies lächelnd auf die kleine kreisrunde Lichtung vor ihnen. Dort auf dem weichen Gras lief ein Wesen hin und her und gab leise Knarztöne von sich. Es war nicht größer als ein Stachelschwein und ganz überwuchert von Wurzelwerk. Als das Wesen sich aufsetzte und zu ihnen herüber spähte, sah Ludwig das Gesicht. Es war breit, mit einer spitzen Igelschnauze und riesigen grünschattigen Augen, die Ludwig anstarrten. Ihm wurde unheimlich, er schmiegte sich an Xari, der beruhigend seine Schulter streichelte. Das Wesen stieß einen Knarzlaut aus und verschwand spurlos im Gras. Xaris Hand legte sich auf Ludwigs Kopf. »Sehr schön, Buberl«, lobte er. »Er hat sich dich genau angeschaut. Das passiert nicht jedem.« Ludwig wurde rot vor Stolz. Auf seine Frage, wer das gewesen sei, gab es nur eine brummelige Antwort. »Mei, einer vom Alten Volk halt.« Ludwig war es egal. Das war so gut, Xaris Hand auf seinem Kopf...

Mama hatte ihren Kopf an seine Brust gepresst. Er hielt sie in den Armen und staunte, wie leicht sie war. Es war ein nie gekanntes Glück, sie zu halten, die Tränen, die sie ihr Leben lang unterdrückt hatte, auf seiner Haut zu spüren. Mama weinte still in seinen schützenden Armen. Summend strich Melzer über ihre weißen Haare. Plötzlich war es der eisgraue Kurzhaarschopf von Ilse, den er streichelte. Sie wischte sich die Tränen, hob lächelnd den Kopf und küsste ihn. Ilse löste sich aus seinen Armen. Langsam ging sie durch den Saal, dessen hintere Wand sich auflöste in eine Zone von blauem Licht. Ilse blieb davor stehen und wandte sich zu ihm zurück. Melzer merkte, dass auch die anderen ihn erwartungsvoll ansahen.

Hannis Präsenz war für ihn nur manchmal spürbar gewesen, ein beruhigender Oberton über allem. Jetzt aber hörte er deutlich ihre Stimme: »Geh mit ihr, Ludwig. Viele von uns bleiben da, ihnen ist die Erde genug. Aber manche sind wie du, die müssen drüber hinaus.«

Ilse trat in das Licht und verschwand. Melzer folgte ihr und trat hinein. Das Blaue war das Licht der Erde. Blauschimmernd stand sie unter ihm im All. Über ihm das funkelnde Netz der Sterne. Dann waren die Sterne verschwunden. In einer absoluten Dunkelheit tauchte ein anderes Licht auf, es gleißte und wurde explosiv größer. Es war ein Malstrom aus kreisendem Gold, brodelnd und unfassbar riesig. Sein kochender Trichter im Zentrum zog ihn –

»Darfs noch was sein?«

Die Kellnerin stand an seinem Tisch. Reflexartig bestellte Melzer eine Apfelschorle. Sie zog mit seiner leeren Tasse ab. Die Terrasse hatte sich inzwischen entvölkert, nur zwei Tische waren noch besetzt.

Melzer dachte an Hannis Aussage, dass manchen die Erde »nicht genug« sei. Übrigens das Einzige aus seiner *Amori*, über das er mit Amrei gesprochen hatte. Natürlich nicht darüber, was auf der anderen Seite des goldenen Trichters geschehen war. Dafür gab es keine Worte, kein Bild, keine Bedeutung.

Doch Amrei hatte ihm später erklärt, warum manche »drüber hinaus müssten«. Sie sagte, im *Schmoiz* würde sich, egal, ob bei Libuser oder Jadwiger, noch ein anderer Unterschied herausstellen, der zwischen den »Diesseitigen« und den »Jenseitigen«. Die Jenseitigen seien gar nicht so selten. Das Mitfühln hätte doch nur ans Ende jeder Religion geführt. Das würde aber keineswegs das Ende des religiösen Menschen bedeuten. Denn dieser sei nun mal ein Archetyp...

Amrei lachte über das Gesicht von Melzer, der ins Mark seiner lebenslangen Abwehrhaltung getroffen war. Falls ihm das zu fromm klingen würde, schlug sie ihm vor, könnte er sich ja als transzendentalen Typ bezeichnen. Sie selbst gehörte übrigens auch zu diesem Typ, hatte sie errötend hinzugefügt...

Melzer fuhr zusammen. Drüben kam jemand hinter den Büschen hervor. Eine stämmige Gestalt mit Golfkappe ging den Wiesenpfad zurück. Der Professor kam allein.

Melzer stand auf. Die Aufregung war mit Macht zurück. Aus der Tür kam die Kellnerin mit einem Glas auf dem Tablett.

»Ich komme wieder«, rief Melzer und eilte zum Durchgang auf den Parkplatz.

36

Der Professor trödelte ziemlich lange herum, was ihm gar nicht ähnlich sah. Endlich kam er durch die Büsche auf den Parkplatz. Er blieb tief einatmend stehen und fächelte sich mit dem Käppi. Sein Blick streifte über den wartenden Melzer und glitt sinnend weiter. Melzer räusperte sich.

»Und, wie war's, Chef?«

»Nette Leutchen, die zwei«, murmelte Buhlmann versonnen, »schlichte Gemüter, klar, aber herzerwärmend!«

»Schön. Dann haben sie es Ihnen erklären können?«

»Erklären?!« Buhlmann hing dem Wort nach. Irgendetwas in ihm schnappte um. Seine Miene verfinsterte sich, er fixierte Melzer eisig.

»Was gibt es da zu erklären?« fuhr er ihn an. »Sie sind nicht nur ein Totalversager, Melzer! Sie sind auch noch feige!«

»Äh, warum denn?«

»Wenn Sie tatsächlich mit Ihrer Dulcinea in diesem Kuhdorf versauern wollen,« dröhnte der Professor in gewohnter Lautstärke, »warum sagen Sie mir das nicht am Telefon und fertig? Warum hetzen Sie mich in meiner Gutmütigkeit auch noch durch die Pampa?«

»Ich wollte, dass Sie meine Motive verstehen«, sagte Melzer lahm.

»Ha! Und dann haben Sie nicht mal den Arsch in der Hose, es mir ins Gesicht zu sagen! Sie schieben auch noch diese harmlosen Alten vor!«, donnerte Buhlmann. Mit einem Ruck setzte er sich die Sonnenbrille auf. Melzer murmelte eingeschüchtert: »Tut mir leid, dass Sie es so schwer nehmen, Chef.«

»Ich bin nicht Ihr Chef! Und ich nehm es nicht schwer. Im Gegenteil! Ich habe gewogen und zu leicht befunden, Sie traurige Gestalt. Sie sind gefeuert, Doktor!«

Melzer sah in das mittlerweile wutrote Gesicht vor ihm, an dem das Bärtchen auf und ab tanzte. Eine Idee durchzuckte ihn. Wundervoll!

Die allerletzte Chance für das, was schon längst hätte getan werden müssen! ...

»Na ja, das hab ich wohl verdient«, seufzte er unterwürfig. »Äh, Sie haben da was. Darf ich?«

Er streckte die linke Hand vor zu Buhlmanns Schulter.

»Wa?« Der Professor drehte den Kopf zu dieser Seite. Im Profil stand das Bärtchen extra griffig ab. Melzer packte es mit der Rechten zwischen Daumen und Zeigefinger und riß kräftig abwärts. Buhlmann taumelte und quiekte, überraschend schrill.

Reine Seligkeit durchströmte Melzer, während er zusah, wie sein Exchef, die Hand an sein schmerzendes Kinn gepresst, zum *Z4* flüchtete und einstieg. Der Professor rangierte rückwärts aus und fuhr an. Auf Melzers Höhe blieb er nochmal stehen und ließ die Scheibe herunter.

»Morgen wird Ihr Büro geräumt, Sie Psychopath!«, brüllte er. »Machen Sie, dass ich Ihr Gesicht nie mehr wiedersehe. Sie sind ja wahnsinnig, Sie sind –«

Er brach ab, da Melzer in bescheidener Haltung auf ihn zukam. Kiesspritzend fuhr er davon.

Melzer saß längst wieder auf der Terrasse, trank Apfelschorle und immer noch perlte die köstliche Handgreiflichkeit wie Champagner in ihm. Der Abwärtsriss hatte zwar Buhlmanns Bärtchen nicht entfernen können, das also doch echt war. Dafür hatte er den Sack voll Elend, in dem sich Melzers Leben in München verfangen hatte, aus ihm herausgerissen. Der Sack war zwar in ihm drin gewesen, aber irgendwie hatte er doch auch draußen am Bärtchen gehangen ...

Melzer schütterte in leisem Lachen und dehnte sich. Frei, tatsächlich frei. Ein sauberer Riss, ohne Fäden zu ziehen...

Drüben bei den Bäumen erschienen Hanni und Xari. Sie gingen den Wiesenpfad zurück. Melzer zahlte bei der Kellnerin und schlenderte zum Parkplatz. Er begann sogar zu tänzeln.

Doch Hanni und Xari teilten seine überschäumende Laune nicht.

Sie mußten zwar lächeln, als sie vom Bartriss hörten, doch waren sie in gedrückter Stimmung.

»Der Bodo war harmlos, Ludwig. Aber er ist nicht unser wirkliches Problem!«

Hanni erzählte, was sie »beim Bodo« gesehen hatte. So hörte Melzer vom »Oberst«, dem Mann, der seinen Exchef überhaupt erst auf Binabichl gebracht hatte; der lange vor dem Professor schon auf die Affäre mit Valentin gestoßen war; der nach dem Vorfall mit den Mahdegg-Kids seine Spitzel nach Piening geschickt hatte; dem Mann, der auch hinter Melzers Mission steckte...

»Und das ist kein Kinderspiel wie beim Bodo«, betonte Xari, »der ist ein hohes Tier beim Geheimdienst, der hat Aktenmaterial über uns! An den kommen wir nicht so leicht ran.«

»Wisst Ihr seinen Namen?«, fragte Melzer ernüchtert.

»Eckart heißt er. Er ist Oberst bei etwas, das sich MAD nennt. Und er sitzt in Köln! Mehr hat der Bodo auch nicht gewusst.«

37

Oberst Heinz Eckart hatte sich nie Illusionen über seinen exzentrischen Verbündeten Buhlmann gemacht. Weder über dessen heimliche Absichten noch über die Hoffnungen, die der Professor in die Liebesmission seines Assistenten setzte. Eckart hatte diese nie wirklich ernst genommen. Trotzdem fand er die Aktion sehr nützlich. Für den Oberst war Melzer das Stöckchen, das man in diesen völlig unzugänglichen Ameisenhaufen hineinwerfen konnte. Die Reaktionen der aufgescheuchten Insekten waren jedenfalls aufschlussreicher als die Phantastereien des Professors.

Gestern war in der Kölner Zentrale unter der Sondernummer des Professors ein Anruf eingegangen. Ein Straßenarbeiter hatte am Rastplatz beim Leeren der Müllkörbe Buhlmanns Handy gefunden und hatte die einzige Nummer gewählt, die darauf gespeichert war.

Damit war Eckart klar, dass Buhlmann die Brücken abgebrochen hatte. Wahrscheinlich glaubte er, ein eigenes Spiel spielen zu können. Dass er dann bei Eckarts Anrufen im Institut nicht mehr erreichbar war, passte nur ins Bild. Der Oberst war überzeugt, dass nach Melzer auch der Professor zu einem weiteren Stöckchen im Ameisenhaufen geworden war. Die Sekte hatte ihn sich gegriffen...

Der Oberst war noch gestern nach Piening gefahren und hatte sich in der Bundeswehrkaserne einquartiert. Für die Maßnahmen, die er dort in Gang gesetzt hatte, war nebensächlich, was genau mit dem Professor passiert war. Die Aktion war vorbereitet. Heute Nacht um zwei Uhr würden Wimmer und die Stäbles losschlagen.

Eckart hatte die Besprechung mit seinem Einsatzkommando im Gästetrakt der Enzian-Kaserne abgehalten. Dort gab es einen kleinen Aufenthaltsraum, den Standortkommandant Niemayer Eckart großzügig zur Verfügung gestellt hatte. Bei dem Jeep aus dem Fuhrpark der Kaserne, den Eckart angesichts des schlechten Wetters angefordert hatte, war es mit Niemayers Großzügigkeit allerdings schlagartig vorbei gewesen. Eckart mußte schon sehr deutlich auf die Verpflichtungen der aktiven Truppe gegenüber den Bedürfnissen des Dienstes pochen, bis Niemayer kollernd nachgegeben hatte.

Doch jetzt stand der Jeep bereit und die restliche Ausrüstung der Einsatzgruppe war ebenfalls besorgt. Der Wimmer und die Stäbles waren zu dieser Zeit in ihren Hotels und ruhten sich vor dem Start aus.

Eckart saß im Aufenthaltsraum mit einem Buch über die englischen Gartenanlagen des 19. Jahrhunderts, das er als passionierter Rosenzüchter vorzüglich fand. Er las, bis er Licht machen musste, und in die Gegenwart zurückkehrte. Es war erst Sieben Uhr abends, aber bei diesem Sauwetter wurde es schon dunkel. Draußen auf der Kasernenstraße gingen die Bogenlampen an.

Eckart ging auf die Terrasse hinaus, die zum Glück eine Überdachung hatte. Es regnete immer noch in Strömen. In den Bergen würden die Wege schlammig sein, doch mit dem Jeep sollte zumindest die Anfahrt über das Nebental von Binabichl kein Problem darstellen. Und danach... die Drei waren für alles gerüstet und Wimmers Entdeckung bot eine reelle Erfolgschance. Der Plan war gut.

Etwas wollte Eckart aber noch erledigen, da man nie genug über die gegnerische Seite wissen konnte: wie hatte die Sekte das bei Buhlmann eigentlich angestellt?

Er wählte auf seinem Handy die private Nummer des Professors, die nur dieser selbst für geheim hielt. Prompt wurde dann auch abgenommen. Aus dem Gerät dröhnte »Buuhlmann!«

»Endlich, Professor. Warum melden Sie sich nicht?«

Eckart hörte ein erschrockenes Einatmen, darunter Fahrgeräusche und Motorbrummen. Buhlmann saß also im Auto. Er stammelte: »Ja äh, tut mir leid, natürlich wollte ich...«

Pause. Dann hatte der Professor sich von der Überraschung erholt. Seine Stimme war wieder voll väterlicher Herablassung, als er sonor mitteilte: »Also, Oberst, ich sags mal so: das Kapitel ist für mich erledigt!«

»Erledigt?«, zischte Eckart. »Hat Melzer sich denn gemeldet?«

»Melzer? Hören Sie bloß auf mit dem!«, rief Buhlmann wütend. »Der Typ ist die größte Enttäuschung meiner Laufbahn! Ich tu alles für ihn und dieser Totalversager –«

»Moment!«, unterbrach Eckart. »Sie haben sich also mit ihm getroffen?«

»Erinnern Sie mich bloß nicht daran! Sie hatten ganz recht mit Melzer!«

»Natürlich hatte ich recht«, konnte sich Eckart nicht verkneifen.

»Ich geb's ja zu! Aber das sag ich Ihnen, mit allem anderen sind Sie völlig auf dem Holzweg!«

»Meinen Sie die Sekte?«

»Ha! Die ominöse Sekte!«, höhnte der Professor. »Ich hab mit zweien von Ihrer »Sekte« geredet, Oberst. Brave alte Leutchen, aber, was soll ich Ihnen sagen, leider auch sowas von harmlos!«

»Sie haben mit ihnen geredet?«

»War ein nettes Gespräch. Ganz lauschig auf einer Bank im Grünen. Und jetzt hören Sie mal zu, Oberst. Ich hab die Leutchen gecheckt. `Ne halbe Stunde lang. Das sind ganz normale Bauern und Binabichl ist ein ganz normales Kuhdorf. Warum sich Melzer dort vergraben will, ist mir schleierhaft. Mein einziger Trost ist, dass er dort völlig verblöden wird!«

Eckart zwang sich ruhig zu bleiben.

»Professor, Sie selbst haben doch immer von den unglaublichen Fähigkeiten dieser Leute geredet«, sagte er beschwörend. »Fragen Sie sich denn nicht, ob Sie nicht selbst auch, äh, beeinflusst worden sind?«

»Ach nee! Wie denn beeinflusst?«

Eckart knirschte mit den Zähnen. Er mußte das Wort tatsächlich aussprechen: »Na eben... telepathisch!«

»Spitze, Oberst!«, gluckste Buhlmann. »Und das aus Ihrem Munde!«

Er lachte dröhnend. Eckart hielt sein Handy vom Ohr ab und wartete, bis der Professor sich beruhigte.

»Verzeihung«, schnaufte Buhlmann, »aber 'ne telepathische Gehirnwäsche, das war echt... Oberst, jetzt mal nur unter uns Klosterschülerinnen, ja? Irgendjemand hat Ihnen einen kapitalen Floh ins Ohr gesetzt. Und den Floh haben Sie dann mir ins Ohr gesetzt, ich gebs ja zu. Wir beide haben uns lächerlich gemacht. Sie mit Ihrer »Substanz«, ich mit meiner »Telepathie«. Und am besten tun wir jetzt beide so, als ob da nie was gewesen ist. Einverstanden? Und Tschüss.«

Eckart steckte sein Handy ein und starrte aufgewühlt auf den Tanz der Regentropfen auf dem Straßenasphalt. Es war unglaublich! Wie der Professor in diesen selbstgewissen Leugner seiner eigenen fixen Ideen umgewandelt worden war, das war eindrucksvoll. Das war sogar beunruhigend, gestand sich Eckart ein.

Der Oberst war ein hagerer, fast dürr wirkender Mittfünfziger, dessen Erscheinung vor allem korrekt und farblos war. Sein beiger Sommeranzug unterstrich das noch, ähnlich wie das sauber gescheitelte Haar und die papierene, ins Gelbliche spielende Gesichtsfarbe. In seinen strengen Zügen drückte sich nichts davon aus, dass er tatsächlich beunruhigt war.

Er hatte an ein Abendessen bei einem Italiener draußen in der Stadt gedacht, nicht wirklich aus kulinarischen Gründen. Sein Magenschwür erlaubte ohnehin nur fettlose Pasta. Doch er wollte den sozialen Zwängen im Offizierskasino ausweichen, dem Getuschel der Chargen über den geheimnisvollen Zivilisten in ihrer Mitte und vor allem der Begegnung mit Niemayer, der sicher noch schmollte wegen des Jeeps...

Jetzt aber fand Eckart, dass er besser hier in der Deckung der Kaserne blieb. Offenbar brauchten die Binabichler nur eine einzige Begegnung, um jemand so fundamental umzudrehen wie den Professor. Plötzlich wurde ihm klar, was das eigentlich bedeutete. Wenn die Sekte tatsächlich über die Fähigkeiten verfügte, die ihnen Buhlmann immer angedichtet hatte!...

Er schluckte, weil ein Schwall von Hoffnung in ihm hochschoss. Sie überwand die Barriere in seinem Bewußtsein, hinter der er den eigentlichen Zweck und Anlass von »all dem« eingeschlossen hielt.

Eckart fürchtete die Hoffnungen, die nur gefährlich bei dem riskanten Spiel waren, das er mit dieser eigenmächtigen Operation spielte. Sie war nicht nur dienstwidrig, sondern so skandalös privater Natur, dass es ihn die Karriere kosten würde, wenn das je herauskam.

Er hatte sich zu Distanz und kühlen Kopf vergattert, seit er damals auf den ersten Hinweis auf Binabichl gestoßen war, dem Drogenskandal in München, in dessen Zentrum der »Drogenguru« Valentin Wozak stand, ein gebürtiger Binabichler. Eckart hatte ohnehin Übung darin, Dienst und Privatleben zu trennen. Auch bei dieser Operation schaffte er es meistens, nicht an deren Anlass zu denken. Tagsüber ging das ganz gut. Es sei denn, irgendeine schwindelerregende Hoffnung vernichtete die Distanz...

Eckart dachte also an Doro. Er machte sich schon länger Sorgen, wie diese rätselhafte Substanz denn nun einzusetzen war. Aber vielleicht musste sie gar nicht blind, auf gut Glück, bei Doro angewendet werden. Wenn er die Substanz endlich in den Händen hatte, konnte er sie als Faustpfand einsetzen. Vielleicht konnte er damit einen Sektentelepathen zu einer wesentlich sachkundigeren Behandlung von Doro nötigen...

Eckart fuhr zusammen und räusperte sich hart, um das wieder zurückzudrängen. Abends wurde die Abschottung immer schwieriger, dann kamen die Grübeleien, die Selbstvorwürfe. Und nachts natürlich die Alpträume, immer nach demselben Muster: er am Rand des tiefen Schachts, er kniete, er legte sich bäuchlings über die Kante und streckte verzweifelt die Hand zu Doro hinab, die unaufhaltsam in die Tiefe sank. In den letzten Nächten, seit Melzer verschwunden war, hatte sich das allerdings abgewandelt: nun war es er selbst, der in dem Schacht nach unten sackte und verzweifelt die Hände hinauf zu Doro streckte, die reglos oben am Rand stand...

Keine wirkliche Verbesserung, dachte Eckart und spürte das vertraute dumpfe Bohren in seinem Magen. Ihm wurde bewusst, dass er noch immer an seine Tochter dachte. Abrupt ging er zurück ins Zimmer.

Die Kantine wartete. Egal wo, sein Ulcus mußte gefüttert werden.

38

Die gelben Vorhänge mit dem bunten Bärenmuster waren zugezogen. Durch das gekippte Fenster hörte man den Regen auf das Dach des Schulhauses rauschen. Umso heimeliger war es hier im Kinderzimmer, im milden Licht von Aggies Nachtlampe.

Melzer saß bei ihr auf der Bettkante. Tagsüber wirkte Aggie, nussbraun gebrannt und meistens leicht verschmiert, eher wie ein Koboldkind. Jetzt lag sie frisch gebadet, mit offenen Goldhaaren im Bett und Melzer fand, dass sie wie ein kleiner Engel aussah. Der Eindruck war nur vorübergehend. Aggie bestand darauf, ihr neues Lied aus dem Kindergarten noch einmal vorzusingen, und krähte, wenig engelhaft:

»Bei uns im Dorf, bei uns im Dorf,
da samma gach und macha Krach
da wackeln glei die Häuserln!«

Dazu zappelte sie wild im Bett herum, um zu demonstrieren, wie gach sie war.

»Aggie, du sollst einschlafen, nicht toben!«

Amrei, die am Boden herumrutschte und die überall verstreuten Spielsachen einsammelte, klang ziemlich unwirsch. Melzer legte verschwörerisch den Finger auf den Mund. Er zog die weggestrampelte Bettdecke über Aggie zurecht und flüsterte: »Doch draußt vorm Dorf...?«

Aggie strahlte und sang flüsternd:

»Doch draußt vorm Dorf, doch draußt vorm Dorf,
da samma stad wie d Mäuserln
Wischpel waschpel huschel – pssst!«

Den feuchten Abdruck von Aggies Gutenachtkuss nahm Melzer auf seiner Wange mit in die Küche. Sie war modern eingerichtet, aber so altmodisch geräumig wie alle Zimmer in Amreis Dienstwohnung im Oberstock der Schule. Auch die »Abstellkammer«, wo sich Melzer provisorisch eingerichtet hatte, war ein richtiges, schönes Zimmer. In jenen Zeiten, als die Binabichler ihre Schule bauten, hatte man auch bei der Wohnung für die Lehrer großzügig gedacht. Melzer gefiel die Wohnung. Er mochte vor allem das Wohnzimmer mit den großen Fenstern, die auf die Bina blickten.

Er kam mit einer Flasche Wein und zwei Gläsern aus der Küche, schenkte sich am Couchtisch ein und trat mit dem Glas ans Fenster. Die Lichter am Gegenhügel und dahinter im Tal schimmerten verschwommen durch den ergiebigen Regen, der nach den heißen Tagen auch unbedingt nötig gewesen war.

Mit halbem Ohr horchte Melzer zur halboffenen Tür zum Kinderzimmer hinüber, auf das Tuscheln, Kichern, Quietschen und Amreis leises Singen. Es war das Gutenachtritual, das den beiden allein gehörte. Melzer achtete darauf, ihre gewohnte Zweisamkeit nicht zu oft zu durchkreuzen.

Aggie hatte ihre Mama immer für sich alleine gehabt. Jetzt mußte sie lernen, Amrei mit ihm zu teilen. Das war gar nicht so einfach, denn eine Leerstelle, die Melzer etwa hätte ausfüllen können, gab es bei ihr nicht. Den Bedarf an einem Papa hatte Aggie nie erlebt. Im Kindergarten war sie ständig mit Kinderdorfwaisen zusammen, die auch nur ihre Mama hatten; von dem prachtvollen Opa zu schweigen, über den Aggie noch zusätzlich verfügte.

Melzer war es zufrieden, für seine Tochter erstmal der »Ludmig« zu sein, der in Aggies Leben gefallen war, weil die Mama ihn liebhatte. Er verbrachte die Nächte in Amreis Schlafzimmer, zog aber in den Morgenstunden um, auf die einsame Matratze am Boden seines Zimmers. Wenn Aggie morgens aufwachte und zu Amrei zum Kuscheln kam, lag Mama allein im Bett. So war sie es gewohnt. Eins nach dem anderen...

Melzer staunte manchmal über diese neuartige Gelassenheit, die ihn bewohnte. Sie war wohl nur damit erklärbar, dass er angekommen war; zum ersten Mal in seinem Leben. Er war angekommen, auch wenn er vom Mitfühln gerade erst die Spitze des Eisbergs mitgekriegt hatte. Das würde sich auch nicht ändern bis zu seiner *Inizio*. Vor diesem Ritual hatte Melzer reichlich Bammel und war froh, dass Xari es ohnehin aufgeschoben hatte. In Xaris Augen war eine *Inizio* keine Zwangsveranstaltung, man mußte sie schon dringlich wünschen. Zudem glaubte er, dass Melzer als *Außenseiter* bei dem drohenden Konflikt mit dem Oberst und seinen Spitzeln noch nützlich werden könnte.

Das war in Melzers Gelassenheit der einzige Unruheherd. Es machte ihn nervös, wie gelassen die Wächter und das ganze Dorf mit dieser Bedrohung umgingen. Schön stad halten, meinte Xari, abwarten, was die Spitzel unternehmen würden. Es ginge darum, wer zuerst aus der Deckung ginge. »Und im Stadhalten«, fügte Xari kichernd hinzu, »sind wir Binabichler Weltmeister!«...

Melzer seufzte. Er nahm einen Schluck aus seinem Weinglas und dachte an Valentin, jenen Binabichler, der nun wirklich nicht stad gehalten hatte. Xari hatte Melzer seine Selbstvorwürfe ausgeredet, die er sich wegen seiner Rolle bei der Gefährdung des Geheimnisses machte. Die ganze Bescherung sei allein von Valentin verursacht worden, alles andere sei nur die Folge dieses Verrates... Mehr wollte Xari aber nicht sagen, für ihn war Valentin »das Bitterste, was in meinem ganzen Leben als Wächter passiert ist«.

Dafür holte Melzer umso gründlicher Franz aus, sein Orakel, wenn es um Hintergründe des Mitfühlns ging. Franz zeigte mehr Verständnis für die Motive des Renegaten als etwa Minh und die Mehrzahl im Dorf. Er sah darin die Neuauflage des Grundkonfliktes von »Mitfühln oder Mitleiden«, wie ihn Agatha Wozak in ihrem Choral formuliert hatte. Natürlich könnte man, wie Valentin, das Bewahren des *Geheimnisses* egoistisch finden. Selbsterhaltung sei immer egoistisch.

Franz führte dagegen den »Tod draußen« an, vor dem allein das Geheimnis das Dorf über die Jahrhunderte geschützt hatte. Und das würde auch heute noch gelten.

»Heute würden wir nicht mehr auf dem Scheiterhaufen landen. Aber, noch schlimmer, ins Fernsehen würden wir kommen!«, sagte

Franz mit der für ihn charakteristischen Mischung aus Ernst und Scherz. »Dann würden Scharen von Esoterikern Zeltlager rund ums Dorf errichten. Es wäre genauso das Ende vom Mitfühln, wie wenn man uns als Ketzer verfolgt hätte.«

Melzer wollte wissen, warum Valentin so etwas überhaupt hatte riskieren können, missionarischer Drang hin und her? Franz war der Ansicht, dass dieser, unterhalb seiner hehren Absichten, wohl gegen das innerste Wesen von Binabichl rebelliert hätte.

»Das Mitfühln kann nur in dem begrenzten Raum existieren, in dem es entstanden ist. Es ist so gar nicht expansiv. Es ändert sich in Anpassung an die Draußenwelt, die sich ändert, aber es entwickelt sich nirgendwohin. Das war für Valentin unerträglich.«

Von Franz erfuhr Melzer die ganze Geschichte von Valentin, der seit jeher ein unruhiger Geist gewesen war. Da er sich als Libuser ohne Probleme in der *Draußenwelt* bewegen konnte, hatte er einige Jahre in Indien verbracht, ähnlich wie schon seine Mutter Ilse. Aus Indien brachte er eine Vision von der Ausbreitung des Mitfühlns mit, war damit aber nur auf Widerstand im Dorf gestoßen. Er verließ Binabichl und trat dann in der florierenden Esoterikszene im Allgäu als charismatischer Leiter von spirituell-therapeutischen Gruppen hervor, was bei seiner starken Libuser-Gabe nicht verwunderlich war. Sein Bruch mit dem Dorf war damals nicht endgültig, Valentin besuchte noch regelmäßig seine Mutter. Bei den *Außenseitern* erlangte er den Status eines auch in den Großstädten gefragten Gurus, bis eine seiner Gruppensessions mit einem Desaster endete.

Dieses geriet umso spektakulärer, als es in einem Yogazentrum der Münchener Innenstadt passierte und einige der Seminarteilnehmer nackt und desorientiert auf die Straße hinaus irrten, wobei einer einen Verkehrsunfall verursachte. Die Zeitungen überschlugen sich von wegen Sex- und Drogenorgie im Yogaclub und mittendrin der ebenfalls weggetretene Gastdozent Valentin W., auch der »Drogenguru« genannt. Wieder vernehmungsfähig sagte er aus, der Gruppe einen mit dem neuen Halluzinogen 2C-E versetzten Tee verabreicht zu haben, und wurde in Haft genommen. Die Wellen des Skandals erreichten Binabichl, wo kein Mensch an Valentins angegebene Droge glaubte. Eine kurze »Befragung« Ilses durch Hanni ergab, dass Valentin als Libuser seine Mutter dazu gebracht hatte, ihn mit *Schmoiz* zu versorgen und darüber zu schweigen. Der Schock war riesig. Zum ersten Mal in der Geschichte von Binabichl war der *Schmoiz* aus dem Dorf geschmuggelt worden, von jemand, der sich offenbar nicht mehr ans Mitfühln gebunden fühlte.

Valentin kehrte ein paar Tage später zurück in den kleinen Ashram bei Immenstadt, wo er lebte, und bekam dort Besuch aus der Heimat. Xari, Hanni und Schorsch übernahmen das Kommando über Valentins Hausgenossen, stellten einen beängstigenden Vorrat an *Schmoiz* in seinem Zimmer sicher und stießen Valentin aus dem Mitfühln aus. Kurze Zeit später bekam seine Mutter die Nachricht von seinem Tod. Valentin war auf eine einsame Skitour losgezogen und wurde erst nach Tagen erfroren aufgefunden.

»Eine zerrissene Seele«, meinte Franz. »Am Mitfühln hat er den geschlossenen Kreislauf gehasst, in den man sich eben nur einfügen kann. Aber davon ausgeschlossen zu sein, damit konnte er auch nicht leben.«

Für Franz hing der statische Charakter des Mitfühlns mit den Regeln zusammen, die beim *Schmoiz* vorgegeben waren. Kein Kind oder Halbwüchsiger aus dem Dorf kam jemals mit dem *Schmoiz* in Berührung. Man wollte nicht nur keine Monster erzeugen, es ging vor allem um Selbstbestimmung. Die Kinder wuchsen in einer vom Mitfühln bestimmten Welt auf, waren selbst aber wie die Kinder der Außenseiter. Sie konnten die weiterführenden Schulen in Piening besuchen, sich in der *Draußenwelt* umtun und mussten sich erst als Erwachsene entscheiden: für die Welt oder fürs *Dorf.* Mit ihrer *Inizio* begannen sie bei Null auf dem Weg, den schon Agathe und die *Gründer* gemacht hatten. Sie durchliefen ihn schneller und leichter als sie, doch um keinen Schritt über sie hinaus...

Und das war ein Glück, dachte Melzer, der es sich gerade mit seinem Glas auf dem Sofa bequem machte. Der Wein war gut. Er schenkte sich nach und fand das sehr weise, dass der *Schmoiz* nur die persönliche Entwicklung des Einzelnen ermöglichte, niemals den Fortschritt von ganzen Gruppen... Ihm fiel ein, was Ilse über die Gründer erzählt hatte, die sich irgendwann nur mehr ums Mitfühln kümmerten. Und die Suche nach dem Neuen Menschen einfach aufgegeben hatten...

»Was soll sein mit dem Neuen Menschen?«, fragte Amrei hinter ihm. Sie war aus dem Kinderzimmer gekommen. Hinter der halboffenen Tür war es dunkel. Aggie war eingeschlafen. Amrei setzte sich neben ihn und nahm einen Schluck aus seinem Glas.

»Ach nichts. Ich bin nur froh, dass nicht mehr nach ihm gesucht wird.«

Amrei gab ihm das Glas zurück und schnaubte.

»Neuer Mensch! Klingt schon so fatal. Ich bin jedenfalls keiner. Und aus dir wird auch keiner, Ludwig. Weißt du, was bei der *Inizio* aus dir wird? Ein Schwammerl!«

»Klingt verlockend.«

Amrei lächelte ihn schmelzend an. »Gell? Find ich auch.«

Sie rückte heran und raunte: »Ein richtig schöner Pilzmann wirst du. Denn das macht der *Schmoiz* aus uns, Pilze in Menschengestalt.«

Sie küsste ihn so zart auf die Schläfe, dass er eine Gänsehaut bekam.

»Aber doch irgendwie beweglich, ohne Myzel oder sowas?«, flüsterte er.

»Ach geh. Unser Myzel ist doch das Mitfühln!«, verbesserte sie. Sie nahm ihm das Glas weg, stellte es ab und wandte sich ihm voll zu. Ein fast feierlicher Blick, das Grün und Grau der Bachkieselaugen verschmolz zu einem intensiven Blau.

»Weißt du was? Aggie findet, du darfst ruhig auch mal bei mir schlafen, nicht nur sie.«

»Das ist ja lieb von ihr«, freute sich Melzer und stutzte. »Ähm... jetzt gleich?«

Die gelben Einsprengsel in ihren Pupillen glitzerten. In ihm schoss die Erregung hoch und stieß auf die heiße Welle, die ihm von ihr entgegenkam. Noch heißer war dann ihr Mund auf seinen Lippen.

Dabei klang ihre Stimme in seinem Kopf leicht schnippisch: *»Zum Beispiel. Oder hast du was Besseres vor?«*

39

Sie hatten richtig Glück, fand Herr Stäble. Um Zehn Uhr nachts hatte der Regen aufgehört. Die Anfahrt durch das Nebental war ganz glatt gegangen. Den Jeep, den sie dort am Waldrand abgestellt hatten, hätten sie wohl gar nicht gebraucht. Doch auch zu Fuß blieb ihnen die Schlammschlacht erspart, die Herr Stäble befürchtet hatte. Der schmale Pfad, den Reggie sie führte, war nahezu abgetrocknet. Obendrein war der Nachthimmel wieder sternenklar. Ein fast voller Mond stand über dem Bramkogel, in dessen Richtung sie gingen. In seinem Licht waren auch die rutschigen Wurzeln auf dem Steig gut auszumachen.

Herr Stäble schloss zu seiner Frau auf. Ihr arbeitendes Hinterteil drohte die knappen Berghosen zu sprengen, doch sie ging flüssig und mühelos. Natürlich war Traudl fitter, doch Herr Stäble war stolz, wie gut er mithalten konnte. Bisher lief es glimpflicher als erwartet. Sein Rucksack mit der leeren Kühlbox war keine Last. Nur seine Bergstiefel, nagelneu wie das ganze Wanderoutfit, mit dem sie ausstaffiert waren, machten sich unangenehm bemerkbar. Der linke Schuh drückte auf seinen kleinen Zeh.

Der Steig, der sie durch den Wald oberhalb des Dorfes geführt hatte, kam nun aus den Bäumen heraus. Vor ihnen lagen offene Wiesen, die steil zum Bramkogel anstiegen. Reggie wartete hier auf sie. Er deutete zu dem Karrenweg hinüber. Er zog sich von der unteren Straße in Serpentinen den Hang herauf. Im silbrigen Schein auf den Wiesen waren die dunklen Schatten dreier verstreut liegenden Stadel deutlich zu erkennen, zu denen der Karrenweg führte.

»Der mittlere Stadel ist es«, flüsterte Reggie.

»Echt gute Arbeit, Reggie!«, lobte Frau Stäble.

Herr Stäble, der sich unauffällig das verschwitzte Gesicht mit dem Taschentuch trocknete, musste ihr recht geben. Bisher hatte Reggie, der diesen Schleichweg ins Tal entdeckt hatte, alles richtig gemacht.

Die Frage war nur, ob er auch zu dem versprochenen Ziel führte.

Bei der Besprechung hatte Herr Stäble seine Zweifel für sich behalten. Der Oberst war viel zu begeistert gewesen über Beobachtungen, die Reggie bei dem verdächtigen Stadel gemacht hatte. Der war ihm aufgefallen, weil er so oft von den Einheimischen besucht wurde. Reggie hatte genau notiert, wann sie kamen und gingen, meistens blieben sie für Stunden darin. Der Knüller war sein Foto von dem Lieferwagen mit *Bina-Bräu*-Logo, der vor dem Stadel parkte.

Dort musste das Labor versteckt sein, in dem die Sekte ihre Substanz herstellte, befand der Oberst und hatte Reggie zu dem ersten konkreten Angriffspunkt gratuliert. Da seine Frau ebenfalls voll mitzog, hatte Herr Stäble nurmehr auf die schlechten Bedingungen heute Nacht hingewiesen. Reggie, mit dem Oberwasser, das der Scheißer jetzt hatte, war prompt mit der nötigen Fitness angekommen. Vielleicht sollten sie die Aktion doch nur zu zweit durchziehen… Traudl hatte das abgewürgt: sie könnte auf Willi als Spezialisten für Schlösser nicht verzichten…

Herr Stäble merkte, dass Reggie ihn spöttisch musterte. Er steckte das Taschentuch ein und knurrte »Weiter gehts!«. Forsch ging er voran. Von dem Scheißkerl ließ er sich nicht unterkriegen…

Der Steig führte durch die Wiesen zum Karrenweg hinüber. Sie hatten das Dorf in der Deckung des Waldes umgangen. Doch hier war offenes Gelände. Hinter und ein ganzes Stück unterhalb von ihnen, lagen die Dächer von Binabichl im Mondlicht. Sie selbst waren natürlich ähnlich gut zu sehen, doch um drei Uhr morgens schliefen Bauerndimpfel nun einmal. Nirgendwo, auch bei den Höfen auf der anderen Talseite, war ein helles Fenster zu sehen.

Auf dem Karrenweg kamen sie zum ersten Stadel, an dem Reggie vorbeiging. Herr Stäble, längst wieder Letzter, quälte sich hinter seiner Frau die Serpentinen hoch. Keuchend erreichte er einen flachen Absatz, auf dem der Zielstadel stand. Reggie stand schon davor und legte seinen Rucksack ab. Herr Stäble mußte erstmal wieder Luft kriegen.

Der Stadel sah uralt und windschief aus. Die Mulde in dem steilen Hang, in die er sich duckte, war größer als es von unten ausgesehen hatte. An der vorderen Stadelseite umgab ein Maschenzaun ein Areal, das den Hang hinaufreichte. Auf der hinteren Seite stand ein solider Holzzaun wie von einer Pferdekoppel.

Sein Atem hatte sich wieder soweit beruhigt, dass Herr Stäble zu den anderen aufschließen konnte. Aus der Nähe sah der Stadel noch vernachlässigter aus. Die verwitterten Flügel des Tores wirkten altersschwach. Reggie untersuchte das Vorhängeschloss, das an einem eisernen Querbügel hing.

»Das Schloss ist neu, aber das Holz ist ganz morsch.«

Er rüttelte am Bügel, dass die Torflügel klapperten. »Das stemm ich mit dem Brecheisen weg.«

»Hör auf!«, zischte Frau Stäble. »Keine Spuren, du Idiot! Das macht Willi.«

Herr Stäble hatte schon das Rollset mit Nadeln und Haken aus seinem Rucksack geholt. Er schob Reggie beiseite und kniete sich vor das Schloß. Es war ein gängiges Fabrikat, für ihn ein Klacks.

Das Torklappern hatte etwas aufgescheucht. Man hörte ein Schnattern, erst vereinzelt, dann lauter und mehrstimmig. Herr Stäble sah auf und der Haken rutschte ihm aus dem Schloß. Hinter dem Maschenzaun war eine große Gans aufgetaucht. Sie zischte sie zornig an und begann zu quaken. Hinter ihr kamen flügelschlagend andere Gänse an den Zaun und fielen in den wütenden Quakchor ein. Es war ein Höllenlärm.

»Denen stopf ich das Maul!«, rief Reggie und griff nach seinem Taser. Der Angeber trug ihn an der Hüfte wie einen Revolver.

»Der ganzen Herde? Vergiß es!«, fuhr Frau Stäble ihn an. »Willi, beeil dich!«

Herr Stäble konzentrierte sich auf den Haken und das Schloss ging auf. Goldene Hände, dachte er selbstzufrieden. Er klappte den Bügel zurück und öffnete das Tor.

»He, da sind ja Pferde!«, schrie Reggie und zeigte zum Holzzaun hinüber. Herr Stäble sah zwei große Gestalten, die hinter dem Zaun aufgetaucht waren. Es waren Haflinger, die zu ihnen herüber witterten. Nervös wiehernd galoppierten sie davon.

»Rein, rein mit euch!«, rief Frau Stäble. Sie drängte sie in den Stadel und drückte von innen die Torflügel zu. Es wurde stockdunkel. Draußen ging des Gequak unvermindert weiter. Sie knipsten ihre Taschenlampen an. Drei Lichtkegel strichen in das alte Gebälk hoch über ihnen und über den Lehmboden des großen Raums, auf dem nur Futtersäcke und Werkzeuge sichtbar wurden. Ihre Lichter blieben an einer Rückwand hängen. Sie war gemauert, etwa drei Meter hoch. Der Dachstuhl ging über sie hinaus, er reichte wohl bis zum Berghang dahinter. Die Wand war alt. Doch die breite Tür in der Mitte sah modern aus.

»Yes!« Reggie triumphierte.

»Hatte ich recht oder hatte ich recht?«

»Eins mit Stern, Reggie«, lobte Traudl. »Der Stadel ist nur eine Attrappe. Jetzt aber Tempo, Willi.«

Herrn Stäble schluckte, als im Licht seiner Lampe neben dem Türknauf ein kleiner Kasten mit Tastatur sichtbar wurde.

»Also, die Tür ist kein Problem«, sagte er unbehaglich. »Aber sie hat ein Zahlenschloss.«

»Und den Code kannst du natürlich nicht knacken, was?« fragte Reggie eisig.

»Natürlich kann ich«, zischte Herr Stäble wütend, »aber das dauert!«

Hinter ihm sagte Traudl mit der ruhigen Stimme, die bei ihr immer Alarm signalisierte:

»Okay. Nimm das Brecheisen, Reggie.«

»Mensch, Traudl«, protestierte Herr Stäble, »wir wollten doch keine Spuren –«

»Hör auf!« zischte Traudl, »die Biester quaken das ganze Tal zusammen. In spätestens zehn Minuten kriegen wir hier Besuch. Also, los Reggie!«

Die Tür hatte sogar den Rahmen nach außen. Mit dem Brecheisen hob Reggie sie mühelos aus den Angeln. Die Tür selbst war ein Witz, aber warum dann dieses anspruchsvolle Zahlenschloss? Herr Stäble empfand ein leises Unbehagen, während er mit Reggie das Türblatt auf die Seite hob. Traudl leuchtete in die Öffnung.

»Bestens! Ab jetzt genau fünf Minuten, ist das klar? Rein, einpacken, was nur irgendwie nach der Substanz aussieht, und wieder raus. Wenn die Bauern kommen, sind wir längst weg. Los!«

Sie ging voran, Reggie folgte. Herr Stäble tappte hinter ihm her. Die Lichtkegel schweiften über weißgestrichene Ziegelwände.

»Da ist ein Schalter«, rief Reggie. Ein helles Licht erleuchtete schlagartig einen Gang mit weißen Wänden und Fliesenboden. Das Licht kam aus in die Decke versenkten Strahlern. Der Gang war kurz, ein schwerer, zweigeteilter Plastikvorhang schloss ihn ab. Traudl schob sich hindurch und hielt die Öffnung auf. Herr Stäble musste an die Schleusen in Kliniken denken. Noch mehr an Klinik erinnerte ihn die metallene Schwingtür, die hinter dem Vorhang auftauchte. Sie hatte Sichtfenster in den Flügeln und war verschlossen. Reggie deckte die Augen gegen die Spiegelungen ab und spähte durch die Scheibe.

»Ich werd nicht mehr!«, staunte er. Herr Stäble presste das Gesicht an die andere Scheibe.

Der Raum dahinter war vom Ganglicht nur spärlich erhellt. Der Raum musste tief in den Berg hineinreichen, seine Ausdehnung war nur zu ahnen. Doch die Reagenzglasständer auf dem vorne stehenden Labortisch waren gut erkennbar. Dahinter weitere Labortische und nicht weiter definierbare Geräte, deren Lämpchen rot und grün aus dem Dunkeln glühten. Irgendwie geheimnisvoll, fand Herr Stäble.

»Es stinkt auch nach Labor«, murmelte Reggie neben ihm. Herr Schäuble schnüffelte. Von Gestank konnte keine Rede sein. Es roch nicht einmal chemisch, eher nach Stroh. Oder wie ein Weizenfeld in der Sonne.

»Ich finde, es riecht gut«, sagte Herr Stäble.

»Stimmt. Ich mag es auch«, meinte Reggie.

»Ihr solltet langsam die Tür aufbrechen«, mahnte Traudl hinter ihnen. Es klang irgendwie abwesend, nicht sehr dringlich. »Was zischt denn da?«

Herr Stäble drehte sich um und lauschte. Tatsächlich, ein leises Zischen. Es kam von der abgehängten Decke. Dort waren zwischen den Strahlern kleine Öffnungen. Traudl stand direkt unter einer.

»Das sind die Düsen. Wahrscheinlich für Gas, sag ich mal«, erklärte Herr Stäble.

»Ach so«, murmelte Traudl. Sie lehnte sich an die Wand und legte die Hände an die Stirn. Ihre Umrisse begannen zu verschwimmen. Jetzt kam, mächtig und sanft, eine heiße Welle in Herrn Stäbles Kopf an. Er begann zu schweben.

Herr Stäble schwebte wie auf einem Luftpolster durch den Vorhang, den Gang und in den dunklen Stadel hinaus. Vor ihm war das Tor. Er riß die Flügel auf und schwebte hinaus in die Helligkeit. Und hielt vor Entzücken den Atem an. Das Mondlicht, das hatte ihm gefehlt!

Die Gänse spektakelten bei seinem Anblick noch lauter, aber das ging ihn nichts an. Er streckte die Hände gegen die leuchtende Scheibe am Nachthimmel, er fing den Silberschein auf, der sich wie eine zarte, klare Flüssigkeit anfühlte und drehte sich in ihr hin und her. Plötzlich meldete sich der pochende Schmerz im linken Fuß zurück.

Herr Stäble zog Stiefel und Socken aus und kühlte stöhnend seine Füße im feuchten Gras. Das war noch besser! Das Gras lockte mit unzähligen glitzernden Tautropfen. Er riss sich die Kleider vom Leib und legte sich bäuchlings auf das weiche, nasse Polster. Es war wundervoll. Es erfrischte ihn, es wusch ihn rein. »Duljöh!« jubelte Herr Stäble und wälzte sich im Gras. Er war so köstlich, er musste einfach singen.

»Meerstern, ich dich grü-ü-ü-ü-üße«... Rein und klar stieg sein Tenor über das Quaken der Gänse in den Nachthimmel. Es klang so schön, dass ihm fast die Stimme brach. Auch die Gänse fügten sich harmonisch ein.

Nur die Geräusche, die von Traudl und Reggie kamen, passten nicht dazu. Die beiden waren auch aus dem Stadel ins Freie geflohen. Das gutturale Gewieher von Reggie, Traudls gurrendes Kichern klangen irgendwie schmutzig. Traudl kreischte und rannte davon, Reggie setzte ihr johlend nach. Doch das ging Herrn Stäble nichts an...

Er stand an der Koppel und streckte lockend die Hand über den Zaun. »Komm, hab keine Angst, ich liebe dich doch«, flehte er. Das Einhorn schnaubte leise und kam graziös trippelnd heran. Das Elfenbein seines Horns schimmerte im Mondlicht, als es den schönen Kopf vorstreckte. Weiche Lippen glitten schnobernd über die ausgestreckte Hand. Herr Stäble weinte vor Glück, als es seine Hand duldete, die zu der schneeweißen Mähne wanderte.

Das Einhorn hob den Kopf und wieherte leise. Herr Stäble folgte seinem Blick. In dem letzten Bauernhaus, das gegenüber auf der anderen Talseite lag, waren die Fenster hell geworden. Auf dem Weg vom Hof zum oberen Weiher bewegte sich etwas Dunkles. Es war winzig, aber ungeheuer schnell. Schon hatte die Gestalt das Stauwehr überquert und kreuzte die Uferstraße. Es mußte ein Tier sein. Es wurde immer größer. In weiten Sätzen jagte es die steilen Wiesen herauf, auf sie zu. Herr Stäble bekam Angst, doch das Einhorn schnaubte beruhigend.

Das rhythmische Trappeln und Hecheln, mit dem das Tier heraufkam, wurde immer lauter. Und dann war es da. Ein riesiger Hund schoss über den Absatz und bremste. Seine Augen glühten, seine Drachenzunge hing aus dem großen Maul, er bellte drohend. Es war ein tiefes Grollen. Herr Stäble klammerte sich an den Hals seines Einhorns, das mit einem Wiehern antwortete. »Mein Einhorn beschützt mich«, dachte er beglückt. Der Hund wandte sich ab und setzte davon. Was für ein unglaubliches Tier...

Zitternd, tief beeindruckt, sah Herrn Stäble, wie er am Gänsegehege vorbeilief und hangaufwärts verschwand. Die Gänse waren schlagartig verstummt. Dafür setzte jetzt ein tiefes Bellen ein, dröhnend und langgezogen, gegen das ihr Quaken nur ein Gepieps war.

Herr Stäble begriff, dass der Hund Traudl und Reggie verbellte. Er hörte schwach Reggies Stimme, die etwas brüllte. Doch das ging unter in dem Bellen. Das Orgeln erfüllte das Tal. Doch dann, mit einem schrillen Aufheulen, brach es schlagartig ab.

Die Gänse quakten hektisch. Das Einhorn wieherte und stieg. Sein Horn war verschwunden. Ein erschreckter Haflinger galoppierte davon.

Herr Stäble lief verstört zum Stadel. Am Hang hinter dem Gehege lag verkrümmt ein großer Körper. Entsetzt kniete Herr Stäble bei ihm nieder, tätschelte hilflos den mächtigen Kopf. Der Hund blieb reglos. Herr Stäble tastete im dichten Fell nach einem Herzschlag und stieß auf die zwei Drähte mit den Widerhaken im Brustkorb und Flanke.

Die Drähte waren noch mit dem Taser verbunden, der ein paar Meter oberhalb im Gras lag. Darüber lagen Kleidungsstücke im Gras verstreut, bis hinauf zu einer kleinen Senke. Dort lag Traudl splitternackt und auf ihr drauf lag Reggie und war zugange –

In Herrn Stäble schoss weißglühende Wut hoch. Ihre Sauereien gingen ihn nichts an. Doch der Hund, der sie dabei gestört hatte, der ging ihn was an. Dafür hatte der Scheißkerl dieses wunderbare Tier umgebracht, das nur seine Pflicht tat!

Vor ihm im Gras lag Traudls Funktionsweste. Ihr Taser hing daran. Herr Stäble löste die Schockpistole aus den Halteschlingen.

40

Melzer lauschte dem Tuten im Hörer. Es war gar nicht leicht, es um halb Sechs Uhr am Morgen so schamlos weiterklingeln zu lassen. Endlich knackte es. Eine verschlafene Stimme murmelte »Sattmann.«

»Satti, hier ist der Ludwig. Tut mir leid, dass ich dich so früh –«

»Ludwig?... Mann, Ludwig! Wo bist du?«

»Im Dorf. Ähm, in Binabichl. Ich lebe jetzt hier.«

»Hä? Du lebst in –«

»Ist eine lange Geschichte.«

»Warum hast du dich nicht gemeldet?«

»Es ist so wahnsinnig viel passiert. Ich werd es dir erzählen. Aber nicht jetzt. Bitte, hör zu – »

Betont neutral berichtete Melzer von den drei Notfallpatienten in der Kreisklinik, zwei Männer, eine Frau, gegen 4 Uhr morgens eingeliefert, alle in absentem Zustand nach Einnahme eines unbekannten Rauschmittels, ein Mann mit Kreislaufkollaps und Tachykardie, der inzwischen stabilisiert war –

»Überdosis?«, unterbrach Sattmann.

»Nein, Elektroschockpistole«, sagte Melzer knapp. Sattmann ließ ein Pfeifen hören. Melzer ging nicht darauf ein und bat ihn, sich dieser drei Patienten besonders anzunehmen.

»Das Ganze ist ziemlich – prekär, Satti. Ich brauche deine Hilfe.«

»Jetzt gleich? Mein Dienst beginnt erst um halb Acht.«

»Kein Problem«, beruhigte Melzer, »sie liegen im Tiefschlaf, alle drei. Die nächsten Stunden werden sie nicht aufwachen.«

Sattmann kicherte. »Das kenn ich doch irgendwoher. Und danach können sie sich an nichts mehr erinnern? Lass mich raten, kollektiver Filmriss, wie?«

»Okay, Satti. Sowas in der Art. Und bevor du fragst, sie waren alle nackt, als wir sie gefunden haben.«

»Wer sagts denn«, murmelte Sattmann. Melzer hörte ein Gähnen.

»Tschuldige... du in Binabichl, Ludwig, ich fass es nicht! Und gleich mit der nächsten Orgie zugange. Sehr geheimnisvoll.«

»Ich kann dir das jetzt nicht erklären, Satti.«

»Schon gut. Was soll ich tun?«

»Ich treff dich um Acht in der Klinik und erzähl es dir.«

»Dann kann ich ja noch ne Stunde pennen. Weißt du, Ludwig, bei dir hatte ich gleich so ein Gefühl – « ein ausführliches Gähnen ließ Sattmann abbrechen.

»Was für ein Gefühl?«

»... dass mit dir das Leben interessanter wird in unserem verschnarchten Piening. Bis nachher.«

Mit einem warmen Gefühl legte Melzer auf. Sattis Gähnen war ansteckend. Melzer merkte plötzlich, wie müde er war. Kein Wunder nach dem kurzen Schlaf, aus dem Amrei ihn wachgerüttelt hatte: Alarm, Ludwig, zieh dich an, oben am Laborstadel ist Alarm, beeil dich, der Schorsch holt dich mit dem Wagen ab...

Barfuß, die Schuhe in der Hand, war er die Treppe hinab auf den Schulhof gestolpert, vor dem Schorsch mit laufendem Motor wartete. Im Wagen hatte ihn vor allem die gute Laune von Schorsch verwirrt, der mit Vollgas zum Dorf hinaus brauste. Dabei verkündete er feixend, dass die Spitzel das Labor überfallen hätten. »Jetzt haben wir sie, Ludwig, wir haben sie am Schlafittel!«

Während sie halsbrecherisch den Karrenweg hinauf holperten und Melzer immer noch mit seinen Schuhen kämpfte, erfuhr er, dass Xari, der von zuhause den kürzesten Weg zum Stadel hatte, schon oben sei und alles unter Kontrolle hätte. Die Spitzel wären total im *Schmoiz*, davor aber hätten sie Muhackl beinahe umgebracht. Es gäbe noch einen Personenschaden, Ludwig solle mal den Notfallkoffer vom Rücksitz holen... Dieser stellte sich als sehr professionelles ärztliches Equipment heraus.

Melzer war dann heilfroh über die Adrenalinspritze, als er zu dem Vogelkundler kam. Er lag nackt am Boden und war schon fast hinüber. Neben ihm saß völlig reglos, wie die Skulptur einer steinzeitlichen Fruchtbarkeitsgöttin, die dicke Frau von Herrn Stäble, der seinerseits im Mondlicht wie ein Michelin-Männchen aussah. Beide waren nicht ansprechbar, völlig weggetreten. Beim Vogelkundler war der Puls kaum mehr spürbar. Er mußte eine ganze Salve von Elektroschocks abbekommen haben.

Melzer hatte ihm die rettende Spritze gesetzt, noch bevor er die Haken aus seinem Hinterteil entfernte, an denen die Drähte des Tasers hingen. Bei Muhackl hatte Xari die widerlichen Dinger schon herausgeholt. In einer lodernden Zornwolke, vor der Melzer unwillkürlich zurückwich, saß der alte Wächter am Boden und hielt Muhackls Kopf. Obwohl der sich allmählich erholte und ihm schwach die Hand leckte, lehnte Xari es ab, sich persönlich um die Spitzel kümmern – »ich geh da lieber nicht hin, sonst gibt's hier wirklich noch Tote.«

Doch Schorsch hatte alles im Griff und war dabei bester Laune. Das war für Melzer in der ganzen bizarren Situation das Seltsamste. Alle, auch die andern Helfer, die nun mit ihren Wagen oben ankamen, waren nicht annähernd so bestürzt wie er. Melzer erschreckte dieser rabiate Überfall auf das Dorflabor, doch bei den anderen herrschte fast etwas wie Feierstimmung. Zwischen Schorsch und dem ankommenden Hubsi gab es einen richtigen Triumphtanz mit komplizierten Abklatschfiguren und Rempelsprüngen, weil »es funktioniert« hatte. Auch Franz, der Hanni heraufgefahren hatte, schüttelte immer wieder kichernd den Kopf, als der Vogelkundler, warm eingepackt, in seinen Wagen getragen wurde.

Franz setzte sich ans Steuer, Melzer zum Patienten auf den Rücksitz. Die in Decken gehüllten sehr folgsamen Stäbles wurden in den geräumigen SUV von Hubsi geschafft. Hanni fuhr bei den beiden mit, für die »Nachbehandlung«, wie das Schorsch nannte, der bei Franz und Melzer einstieg.

Die Aufnahme der drei Verunglückten in der Kreisklinik hatte Melzer sich ziemlich schwierig vorgestellt. Doch der diensthabende Arzt war ohnehin zu müde, um besonders neugierig zu sein. Angesichts der Autorität von zwei Medizinern und einem Polizisten, die die Einlieferung begleiteten, stellte er nur die Fragen, die zur Versorgung der Patienten nötig waren.

So lagen die Stäbles und der Vogelkundler, der sich weiterhin gut hielt, in ihren Klinikbetten bald in einem Tiefschlaf, von dem Melzer wußte, dass er vorhalten würde. Während Hubsi Hanni ins Dorf zurückbrachte, fuhr Melzer mit Franz zurück, ziemlich erledigt nach den ganzen Aufregungen. Dagegen sprühte Schorsch vor Tatkraft. Er hatte noch mit Melzer den Plan ausgeheckt, wie sie weiter vorgehen sollten, er hatte ihm genaue Instruktionen gegeben und war dann mit seinem herbeigeorderten Kollegen, dem bärtigen Polizisten, im Streifenwagen losgefahren. Sie wollten den Jeep, mit dem die Spitzel angefahren waren, suchen und sicherstellen. Schorsch hatte durch Hannis »Nachbehandlung« der Stäbles bereits eine präzise Vorstellung von dem Platz bekommen, wo die Spitzel ihr Gefährt abgestellt hatten.

Auf der Heimfahrt hatte Melzer von Franz erfahren, warum der Überfall auf das Labor allgemein als Glücksfall angesehen wurde. Ganz besonders war er das für Schorsch und Hubsi. Die beiden Technikfreaks waren die treibenden Kräfte für den Einbau des neuen Sicherheitssystems gewesen, einer elektronischen Anlage, die über Sensoren in Türrahmen und Schleusenvorhang die Düsen aktivierte, die den *Schmoiz* versprühten. Konservative Kräfte im Dorf hatten das für »neumodischen Krampf« erklärt, allen voran Xari.

Nach dessen Ansicht reichte das traditionelle Arrangement völlig aus, mit den Gänsen als »Alarmklingel« und den Haflingern als »Monitoren«, wie das Franz augenzwinkernd formulierte. Melzer, der das nicht verstand, wurde belehrt, dass Pferde über gewisse telepathische Anlagen verfügten und auf einer elementaren Ebene vom Mitfühln erreichbar waren. Trotz des Widerstandes hatten die Fortschrittlichen sich dann durchgesetzt, die teure Anlage wurde installiert, mit großem Arbeitseinsatz von Schorsch und Hubsi. Und heute Nacht hatte sie bewiesen, dass sie alles andere war als eine Spielerei...

Melzer mußte jetzt wieder grinsen, als er an den grotesken Triumphtanz der beiden dachte, und gähnte krampfhaft. Die Wanduhr zeigte erst Viertel vor Sechs. Die Couch im Wohnzimmer lockte. Doch Melzer widerstand. Wenn er den Treff mit Satti nicht verpennen wollte, brauchte er unbedingt einen Kaffee...

»Mein Held braucht keinen Kaffee. Müde Helden müssen schlafen.«

Amrei kam aus dem Schlafzimmer und glitt in seine Arme. Sie hatte ein T-Shirt von ihm an. An ihrer Weichheit und Wärme merkte er erst, wie müde er wirklich war. Tapfer protestierte er: »Ich kann doch jetzt nicht schlafen. Um Acht muß ich wieder in der Klinik sein!«

»Schschsch« machte sie. »Bis dahin ist noch lange Zeit. Wir wecken dich«.

Sie drehte sich und nahm seinen Arm über die Schulter. Schlaff ließ er sich von ihr zum Schlafzimmer schleppen.

»Bisher lief alles ganz gut, aber...«

»Ich weiß, ich weiß«, summte sie. »Aggie und ich sind sehr stolz auf dich. Sie hat die Aufregung gespürt und ist zu mir gekommen.«

»Echt? Was hast du ihr denn erzählt?«

»Das Übliche. Du bist ein Held, du hilfst das Dorf schützen... Sie fand es gut und ist gleich wieder eingeschlafen.«

Melzer schob sich mit Amrei durch die Tür. Im verknäuelten Bettzeug war eine kleine Erhebung zu erkennen. Goldene Haare spitzten unter einem Kopfkissen hervor.

41

Das Klingeln riss Eckart aus einem unruhigen Schlaf. Im Aufwachen wurde klar, dass nicht sein Handy läutete, das neben ihm auf dem Bett lag. Der Klingelton kam vom Hausapparat auf dem Tisch des Gästezimmers und das war kein gutes Zeichen. Mit hämmerndem Herzen schwang Eckart die Beine über die Bettkante. Bis auf die Schuhe war er tatsächlich voll angezogen eingeschlafen. In Socken tappte er zum Tisch und nahm ab.

»Hier Niemayer«, bellte die Stimme von Niemayer aus dem Hörer, »kommen Sie in mein Büro!«

»Jetzt gleich?«

»Nein, morgen! Die Kacke ist am Dampfen, Eckart! Die Polizei war gerade bei mir. Ihre drei Schleicher haben eine sagenhafte Schweinerei fabriziert!«

Ein sengender Schmerz fuhr Eckart in den Magen. Er flüsterte: »Sind sie festgenommen worden?«

»Ach was. Die liegen alle bewusstlos in der Klinik!«

»Sind sie verletzt?«

»Ha! Von wegen. Total zugedröhnt sind sie!«

»Und wie kommt die Polizei auf Sie?«

»Na, wie denn?«, schnaubte Niemayer. »Weil sie den Jeep der Enzian-Kaserne gefunden hat. Ihre Flaschen haben ihn einfach irgendwo stehenlassen!«

»Und was haben Sie zur Polizei gesagt?«

»Dass ich keine Ahnung habe, was leider die Wahrheit ist! Ich bin nur der ahnungslose Idiot, der Ihnen den Jeep gestellt hat und jetzt die Scheiße am Hals hat!«

»Ich bin gleich bei Ihnen.«

Eckart fuhr in die Schuhe und eilte aus dem Zimmer. Erst auf der Straße fiel ihm ein, dass er seine Tablette vergessen hatte. In seinem Magen bohrte es. Er war nur froh, dass offenbar die Polizei schon wieder weg war und er nicht diesem Sektenpolizisten begegnen mußte.

Doch als er um die Ecke zur Kommandantur bog, sah er den Polizeiwagen, der immer noch vor dem Eingang parkte. Zwei Uniformierte standen davor mit dem Stabsfeldwebel vom Fuhrpark, der ihnen gestern den Jeep ausgehändigt hatte. Der eine Polizist war rundlich und mit Bart, der andere groß und schlaksig. Eckart kannte ein Foto von ihm: das war dieser Perschagg!

Er stockte und wäre am liebsten umgekehrt. Doch der Große hatte ihn schon gesehen. Eckart kämpfte gegen Fluchtneigungen an und ging normal weiter. Es gab keinen annähernd vernünftigen Anhalt dafür, dass dieser Perschagg von ihm wissen, geschweige denn, ihn erkennen konnte. Und selbst wenn... Eckart weigerte sich zu glauben, dass ein kurzer Blickkontakt reichen könnte, um ihn ähnlich »umzudrehen« wie den Professor.

Dieser Perschagg sagte mit schläfrigen Blick etwas zum Mechaniker. Er sah nur kurz auf, als Eckart herankam und die Eingangstür aufdrückte. Trotzdem hatte Eckart das ungute Gefühl, dass der Polizist ihn erkannte. Das war ja Blödsinn!... Er biss die Zähne zusammen und trat in das Vorzimmer. Die Sekretärin musterte ihn neugierig und winkte ihn gleich weiter: »Der Chef wartet schon.«

Brigadegeneral Niemayer war ein jovialer Vierschrot mit kurzem, vom Uniformkragen eingezwängten Hals und der erklärten Devise »Leben und Leben lassen«. Seine Gesichtsfarben war normalerweise blühend. Wie schnell sie aber in cholerisches Rot umschlagen konnten, hatte Eckart gestern bei dem Konflikt um die Bewilligung des Jeeps erlebt.

An diesem Morgen war Niemayer von vornherein krebsrot vor Wut. Auf das Arme-Sünder-Stühlchen vor dem Schreibtisch gekauert, ließ Eckart die Brülltirade über sich ergehen. Niemayer schwor, dass er diesen Skandal auf keinen Fall weiter decken wurde; er, Niemayer, lasse sich das gute Image der Truppe in der Region nicht verhunzen; wenn Eckart bei der Polizei die Sauerei nicht aufkläre, wenn er nicht die volle Verantwortung übernehme und die Enzian-Kaserne von jeder Beteiligung an dieser Wahnsinnsaktion freistelle, dann würde er, Niemayer, sich gezwungen sehen, Meldung bei Eckarts Vorgesetzten zu machen...

An diesem Punkt zuckte Eckart. Ansonsten ließ er Niemayers Auslassungen an sich abprallen und konzentrierte sich darauf, das wahre Ausmaß des Schadens abzuschätzen. Nachdem er seine letzte Drohung losgeworden war, schwoll Niemayer erstmal ab. Eckart nutzte die Atempause und bemerkte:

»Ich weiß immer noch nicht, was eigentlich passiert ist.«

»Ha!« tönte es von Niemayer. Dann lehnte er sich zurück und erzählte in einem plötzlich gemäßigtem Ton, der umso süffisanter klang: »Ihre Hilfsbremser sind oberhalb von Binabichl in einen alten Stadel eingebrochen. Ich nehme mal an, das geschah in Ihrem Auftrag, ja?«

Eckart nickte und fragte: »Und was ist dann passiert?«

Niemayer lehnte sich noch weiter zurück und sprach noch gedehnter:

»Ach, nichts weiter, außer dass sie sich dort Drogen reingepfiffen und eine Orgie abgezogen haben... Ich nehme mal an, dass das nicht mehr zu Ihrem Auftrag gehörte, Eckart!«

Eckart atmete verzweifelt gegen die Übelkeit an, die von seinem Magen aufstieg. Mit großer Anstrengung brachte er heraus: »Natürlich nicht! Was soll das mit einer Orgie, um Himmels willen?«

»Das sind die Schlussfolgerungen von Hauptkommissar Perschagg. Als er zum Schauplatz kam, waren alle drei splitternackt und voll im Nirwana. Davor hatten sie aber noch wild herumgeballert.«

»Geballert?!«

»Mit ihren mitgeführten *Taserpistolen*, die übrigens auch illegal sind. Zuerst haben sie einen Hund aus dem Dorf niedergestreckt, dann gab es offenbar ein Eifersuchtsdrama. Der junge Mann aus Ihrer munteren Truppe hat die Frau seines Kollegen gevögelt und der hat ihn mit seinem Taser fast ins Jenseits befördert.«

»Das ist doch absurd!«, krächzte Eckart.

Niemayer wedelte es weg wie eine Fliege. Er beugte sich vor und sagte gedämpft: »Der Gatte hat ihn mitten im Rammeln abgeschossen. Der junge Mann hatte die Haken noch im Arsch, als der Notarzt kam.«

Ein Nasenlaut entfuhr ihm. Niemayer räusperte sich hastig und fixierte Eckart beschwörend.

»Eckart... Sie müssen das irgendwie wegbügeln! Wenn davon die Presse Wind bekommt... Sie werden die Lachnummer der Nation und ich mit Ihnen mit!«

42

»Also, ich nehm ihn unten in Empfang und... wie heißt der Typ nochmal?«, fragte Satti.

»Eckart«, sagte Melzer. Satti massierte sich die Nasenwurzel unter der Brille.

»Eckart, Eckart«, wiederholte er. »Ich führe Herrn Eckart hier rein, deine Freunde warten hier schon, ich verkrümel mich. Wenn sie mit ihm fertig sind, komm ich zurück ins Zimmer und tue so, als wär nichts gewesen, richtig?«

»Ganz richtig.«

»Und was sage ich, wenn er mich fragt, was das war?«

»Das tut er nicht. Ähm, er wird sich nicht dran erinnern können«, sagte Melzer vorsichtig. Sattis Silberblick traf ihn und rutschte dann resigniert nach oben.

»Ach so«, seufzte er, »dann ist es ja gut.«

»Nett von dir, dass du nicht fragst«, sagte Melzer. »Ich bin dir echt dankbar.«

Satti winkte fröhlich ab. »Ach was. Ich platze vor Neugier. Aber du wirst es mir schon noch erklären. Irgendwann mal. Wo du jetzt in der Gegend bleibst. Das hast du doch vor, oder?«

»Oh ja. Ich bleibe sicher länger hier als du.«

»Dann kannst du dich ja um unsere Kids weiter kümmern? Hannes und Basti sind inzwischen zuhause. Juli hat schon nach dir gefragt.«

»Gerne. Wirklich. Das kann ich jetzt sicher auch besser als vorher.«

»Inwiefern?... Ach so. Na schön.«

Sie standen in einem kleinen Besprechungsraum der Klinik. Doch jetzt setzte sich Sattmann an den Tisch im Zimmer und wies einladend auf den Stuhl gegenüber.

»So. Jetzt erzähl. Was ist dir passiert?«

Melzer setzte sich zögernd. Es war klar, dass es nicht um das Geheimnis ging. Satti hatte akzeptiert, dass er nichts über Binabichl sagen würde. Er fragte nur nach ihm selbst. Trotzdem, es machte ihm Herzklopfen, über diese ungeheuren Tatsachen mit jemand von außen zu reden. Er schluckte und sagte gedämpft:

»Eine Frau.«

Satti schlug auf den Tisch. »Hach, natürlich! Eine Frau!«, rief er, »wie heißt sie?«

Melzer stieg eine heiße Blutwelle ins Gesicht.

»Amrei«, flüsterte er.

»Am-rei«, probierte Satti den Namen aus. »Du hast sie in Binabichl kennengelernt?«

»Ähm, nein. Das geht schon viel länger. Wir waren vier Jahre lang auseinander. Und jetzt –«

»Wow, Ludwig!«

Satti fuhr hoch und hüpfte durchs Zimmer, hektisch pfeifend und mit den Händen wedelnd. »Wahnsinn! Vier Jahre! Und jetzt... Wahnsinn!«

»Sie hat eine Tochter. Aggie. Kommt von Agathe. Sie ist drei«, platzte Melzer heraus. Satti stockte.

»Moment, Moment! Sag bloß, sie ist deine...?«

Noch heißer konnte sein Gesicht nicht werden. Melzer nickte.

»Ich wohne bei ihnen. In der Schule. Amrei ist da die Lehrerin.«

»Was?«, schrie Satti. »Die kenne ich!!! Sie hat mal einen verletzten Schüler in die Klinik gebracht. Ich hab mit ihr gesprochen! Frau... Feininger! Ihr Vater hat doch die Psychopraxis in Piening!«

Melzer nickte. Satti nahm die Brille ab. Sein Silberblick wurde träumerisch. »Frau Feininger«, murmelte er versunken, »Amrei.... Mensch, Ludwig! Du bist echt ein Glückspilz!«

Melzer wurde ungeheuer leicht. »Das find ich auch«, prustete er heraus. Satti lachte noch mehr.

»Mann, der Dr. Feininger! Dein, dein Schwiegervater, was? Ich werd nicht mehr!«

Dann wurde er ernst. »Und kommen die beiden zu dir nach München?«

»Andersrum«, sagte Melzer verschämt, »ich gehe zu ihnen ins Do –, also nach Binabichl.«

Sattmann massierte sich wieder die Nasenwurzel.

»Komisch, warum überrascht mich das nicht?« murmelte er. Er straffte sich und sagte volltönend: »Und deine Habilitation, Ludwig? Das Max-Planck-Institut? Und überhaupt alles?«

»Aus und vorbei. Es ist... einfach nicht mehr wichtig. Irgendwann muß ich noch meine Wohnung in München auflösen. Und das wars.«

Satti setzte die Nickelbrille auf und musterte ihn forschend. »Aber die Großstadt, Ludwig? Du bist ja nicht gerade der ländliche Typ. Wird dir das Stadtleben nicht fehlen?«

»Doch. Wahrscheinlich. Ich hoffe, nur am Anfang«, sagte Melzer unbehaglich. »Aber ich werde lernen, damit zu leben. Das geht. Wenn du das gefunden hast, ohne das du nicht mehr leben kannst... Findest dus verrückt?«

Er sah in die Augen seines Gegenübers, die prompt noch stärker schielten. Dann begannen sie feucht zu glänzen.

»Im Gegenteil«, sagte Satti, »ich find es ungeheuer romantisch. Und – sehr ermutigend.«

»Wirklich? Wie meinst du das?«

»Nur so... auch für mich selber«, flüsterte Satti. Er schob die Brille hoch und wischte sich mit den Fingern die Augen. Melzer wartete aufnahmebereit. Die Sprechanlage über der Tür quäkte dazwischen:

»Dr. Sattmann, bitte zur Pforte!«

»Das sind deine Freunde«, meinte Satti und ging zur Tür.

Melzer folgte ihm. In ihm perlte immer noch das Staunen, wie leicht es gegangen war. Er hatte es erklären können, ohne über Binabichl zu sprechen.

Man durfte eben nicht mit Arschlöchern darüber reden. Für jemand wie Satti war Liebe die beste Antwort, die es gab.

43

Eckart folgte diesem Dr. Sattmann in den Lift. In der Kabine stand eine Schwester, der Doktor begann mit ihr zu plaudern. Eckart war froh über die Pause. Dabei hatte dieser junge Arzt mit dem Silberblick es ihm bisher wirklich leicht gemacht.

»Von welchem der Patienten sind Sie der Angehörige, Herr Eckart? – Ich bin nur der Vorgesetzte. – Von allen Dreien? In welcher Firma? – Staatsdienst.« Und so weiter. Der Doktor hatte nicht mehr gefragt. Sehr diskret. Und dadurch eher noch peinlicher...

Der Schmerz in seinem Magen pulsierte. Eckart sagte sich mit Galgenhumor, dass er doch froh darüber sein konnte. Der Schmerz hatte die bleierne Resignation durchbrochen, die ihn nach seinem Abgang aus dem Chefzimmer überwältigt hatte. Plötzlich war da der Impuls gewesen, Niemayer mit der ganzen Bescherung einfach sitzen zu lassen. Nach Köln zurückfahren. Zuhause sich um seine Rosen kümmern. Sein Abschiedsgesuch schreiben.... eine Anwandlung, die ihm gar nicht ähnlich sah.

Deshalb war er dann auch in die Klinik gefahren und tat hier, was ihm ähnlich sah: Scherben aufsammeln, unter den Teppich kehren, »wegbügeln«, wie Niemayer es formuliert hatte. Der würde dicht halten, wenn er es schaffte; wenn er die Polizei dazu brachte, still zu halten; wenn sie geräuschlos aus Piening verschwanden, er und seine drei Unglücksvögel...

Diese Wenns würden ihm zwar ein Dienstaufsichtsverfahren ersparen. Sie änderten aber nichts daran, dass er am Sonntag wieder zu Doro ins Pflegeheim fahren musste. Und bei der rosigen Puppe aus Fleisch und Blut, die einmal seine Tochter gewesen war, sitzen und ihrem leisen Summen lauschen würde. Die meiste Zeit schweigend. Manchmal erzählte er ihr etwas, egal was, sie nahm es nicht wahr. Manchmal durfte er ihre Hand halten, ohne dass dieses furchtbare Greinen kam. Diesmal konnte er ihr zum

Beispiel erzählen: »Weißt du das Neueste, Doro? Deine letzte Chance ist endgültig dahin.« ...

Der Schmerz flammte. Eckart atmete gegen die aufsteigende Übelkeit an. Ein Seitenblick des plaudernden Doktors traf ihn, leicht schielend und scharf. Der Klingelton rettete ihn. Die Türen gingen auf.

Der Doktor ging neben ihm den Gang hinab. Halblaut sagte er: »Wo haben Sie die Schmerzen, Herr Eckart?«

Eckart war so verblüfft, dass er nur die Hand auf den Magen legen konnte.

»Ulcus?«

Eckart nickte. Der Doktor fragte nach seinem Medikament. Dann wollte er wissen, ob er es heute schon genommen habe. Eckart gab zu, dass er noch nicht dazu gekommen sei.

»Dabei haben Sie es auch nicht?«, insistierte der Doktor. »Na gut, wir haben es hier, zumindest was Ähnliches.«

Vor einem Schild »Besprechungsraum« an der Wand blieb Sattmann stehen und öffnete die Tür daneben.

»Herr Eckart, nehmen Sie schon Platz. Ich hol Ihnen noch Ihr Medikament. Keine Widerrede. Sie wissen doch selbst, dass Sie es pünktlich einnehmen müssen. Also bitte!«

Eckart trat ein. Das Zimmer war nicht leer. An dem Tisch saß eine kleine alte Frau in einem altmodischen Sommerkleid.

»Servus, Oberst« sagte sie munter.

Hinter Eckart fiel die Tür ins Schloß. Er fuhr herum. An der Wand neben der Tür lehnte ein Mann in Polizeiuniform. Perschagg, dachte Eckart panisch. Der Polizist nickte ihm zu freundlich zu. »Habe die Ehre, Oberst.«

In seinem Rücken hörte er die alte Frau sagen: »Den Schorsch kennst du ja. Und ich bin die Hanni.«

Plötzlich fand Eckart alles nicht so wild und kam sich albern vor mit seiner Panik. Er drehte sich wieder zu der Frau um, die fragte:

»Und wie heißt du?«

»Heinz« sagte Eckart. Hanni lächelte ihn an, überraschend strahlend in ihrem faltigen Gesicht.

»Freut mich, Heinz«, rief sie. »Komm, hock dich zu mir.«

Eckart wurde warm von ihrem Lächeln. Er setzte sich an den Tisch und merkte, dass das Bohren im Magen nachließ. Hanni sah ihn kopfschüttelnd an.

»Also weißt du, Heinz, mit deinem Magen geht das so nicht weiter.«

»Es wird aber gerade besser«, wandte Eckart ein.

»Na, hoffentlich! Aber da muss mal richtig was passieren, sagte Hanni tadelnd. »Na gut. Lass dich mal anschauen, Heinz.«

Sie ruckte mit dem Kopf vor und zurück. Der Blick ihrer braunen Augen wurde leer und dann weich und tief. Eckart fühlte sich, als ob er darin einsank, im Ganzen von diesem Blick umfasst und aufgenommen. Es war wohltuend und tröstlich. Er erschrak, als Hanni plötzlich leise ausrief.

»Heinz, was ist das... das ist ja furchtbar... deine Tochter!«

Eckart sah, wie in diese Augen Tränen traten.

»Wie lang ist sie schon so?« fragte Hanni mit zitternden Lippen. Tränen rollten über die rissigen Apfelbäckchen.

In Eckart geschah eine ungeheure Auflösung, beängstigend und lockend. Er schnappte nach Luft, seine Augen brannten in salzigem Feuer. Sein Kopf sank auf seine Hände auf der Tischplatte. Dann stieß ihn ein Schluchzen.

»Zwei Jahre. Hoffnungslos, sagen sie... alle sagen hoffnungslos!«

44

So niederschmetternd der Überfall auf das Labor auch ausgegangen war, die Vertuschung des Desasters lief glatt. Sie lief derartig glatt und problemlos, dass Eckart immer wieder glaubte, zu träumen. Obendrein hielt die ganze Zeit sein Magen so ruhig wie schon lange nicht mehr.

Eckart war dem Dr. Sattmann sehr dankbar, der ihm das neue Medikament aufgenötigt hatte. Es war erstaunlich, schon im Besprechungszimmer, wo er allein gewartet hatte, bis der Doktor mit dem Mittel zurückkam, hatte er sich besser gefühlt! Der Doktor hatte zwar lachend versichert, dass es praktisch identisch mit seinem gewohnten Präparat sei. Aber Eckart ließ sich nichts vormachen, er spürte doch den Unterschied und hatte sich eine ganze Packung davon mitgeben lassen.

Von da an hatten sich alle seine Probleme von selbst erledigt. Eins nach dem anderen löste sich in Rauch auf. Eckart mußte nicht einmal persönlich bei der Polizei vorstellig werden. Dieser Perschagg meldete sich selbst bei Niemayer: der Jeep war freigegeben, die Ermittlungen würden eingestellt werden. Niemayer, eitel Sonnenschein, versicherte, dass damit die peinliche Sache für ihn erledigt sei.

In der Klinik wachten Wimmer und die Stäbles gegen Mittag auf. Eckart war mit dem Doktor dabei. Sein geschlagenes Kommando zeigte nicht die Nachwirkungen, die er befürchtet hatte. Keiner konnte sich auch nur daran erinnern, dass er sie losgeschickt und verheizt hatte. Kommentarlos nahmen die Drei hin, dass Eckart ihren Einsatz in Piening für beendet erklärte. Er prüfte nicht nach, was sie überhaupt noch von dessen ursprünglichen Ziel und von Binabichl wußten. Je weniger Spuren der Spuk bei ihnen hinterließ, umso besser.

Nach einem letzten EKG von Wimmer erklärte Sattmann alle drei für reisefähig. Eckart brachte sie in seinem Wagen in ihre Pieninger Unterkünfte. Und war sie los. Die Hauptzeugen des skandalösen Fehlschlags verschwanden von der Bildfläche, das Desaster war wieder nur sein ganz privates Problem. Immerhin war seine Karriere nicht ruiniert. Und Sattmanns Medikament wirkte fabelhaft.

Eckart fühlte sich so gut, dass er die Heimfahrt nach Köln ohne Pausen schaffte. Er kam in der Abenddämmerung in seinem Haus in Raderthal an und konnte sich noch davon überzeugen, dass er dem Nachbarsjungen, der den Garten sprengen sollte, zu Unrecht misstraut hatte. Seine Rosen waren frisch und voll im Saft. Er verbrachte eine friedvolle halbe Stunde bei ihnen, bevor es ganz dunkel wurde. Schlagartig todmüde ging er ins Haus und fühlte, heute Nacht würde er gut schlafen. Ohne Albträume.

Trotzdem träumt Eckart in dieser Nacht.

Er stand mit Doro im Garten. Sie war noch so klein, dass er ihr helfen mußte, die Rose zu schneiden, die sie sich ausgesucht hatte. Er drückte mit an den Griffen der Schere, für die ihre Patschhände zu klein waren. Aber sie schaffte es. Strahlend steckte sie ihre Nase in die Blüte und reichte sie ihm. »Für dich, Papa!«

Es war ein so überwältigendes Glücksgefühl, dass er davon aufwachte und davon durchströmt dalag. Bald glitt er in den Schlaf zurück, aber es wirkte nach. Eckart schlief selig aus, bis in den späten Sonntagvormittag. Das hatte es schon seit Jahren nicht mehr bei ihm gegeben.

45

Von Binabichl nach München waren Melzer und Franz in zwei Autos gefahren. Dann parkte Melzer seinen alten Golf vor seiner Schwabinger Wohnung und stieg um in den Toyota von Franz. Es war erst sechs Uhr morgens, am Sonntag war ohnehin weniger Verkehr. Sie hatten reichlich Zeit für die knapp 600 Kilometer nach Köln.

Ohnehin wollten sie erst nach dem Mittagessen im Pflegeheim aufkreuzen, nicht früher, aber doch eine gute Stunde vor dem Oberst. Der würde um drei erscheinen. Regelmäßig wie ein Uhrwerk, hatte ihnen Schorsch nach der Sitzung mit »Heinz« und Hanni im Besprechungszimmer versichert. Schorsch hatte auch die genaue Adresse in Köln eruiert.

Franz gab die Adresse im Navi ein und ließ sich zum Mittleren Ring dirigieren, auf dem nur ganz vereinzelte Wagen unterwegs waren. Melzer inspizierte den altmodischen Proviantkorb, den Franz hergerichtet hatte. Belegte Brote und Kaffee in der Thermoskanne, der Melzer besonders willkommen war. Franz war um fünf Uhr morgens vor der Wohnung gestanden, da war Melzer gerade erst aus der Dusche gekommen. Amrei schlief noch tief, damit war Frühstück für ihn flach gefallen.

Sie kamen auf die Autobahn und Franz gab Gas. Melzer genoss den Kaffee und den ungewohnten japanischen Komfort, in dem sie gepolstert und gedämpft über die leere A 9 bretterten. Und er genoss die Nähe von Franz.

In der einen Woche, seit der er nun im Dorf war, hatte sich ihm eine bunte Reihe von Beziehungen eröffnet, die alle am Anfang standen. Das galt auch für Amrei. Ihre Münchner Vergangenheit war ein fernes, verworrenes Vorspiel, nur mehr bedeutsam, weil es schließlich zum eigentlichen Beginn ihrer Beziehung geführt hatte.

Doch bei Franz hatte Melzer das Gefühl, dass er ihn eigentlich schon immer gekannt hatte. Er konnte sich nur nicht mehr daran erinnern. Aber es war wunderbar, das nachzuholen, geruhsam und in einer Vertrautheit, die von vornherein gegeben war.

Über ihre Mission in Köln sprachen sie nicht viel. Was Hanni bei »Heinz« gefunden hatte, gab ihnen eine Vorstellung vom Befund der Tochter, sie wußten, dass sie in medizinischer Sicht für »austherapiert« galt. Franz hielt es für sinnlos, Strategien auszuhecken. Alles würde sich aus der Situation ergeben, meinte er.

Seine einzige Vorbereitung bestand darin, dass er auf *Dämpfer* verzichtet hatte, weil diese seine Jadwiger-Fähigkeiten einschränken würden. Deshalb mieden sie die Begegnung mit größeren Ansammlungen von *Außenseitern*, die Franz nur unnötig belasten würden. Auch als sie Hunger bekamen, ließen sie die großen Raststätten links liegen.

Hinter Würzburg pinkelten sie auf einem einsamen Parkplatz und verputzten an einem Betontisch den Proviant. Franz hatte sogar Servietten mitgenommen.

Danach wollte Franz noch eine Runde schlafen. Melzer fuhr. Die Autobahn belebte sich mit Ausflugsverkehr. Es war zehn Uhr dreißig und sie hatten immer noch viel Zeit.

Melzer lauschte den Atemzügen von Franz auf dem Beifahrersitz, die regelmäßig geworden waren. Plötzlich fand er wieder alles ungeheuer aufregend. Sie würden, wenn alles gut ging, nicht nur dafür sorgen, dass Eckart endgültig keine Gefährdung des Geheimnisses darstellte. Noch spannender fand Melzer, dass er zum ersten Mal einen Therapeuten, der zugleich Jadwiger war, bei der Arbeit erleben würde...

Neben ihm begann Franz sanft zu schnarchen.

46

Eckart erwachte tatsächlich erst um 11 Uhr am Vormittag und immer noch hielt ihn der wunderbare Traum dieser Nacht in Bann. Im Morgenmantel trat er in den strahlenden Sonntag hinaus und schlenderte mit einer Gartenschere zu dem Rosenbeet vor der Terrasse. Genießerisch zog er den intensiven Duft nach Anis und Honig ein, den die prallen Blütenköpfen verströmten. Wäre das nicht was für Doro, ein kleiner Strauß aus »Madame Anisette« und »Strawberry Hills«?...

Er zückte schon die Schere, als ihm bewusst wurde, was er hier trieb. War er verrückt geworden? Was sollte das werden, ein Trostpreis dafür, dass jede Hoffnung für Doro nun endgültig dahin war? Ein Strauß für Doro, die sich schon weigerte, auch nur in den schönen Garten von St. Bonifaz zu gehen! Und dann auch noch Rosen!...

»Rosenförster« hatte sie ihn genannt. Doro hatte immer Ansichtskarten aus den Städten, wo sie mit ihren wechselnden Bands auftrat (ein Name immer bizarrer als der andere) an ihre Mutter geschickt, manchmal mit dem Nachsatz »Was macht der Rofö?« Das war damals noch der milde Ausdruck, aus Rücksicht auf Hiltruds Gefühle. Später hieß ein Song von ihr »Rosefucker«, den er in Youtube angeklickt hatte, heimlich, ohne ihn seiner Frau zu zeigen.

»Dein ganzes Leben wühlst du im Schmutz und zum Ausgleich holst du dir bei deinen Rosen einen runter«, hatte sie ihn angeschrien, als sie zum letzten Mal nach Hause kam. Natürlich völlig zugedröhnt, sie hatten zuvor das frische Grab ihrer Mutter besucht. Er hatte Hiltrud alleine beerdigen müssen, seine Frau war gestorben, ohne ihre Tochter noch einmal zu sehen. »Doro hat eine große Tournee in den Staaten«, hatte Hiltrud sie noch verteidigt, die Gute, die bis zuletzt an Doros »Karriere« geglaubt hatte. Doch er wusste längst, worin diese bestand: eine endlose Folge von schäbigen Musikkneipen, endlose Fahrten mit den jeweiligen »Jungs« in klapprigen Tourbussen, gesäumt von endlosen Flaschenreihen und einer endlosen Strecke aus Kokslines.

Sie führten schnurgerade zu der ersten Entziehungskur, die Doro noch aus eigenem Antrieb machte, zur zweiten Entziehung nach einem Zusammenbruch, die er ohne ihr Wissen organisiert hatte, und nach neuerlichem Rückfall zu jenem eigentlich tödlichen Cocktail aus Schnaps, Chrystal Meth und anderen Designerdrogen, den sie wider Erwarten überlebte. Dafür beförderte der Cocktail sie an jenen Ort, den Eckart Neverland nannte.

Aus dem Neverland gab es keine Rückkehr. Allerdings gab es dort auch keine Suchtprobleme und das war die besondere Perfidie. Eckart hatte seine Tochter als abgemagertes Wrack in einem privaten Pflegeheim für Demente untergebracht. Bei der gesunden Lebensweise in St. Bonifaz verwandelte Doro sich mit der Zeit wieder in eine anziehende, mädchenhafte Frau, der man ihre 28 Jahre nicht ansah. Für ihren Vater war es herzzerreißend, sie im Aufenthaltsraum unter den vorwiegend greisen Heiminsassen sitzen zu sehen, wie das blühende Leben zwischen diesen Menschenruinen und doch von all den traurigen Fällen der traurigste...

Ein Schwall von Selbstverachtung schoss in ihm empor. Eckart verstand sich selbst nicht mehr, wie er da träumerisch und beduselt im Garten stehen konnte. Und das an einem Sonntag! Dem schlimmsten von all den Sonntagen, an denen er zumindest noch Hoffnung auf eine Wende gehabt hatte. In seinem Magen bohrte es wieder.

Na, bitte. Er hätte längst das neue Medikament einnehmen müssen.

Als Eckart in seinem Wagen kurz vor drei zum Heim kam, hatte er Probleme, noch einen Parkplatz zu finden. Sonntag war der Hauptbesuchstag im Heim. Über die Hecke des großen Gartens drangen die hellen Stimmen der Kinder, die mit ihren Eltern Oma oder Opa besuchten. Die Eingangstüren standen zwar offen. Doch die Pforte war natürlich besetzt, um spontane Ausreißversuche gleich hier sanft zu vereiteln. Die meisten Alten waren viel unternehmungslustiger als Doro, für die keine Rolle spielte, wo sie war; abgesehen von ihrer Abneigung gegen den Garten, die letzte Spur ihrer verschollenen Wut auf den Rosenförster ...

»Tag, Frau Wöllner«, begrüßte Eckart die Frau hinter der Theke. Er kannte jeden Betreuer von St. Bonifaz. Er bewunderte diese engagierten, freundlichen Menschen, die täglich ihre ganze Kraft für etwas einsetzten, das Eckart schon einmal die Woche an den Rand seiner Kräfte brachte.

»Ach, Herr Eckart! Sie glauben nicht, wo Ihre Doro gerade ist«, rief Frau Wöllner. Nach einer Kunstpause verkündete sie: »Sie ist im Garten! Ihre Bekannten haben sie irgendwie dazu gekriegt.«

Eckart zuckte zusammen. Niemand besuchte Doro, außer ihm!

»Welche Bekannten?«

»Die zwei Ärzte, die Sie geschickt haben. Dr. Steininger und Dr. Welzel oder so.«

»Meinen Sie Melzer?«, flüsterte er, während flüssiges Feuer durch seinen Magen fuhr.

»Genau, Dr. Melzer! Doro ging ganz brav mit den beiden hinaus. Wir waren alle baff.«

Eckart wußte nicht mehr, wie er von Frau Wöllner losgekommen war. In dem Flur, der zum Aufenthaltsraum führte, stand ein Stuhl. Nach Atem ringend sank er darauf.

Da half auch das neue Medikament nichts mehr. Das Feuer in seinem Magen sandte Wellen von Übelkeit aus. Sie waren bei Doro, Melzer und noch ein Binabichler! Wie hatten sie sie gefunden? Niemand im Dienst wußte von der großen Schwachstelle in seinem Privatleben. Die Sekte hatte zwar die Stäbles und Wimmer in der Mache gehabt, aber die hatten doch überhaupt keine Ahnung davon!...

Egal, die Binabichler waren gekommen. Sie hatten seinen kläglichen Angriff abgewehrt und er hatte noch gedacht, sie würden es dabei belassen. Aber nein, sie gingen in die Offensive! Was wollten sie von seiner Doro? Sie kidnappen? Sie gehorchte ihnen offenbar. Sie konnten sie anstandslos aus dem Heim hinausbringen!...

Eckart atmete kontrolliert gegen die Übelkeit an. Jetzt bloß nicht schlappmachen. Er stand auf... ging doch. Er durchquerte den Aufenthaltsraum, wo nur die ewigen Skatspieler dem Sommertag widerstanden, der vor den offenen Flügeltüren lockte. Auf der Terrasse sah er gehetzt durch den weitläufigen Garten. Ein Bild des Friedens mit den Grüppchen der Familien, die sich auf den Kieswegen zwischen Blumenrabatten ergingen oder auf den Bänken im Schatten der Bäume beieinander saßen. Kinder spielten auf den Rasenflächen, irgendwo sang sogar jemand. Von Doro war nichts zu sehen.

Eckart eilte zum hinteren Teil des Gartens, der durch eine Gruppe von Büschen nicht einsehbar war. Der Sänger war wieder zu hören. Eckart riss es. Das war der Kinderkanon, den Doro immer mit ihrer Mutter gesungen hatte!

»Frère Jacques, Frère Jacques, dormez Vous, dormez Vous...«

Es war eine weiche, volle Baßstimme, die hinter den Büschen ertönte. Dann setzte ein Bariton mit »Frère Jacques« ein, ziemlich brüchig und unsicher. Eine Frauenstimme kam ihm zu Hilfe: »dormez Vous«. Sie war rau und belegt, wurde aber zunehmend frei und strahlend.

Der Kanon, nun tonsicher und dreistimmig, hörte sich sehr gut an. Doch daran lag es nicht, dass Eckart sich auflöste und zu Rauch wurde, ein sehnsüchtiger Geist, der scheu näher schlich.

Die Stimmen fanden im ausklingenden »ding dang dong« zusammen. Eckart wagte sich um die Büsche herum. Auf der Eckbank dahinter saß Doro zwischen zwei Männern. Es war ein älterer Weißhaariger und ein brünetter Junger.

Doro reagierte sonst nie, wenn Eckart zu ihr kam. Doch jetzt sah sie ihn als erste. Während die Männer noch »ding dang dong« sangen, verstummte sie. Der Zauber zerbrach. Sie saß wieder leblos da.

Ganz vernichtet wollte Eckart sich wieder zurückziehen. Doch der Weißhaarige bemerkte ihn und sprang auf.

»Ah, Herr Eckart! Wir haben schon auf Sie gewartet«, rief er und kam ihm entgegen. »Ich bin der Dr. Feininger und das ist mein Partner Dr. Melzer!«

Der junge Mann neben Doro nickte ihm zu. Der Händedruck Feiningers war warm und ging in eine einladende Bewegung über.

»Lassen Sie uns ein paar Schritte gehen.«

Aus dem Augenwinkel sah Eckart noch, wie dieser Melzer beruhigend nach Doros Hand griff, die wieder in ihr leises Wiegen verfallen war. Eckart wartete auf ihren abweisenden Greinlaut, den er selbst oft genug erlebt hatte. Doch Doro ließ ihre Hand in Melzers Hand. Während Eckart mit Feininger auf dem Kiesweg davon ging, wallte plötzlich Eifersucht in ihm auf. Sie ließ ihn schroffer fragen, als er es eigentlich meinte:

»Wie haben Sie von Doro erfahren?«

Feininger, der gemütlich neben ihm her latschte, stieß einen erstaunten Laut aus.

»Na, von Ihnen, Herr Eckart! Sie haben es doch selbst erzählt.«

»Lächerlich. Wem soll ich das denn erzählt haben?«

»Der Hanni und dem Schorsch. Sie wissen doch, Schorsch Perschagg, der Polizist!«

»Ich kenne nur den Namen. Persönlich habe ich ihn nie getroffen. Und eine Hanni schon gar nicht!«

Feininger schlug sich die Hand an die Stirn.

»Stimmt! Sie wissens ja nicht mehr!«, rief er. »Hab ich glatt vergessen. Vergessen Sies jetzt einfach, es ist ja auch unwichtig!«

Eckart verstand überhaupt nichts. Feininger blieb stehen und wandte sich ihm zu. Die Lachfältchen um seine Augen zogen sich zusammen, doch sein Blick war ernst. Es waren seltsame Augen, graublau mit gelben Sprenkeln. Im intensiven Fixieren wurden sie jetzt dunkelblau. Eckart wurde warm von diesem Blick. Achtung! Das war ein Binabichler, ermahnte er sich. Und doch hatte er das absurde Gefühl, dass er diesem Mann vertrauen konnte.

»Herr Eckart«, sagte sein Gegenüber bedächtig, »mein Kollege und ich glauben, dass wir Ihrer Tochter helfen können. Wir sind uns eigentlich sicher.«

Ein Feuerblitz durchfuhr seinen Magen. Eckart wurde es schwarz vor den Augen, er taumelte. Eine kräftige Hand griff nach seinem Arm, zog ihn zu einer Bank und drückte ihn darauf nieder.

»Schön tief den Kopf nach unten«, sagte die Baßstimme, »zwischen die Knie, genau so... Haben Sie Ihre Mittel dabei? Sie können dann noch eine Tablette nehmen, das geht schon bei der ganzen Aufregung... nicht jetzt, Herr Eckart! Erstmal nur den Kopf tiefhalten, langsam atmen...«

Eckart atmete wie befohlen, hielt den Kopf tief und spürte, wie die Übelkeit sich zurückzog. Er hatte erstmal nichts dagegen, so zu bleiben. Neben sich hörte er ein Feuerzeug schnappen, ein würziger Geruch breitete sich aus. Der Doktor rauchte. Nachdenklich begann er wieder zu sprechen:

»Das haben Ihnen sicher früher schon die Kollegen gesagt, Herr Eckart. Ihre Tochter hat tatsächlich keinen hirnorganischen Befund. Das Problem ist rein psychisch.«

»Haben Sie ihr etwas gegeben?«, murmelte Eckart mit dem Kopf nach unten und dachte an die geheimnisvolle »Substanz«. Der Doktor lachte.

»Substanz nennen Sie das? Nein. So läuft das nicht. Sagen wir, ich habe Doro gefunden. Eigentlich habe ich nur ihren geheimen Ort aufgespürt und davor gewartet, dass sie mich findet.«

Im Neverland, dachte Eckart. Er wunderte sich nicht einmal, als der Doktor ausrief:

»Genau! Ein guter Name für Doros Versteck. Das Neverland schützt sie vor dem Leben. Sie hat ungeheure Angst davor. Vor den Drogen, vor sich selbst, vor Ihnen. Im Neverland ist sie sicher. Warum sollte sie es verlassen? Es gibt keinen Grund für sie.«

Eckart richtete sich vorsichtig auf. Keine Sehstörung, sein Kopf war klar. Er spürte seinen Magen nicht. Er fühlte nur Erleichterung.

»Genau, das ist es. Das hab ich immer irgendwie gespürt«, sagte er eifrig. »Dass sie gar nicht wirklich eingesperrt ist. Mein Gott, sie hat bloß keinen Grund, zurückzukommen!... Ist es wirklich so einfach?«

Feininger zog eine Grimasse und blies den Rauch seines Zigarillos zur Seite.

»Im Prinzip ja. Konkret ist das eine ziemlich langwierige Sache.

Aber mein Kollege und ich können Doro dabei helfen, wieder einen Grund zu finden. Einen, der stärker ist als ihre Angst.«

»Mein Gott, mein Gott«, flüsterte Eckart.

Der Doktor musterte ihn streng. »Jetzt nehmen Sie mal Ihr Mittel. Sie fallen mir sonst wieder um.«

Eckart fingerte den Streifen aus der Tasche. Während er die Pille aus der Folie drückte, fragte der Doktor:

»Herr Eckart, was würden Sie davon halten, dass Doro nach Piening kommt?«

47

Der Barkeeper stellte ihm mit einem Lächeln den neuen Drink auf die Theke. Melzer nahm ihn mit und ging an den Tanzenden vorbei zur Treppe, die von der Galerie zur Bar hinaufführte. Oben trat er durch die Glastüre in die Sommernacht hinaus. Die große Terrasse, die das Dach des Hochhauses bildete, bot einen spektakulären Rundumblick über die nächtliche Stadt. Das Wummern des Hip-Hops drang nur gedämpft herauf. Es war kurz vor Mitternacht. Um diese Zeit war noch Vorglühen unten auf der Tanzfläche angesagt. Hier oben war er allein. Nur drüben an der Ostseite knutschte schon ein Pärchen.

Aufatmend setzte Melzer sich an einen der Tische, nahm einen Schluck und sah auf das funkelnde, leuchtende Netz, das die angestrahlten Türme und Großbauten miteinander verband. City Lights, die zahllosen Lichter von München....

Franz hatte Melzer vor seiner Wohnung abgesetzt. Ziemlich erledigt von der Kölner Expedition, wollte er nur mehr nach Hause in sein Bett. Melzer hatte also seine letzten Nacht in München für sich allein. Und horchte in sich hinein, ob er nicht wenigstens Wehmut spürte, einen Anflug von Abschiedsschmerz um die Stadt, in der er so lange und so gern gelebt hatte.

Vorhin in seiner Wohnung war ihm das nicht gelungen. Er hatte seine Garderobe gepackt, die Bücher aussortiert, die er mit nach Binabichl nehmen wollte, und es hatte ihm sogar Spaß gemacht. Er staunte über seine Gefühllosigkeit, mit der er hier das Brauchbarste zusammenklaubte, wie in der Wohnung eines verstorbenen Bekannten. Damals, als er die Wohnung seiner Mutter auflassen musste, war ihm das viel schwerer gefallen. Wie leicht und schmerzlos sich der Schlussstrich unter sein eigenes Leben in München ziehen ließ, empfand er schon fast als peinlich. In ihm war nur Vorfreude und Spannung wie vor dem Beginn einer großen Reise.

Er hatte überlegt, ob er sich noch bei jemand melden sollte. Es fiel ihm nur Amrei ein. Am Telefon hatte sie ihm aufgetragen, noch einmal in ihr früheres Stammlokal zu gehen, um, na schön, dann eben nicht zu tanzen, aber doch stellvertretend ihre Lieblingscocktails zu trinken. Ansonsten ging es um Aggie, die mehrmals gefragt hatte, ob der Ludmig auch gewiß morgen wiederkommen würde; über den todmüde heimgekommenen Franz, der sein Alter spürte und Amrei nur das Nötigste erzählt hatte; über die Verwandlung des Oberst vom schattenhaften Drohgespenst in einen verzweifelten Vater, der plötzlich wieder Hoffnung erlebte und alles dafür tun wollte.

Und dann, weil Amrei schon im Bett lag, sprachen sie raunend und kichernd über das, was sie miteinander machen würden, wenn sie diese Nacht, welch unmenschliche Zumutung, nicht getrennt verbringen müssten... »wie soll ich denn jetzt noch einschlafen?« hatte Amrei sich ganz erhitzt beschwert...

Melzer nahm zur Ablenkung einen Schluck von seinem »Wall-Banger« und dachte über seine Patientin nach, die erste seines neuen Leben. Doro würde in einem Monat nach Piening kommen, in Privatunterkunft und von einer dafür engagierten Pflegerin betreut. Dann würde sie regelmäßig zu ihm in die Praxis zur Therapie kommen. Natürlich würde Franz bei den Sitzungen dabeisein, zumindest in der ersten Phase. Melzer hatte viel zu lernen. Er war immer noch tief beeindruckt davon, wie Franz heute der erste Zugang zu Doro gelungen war. Und die Ahnung der Möglichkeiten, die in einer vom Mitfühln getragenen Therapie lagen, machte ihm Herzklopfen. Allerdings mußte er dafür erst Jadwiger werden und das hieß, die *Inizio* wartete jetzt unumgänglich auf ihn....

Melzer ruckte unbehaglich. Und versuchte wieder, sich auf seinen Abschied von München zu konzentrieren. Doch dazu fiel ihm nur Ilse ein, die Binabichl, bis auf gelegentliche Fahrten nach Piening, nie mehr verlassen hatte. Er hatte gefragt, ob sie nie die weite Welt vermisst hätte. Gerade sie mit ihrem Fernweh, nach ihren ganzen Reisen?

»Große Welt, kleine Welt... deinen Ort mußt du finden«, hatte sie, trocken wie immer, geantwortet. »Wurzeln gehen eher nach unten, oben brauchen sie nicht viel Platz«...

Melzer stand auf und hob sein Glas.

»Auf dich, Ilse. Und dass es mir ähnlich gehen möge wie dir!«

Er trank aus. Und taumelte dabei gegen den Tisch. Erst jetzt merkte er, wie besoffen er war.

48

»Dass du das aushältst, Ludwig«, sagte Korbi bewundernd. »In Köln droben, o mei! Das wär nichts für mich, so viele Außenseiter auf einen Haufen. Mir reichts schon, wenn ich auf Piening muss.«

»Das ist bei dir was andres. Ich bin doch selber noch *Außenseiter*«, widersprach Melzer. Korbi sah ihn verdutzt an. Und dann hörte Melzer ihn in seinem Kopf:

»So ein Schmarrn. Wo du das Mitfühln geschützt hast und überhaupt!«

»Naja, sagen wir ein halber«, lenkte Melzer ein. »Ich hab ja noch nicht mal die *Inizio*.«

»Aber empfangen tust du schon sauber, gell?«, spottete sein neuer Bekannter, jetzt wieder mit seiner Ratschstimm, einem leicht brüchigen Tenor, der einen überraschenden Gegensatz zu Korbis leicht gebeugter, aber immer noch wuchtiger Erscheinung bildete. Die beiden standen bei Melzers vollgepacktem Golf auf der Straße, auf halbem Weg zwischen *Bina-Bräu* und Hügelzwillingen.

Der alte Bauer hatte am Straßengraben das Gras mit der Sense geschnitten und grüßend die Hand gehoben, als Melzer vorbeifuhr. Der hatte erst nur durch die Scheibe zurückgewinkt. Dann hörte er im geschlossenen Wagen ganz deutlich eine Stimme, die in seinem Kopf rief:

»Der Ludwig! Ja, servus!«

Er hatte angehalten und Korbi kennengelernt. Der hieß außerdem auch der *Summerer* und war der Austragsbauer vom »Kragl-Hof da drüben«, der behäbig am östlichen Talhang thronte. Korbi hatte schon alles gewußt darüber, was sie in Köln erreicht hatten und dass die Gefahr fürs Mitfühln endgültig gebannt war. Melzer seinerseits staunte, wie mühelos dadurch das Kennenlernen wurde.

Jetzt spürte er, dass sich nochmal etwas in ihm lockerte. Die fieberhafte Ungeduld, mit der er endlich aus München aufgebrochen war, hatte ihn längst verlassen. Sie war verflogen, als er aus dem Wald kam und das Tal sich vor ihm öffnete. Doch jetzt, im gemächlichen Gespräch mit Korbi sank er in eine Entspannung, die noch tiefer war.

Er sog den Duft der Wiesen ein, die in der Hitze brüteten. Über dem Bramkogel zogen sich Wolken zusammen. Korbi hatte gemeint, heute würde es noch einen »sauberen Duscher« geben. Der bleifarbene Himmel sah ganz danach aus. Der Schrei eines Raubvogels schlitzte die insektensummende, schwingende Stille um sie herum. Melzer sah hoch zu ihm und erkannte die delikate Zeichnung an Schwanz und Flügeln. Es war ein Rotmilan. Melzer sah ihm nach, wie er auf die Dorfhügel zuflog, und musste gähnen.

»Bist müd, Ludwig«, stellte Korbi fest.

»Ja. War alles ziemlich anstrengend.«

»Das glaub ich. Da bist froh, dass du wieder daheim bist, gell?«

Melzer zögerte. Das war eine komplizierte Frage mit Voraussetzungen, die eigentlich noch ganz ungelöst waren. Trotzdem war die Antwort überraschend einfach... Melzer lächelte Korbi an.

»Ja. Echt froh.«

ENDE

Ich danke Thomas Letocha für befreiende dramaturgische Spitzkehren und Dr. Bertram Dippel, der dafür sorgte, dass die wissenschaftlichen Lügenbäume nicht zu sehr in den Himmel wuchsen. Meiner Frau Friederike danke ich für das „Porträt“ von Binabichl und - alles andere.

Vor allem habe ich den SF- und Fantasy-Meistern meiner Jugend zu danken, die mir damals eine andere Dimension von Literatur eröffneten: Ursula K. Le Guin, Arthur C. Clarke, Isaak Asimov und Stanislaw Lem. Frank Herbert und James Hilton mögen mir verzeihen, dass ich ihr Santaroga, bzw. Shangri-La in die bayerischen Voralpen versetzt habe.